Das Buch Stanley lebt in Hollywood und schreibt gelangweilt Drehbücher, als ihn die Muse küsst: Er wird einen Hollywood-Roman schreiben mit vielen Sexszenen und vielen Promis. Sofort macht das die Runde, und plötzlich wollen alle in diesem Roman eine Rolle spielen, denn wer nicht vorkommt, zählt nichts in Hollywood. Der Buchvertrag ist unterschrieben, die Marketingmaschine läuft auf Hochtouren, doch leider gibt es eine Kleinigkeit, die Stanley meistens erfolgreich verdrängt oder im Champagner ertränkt, vor allem, weil er kaum noch die Zeit findet vor lauter Medienauftritten: Noch hat er keine Zeile geschrieben …

Ein Gag jagt den nächsten in dieser umwerfend komischen Satire, die nicht nur Fans von Monty Python hoch erfreuen wird.

Der Autor Eric Idle kennt jeder, z. B. als Darsteller in »Das Leben des Brian«. Er ist Comedian, Autor, Schauspieler, Sänger, Songwriter, Drehbuchschreiber und Gründungsmitglied von Monty Python und lebt in Los Angeles.

Der Übersetzer Julian Müller studierte Nordamerikastudien, Musikwissenschaft und Literarische Übersetzung in Berlin und München. Er lebt in Berlin und überträgt seit 2010 englischsprachige Literatur ins Deutsche.

KiWi

1551

Eric Idle

Zweisprachige Ausgabe

The Writer's Cut

Ein Reality-Roman aus Hollywood

Deutsch von Julian Müller

Kiepenheuer & Witsch

MIX
Papier aus verantwortungsvollen Quellen
FSC www.fsc.org FSC® C083411
Verlag Kiepenheuer & Witsch, FSC®-N001512

1. Auflage 2017

Titel der Originalausgabe: *The Writer's Cut*

Deutsch von Julian Müller

Umschlaggestaltung: Barbara Thoben, Köln
Umschlagmotive: © INTERFOTO / Mary Evans / Ronald Grant Archive; jan stopka-fotolia.com; dezin100/istockimages
Gesetzt aus der Minion und der anothershabby
Satz: Felder KölnBerlin
Druck und Bindung: CPI books GmbH, Leck
ISBN 978-3-462-04998-5

Überlege gut, was du dir wünschst.

Chateau Marmont
Sunset Boulevard
West Hollywood
12. November 2003

Euer Ehren,
was ich jetzt erzähle, ist wirklich so passiert.
Ich kann nur um Vergebung bitten und auf die Gnade des Gerichts hoffen.
Es tut mir leid.
Ich bin sehr dankbar für die Gelegenheit, reinen Tisch machen zu dürfen.
In meinen Kreisen nennt man das eine Rückblende.

Stanley Hay

1

Los Angeles. Januar 2003

Mein Name ist Stanley Hay, und von Beruf bin ich Autor. Ich schreibe Drehbücher für Filme und für Sitcoms. Und Gags für Fernsehshows. Vielleicht kennen Sie ein paar davon. »Ich glaube an eine strikte Trennung von Kirche und Erde.« Der ist von mir. Bin so einigen damit auf die Füße getreten. Dabei will ich gar nicht unbedingt Ärger. Aber anscheinend habe ich ein Talent dafür. Ich kann vom Texten und davon Abkupfern ganz gut leben, wollte aber schon immer einen richtigen Roman schreiben, und dieses Jahr, im Januar 2003, war es so weit.

Nur leider lief es ganz anders als geplant.

Steve Martin sagt, das Problem mit fiktionaler Literatur ist, man liest ganz vergnügt ein Buch, und auf einmal wird daraus ein Roman. Sie sollten mal hören, wie er das sagt. »Es wird ganz romanig.« Steve hat's voll drauf, echt. Ich könnte mich jedes Mal krummlachen. Einfach nur, wie er das sagt. »Ganz romaaaanig.« Aber ist doch so, oder? Das ist das Problem bei Romanen. Sie sind viel zu offensichtlich erfunden. Vielleicht haben wir diese Plots mit Handlungsfäden und Figuren einfach satt, der übliche Schrott eben. Aha, sie landet doch mit ihm im Bett. Er kriegt sie doch rum. Sie brennen alle durch und heuern bei der Navy an … Ich meine, wir lesen seit Jahrhunderten Bücher und glotzen seit Jahrzehnten Filme und Serien, und bis wir erwachsen sind, haben wir Hunderttausende Geschichten bis zu Ende ertragen, also wissen wir alles über unerwartete Wendungen und Schicksalswenden, Peripetie und diesen ganzen aristotelischen Dreck, den man an der Uni zu fressen kriegt. Aber das echte Leben hat keinen Plot. Es plätschert einfach so dahin.

Und genau das wollte ich schreiben. Einen Reality-Roman. Einen Roman über einen Hollywoodautor, der einen Roman über einen Hollywoodautor schreibt, der einen Roman über Hollywood schreibt.

Warten Sie. Es steckt mehr dahinter. Das war nur, damit ich Sie zum Schmunzeln kriege. Ich bin schließlich ein Gag-Schreiber. Ich nehme jeden Lacher mit, selbst wenn er billig ist. Das habe ich weiß Gott schon teuer bezahlt.

Ich nenne meinen Roman *The Writer's Cut*. Das ist ein postironischer Titel, weil es das so nie geben wird. Einen Film als Writer's Cut rauszubringen, das macht niemand. Da würden die schon eher den Caterer's Cut bringen, den Snackbar-Cut oder den Parkservice-Cut. Wir sind im postironischen Zeitalter. Mit Reality-TV haben wir Ironie endgültig hinter uns gelassen. Genau wie in der Politik. Da sitzt ein Clown im Weißen Haus, und keiner lacht.

The Writer's Cut wird sehr heutig in Sachen Struktur, Stil und Inhalt, mit jeder Menge Sexszenen, logisch, weil sich das gut verkauft. Ich werde natürlich selbst in meinem Roman vorkommen. So läuft das doch heutzutage. Ich will ein Star sein, wie jeder andere auch. Ich will, dass man mich im Fernsehen sieht, wie ich mein Buch in die Kamera halte. Na und? Manche Leute wollen den Mount Everest bezwingen, andere ziehen sich ein Hühnerkostüm an und steigen in den Wrestling-Ring. Im postironischen Zeitalter ist das alles erlaubt.

Ein dickes Buch wird es nicht. Wälzer sind out. Die verkaufen sich nicht. Wir leben im Zeitalter des O-Tons. Kurz, knackig, unverblümt. Mein Roman bringt Klatsch und Tratsch über das Leben auf den Straßen und unter den Laken Hollywoods, voller Sex und Sternchen. Und voller Skandale. Mit der Wahrheit nehme ich es natürlich nicht so genau, dafür ist das Leben eines Autors einfach nicht spannend genug.

Aufgestanden. Geschrieben. Einen abgeseilt. Geschrieben. Wieder ins Bett. Aufgestanden. Geschrieben. Kopfschmerzen gehabt. Keine Ideen gehabt. Drink gemacht.

Das ist total unspannend, obwohl ich meine Freundin Tish einmal dazu gebracht habe, nackt für mich zu posieren, während ich schrieb. Warum sollen nur Maler Aktmodelle haben? Ich dachte, ein Modell könnte mir helfen, etwas Außergewöhnliches zu schreiben. Also ließ Tish alle Hüllen fallen und bettete ihren Luxuskörper aufs Sofa, während ich meinen Laptop hochfuhr.

Ich schrieb kein einziges Wort.

Maler haben dann wohl doch mehr Disziplin.

Für mich hatte Schreiben schon immer etwas Erotisches.

Das und Sex.

Sorry, musste sein. Typisch Gag-Schreiber.

»Du und dein Witzreflex«, meinte Tish mal.

»Dein Reflex ist erst ein Witz«, konterte ich und meinte ihren Würgereiz beim Blasen. »Wer den Mund voll nimmt, muss es nehmen, wie es kommt.«

Sie war stinksauer. Tish kann Komiker nicht ausstehen. Jedenfalls nicht mich. Sie kann einfach nicht über sich lachen. Sie ließ mich tagelang nicht ran.

Von meiner Englischprofessorin am College weiß ich alles übers Schreiben. Das und wie man die Klitoris zum Glühen bringt. Sie war eher nicht die typische Englischdozentin. Sondern blond, gebaut wie ein Playmate und gab

Shakespeare- und Yogaseminare an der University of Santa Barbara. In meinem letzten Jahr an der Uni brachte sie mir ein bisschen was übers Schreiben bei und einen ganzen Haufen über die Klitoris. Sie gab mir eine Eins, aber ich glaube, mehr für meine Anstrengungen als für meine Fähigkeiten in Liebes- oder Literaturdingen. Witzig war sie jedenfalls, und wir erzählten uns im Bett oft literarische Witze.

»Wie nennt man Intellektuelle, die Erotikromane schreiben?«

»Die Kliterati.«

»Was sagen schwule Literaten auf einer Party? ›Melville bloß deinen Poe.‹«

»Wie heißt Beethovens 69.?«

»Die Post-Orale.«

Jetzt verstehen Sie vielleicht, wieso ich bei den Gag-Schreibern gelandet bin.

Apropos: Geht das nur mir so, oder ist Ihnen auch schon aufgefallen, wie viel Sex einen heutzutage von überall her anspringt? Fernsehen, Werbung, Filme, Zeitschriften. Wir sind wie unter Hypornose. Der Katalog von Victoria's Secret, der jeden Monat durch den Briefschlitz flattert, ist praktisch sexuelle Belästigung. Ich sollte ihn abbestellen. So oft trage ich Damenunterwäsche nicht. Ich sitze beim Friseur und lese in Frauenzeitschriften Artikel, bei denen man rot werden muss.

Wo finde ich das Perineum? (Und ich dachte, das wäre ein Londoner Club.)

Wie du IHN mit dem Mund kirre machst! (Indem du ohne Punkt und Komma quasselst?)

Analsex: Wann darf er die Hintertür benutzen? (Wenn er seinen Schlüssel vergessen hat?)

Hilfe.

Und das zwischen pornomäßiger Dessouswerbung und Proben von erregenden Duftneuheiten. Ich kriege allein schon vom Lesen einen Ständer, mitten beim Friseur. Dabei haben wir uns so daran gewöhnt. Das lockt kein Schamhaar mehr hinterm Schlüpfer vor.

Die Hauptstoßrichtung meines Romans (blöder Kalauer, ich weiß) wird die sexuelle Beichte eines Hollywoodautors sein. Im Wesentlichen ist es also ein oberflächlich getarnter Angriff auf mich selbst, inklusive Genitalwarzen und so. Eine männliche Bettgeschichte mit Schwerpunkt auf anzüglichen und lüsternen Storys aus den Hollywood Hills, zusammengestellt aus den dicktuerischen Anekdoten meiner Freunde und aufgehübscht mit völlig übertriebenen Episoden aus den Jahren, in denen ich reihenweise Schauspielerinnen flachgelegt habe. Ich werde so viele namentlich nennen, wie mir die Anwälte erlauben, und ansonsten sehr deutliche Hinweise geben. Zum Beispiel kann ich andeuten, dass ich mit Jennifer, Kate, Kirsten, Cameron und Daryl ein Wochenende im Bett verbracht habe, ohne es je konkret zu behaupten. Das ist alles nur Gemunkel, total widerlegbar. Und total kommerziell. Billiger Trick, ich weiß, aber hey, einen auf dicke Hose, das wollen die Leute heute lesen.

Ich finde das eine Mörderidee.

Sie kam mir auf dem Weg ins Valley zu einem Vortreffen für ein Treffen, bei dem ich ein Treffen ausmachen sollte. Irgendwer hatte eine Idee für ein Konzept, und jetzt brauchten sie einen Drehbuchschreiber (mich), der ihnen sagt, was das für eine Idee ist. So läuft das hier in Hollywood. Wir gehen zu irgendwelchen Meetings und hören Leuten beim Rumbrüllen zu. Wenn Sie mich fragen, sind die hier in Hollywood die ganze Zeit auf hundertachtzig. Eine Mischung aus unterdrückter Wut, gescheiterten Ambitionen und zu viel Koffein. Sie sitzen in ihren Autos, gestikulieren wild mit den Armen und brüllen in ihr Smartphone.

»Der kann mich mal. So ein Pisser. Blöder Arsch!«

Dass überhaupt jemand heil ankommt, ist ein Wunder.

Heute fahre ich zu einem Pitch Meeting bei Mercy Champion.

Mercy Champion gehören einige der bestkostümierten und erfolgreichsten Comedyserien im Fernsehen.

Ich habe keine Ahnung, was ich pitchen werde.

+ + +

Um zehn sollte ich Sam im »Büro« treffen. So nennen wir das Deli-Restaurant in West Hollywood, wo wir frühstücken und stundenlang dummes Zeug quatschen, bevor wir dann beruflich dummes Zeug schreiben. Sam ist mein Partner, ein Komiker mit Haaren in Karottenfarbe, der aussieht wie ein wolliger Lolli. Seine Haare sind zottelig wie bei einem rostigen Schaf. Er hat so viele davon, er könnte Donald Trump welche spenden und hätte immer noch genug für einen hässlichen Strickpullover. Sam trägt eine trendige Hornbrille (ein Tom-Ford-Imitat) und ist ziemlich schmächtig, dafür aber verdammt witzig. Wir arbeiten gerade an einer saugut bezahlten Neufassung eines unterirdischen Drehbuchs für Mickey Mikado bei Disney, die am besten gestern fertig sein soll. *Frosch dich nicht zu früh* ist ein grottiger Film über ein paar Collegekids, die im Chemielabor aus Versehen zu Fröschen werden. Und jetzt müssen sie eine jüdisch-amerikanische Prinzessin finden, die sie küsst, damit sie wieder … Sie wissen schon. Es ist der allerletzte Rotz, aber in zehn Tagen gehen die Dreharbeiten los, und es ist eben gut bezahlt. Aber leider ruft Morty um neun an und sagt, er hat bei Mercy Champion einen Termin ausgemacht und ich soll dort besser auftauchen oder mir gleich jemand Neuen suchen.

Immer gleich in die Vollen, der Gute.

Morty ist mein Agent. Er wohnt in einer dieser Bürozellen bei William Morris, seiner Agentur. Tag und Nacht am Telefon. Der SuperJew, so nennt er sich. Das hat er doch von Lenny Bruce geklaut, garantiert. Er nörgelt ständig rum, ich solle Shitcoms schreiben, aber ich will, dass er meinen Roman verkauft.

»Deinen Roman? Um Gottes Wilhelm, du schreibst einen Roman? Hast du sie noch alle?«

Ich erzähle ihm meine Idee für *The Writer's Cut*.

Morty findet sie beschissen. »Einen Hollywood-Roman. So was hat uns gefehlt wie noch 'ne Pizza für Wolfgang Puck. Alter, wer liest denn ein Buch über Autoren? Niemand. Wer interessiert sich einen Scheißdreck für Autoren? Niemand. Ich sag dir was über Autoren. Die gibt es wie Sand am Meer.«

Morty ist Autorenagent.

Das ist mal Postironie, was?

Ich nenne ihn Agent Orange, weil er so viele Leben ruiniert. Aber natürlich nicht direkt ins Gesicht.

Ich brauche ihn ja.

»Der Typ, der mein Auto einparkt, ist nützlicher als ein Scheißautor. Wieso? Soll ich dir sagen, wieso? Weil in dieser Stadt kein Mensch liest. Wenn dir jemand sagt, er hat das Skript gelesen, dann lügt er. Die Zeit hat keiner. Vielleicht hat er den Précis gelesen. Wenn es hoch kommt.«

Précis nennt man hier die kurze Zusammenfassung des Drehbuchs, die von Leuten geschrieben wird, die noch nicht mal als Autoren landen können und dafür bezahlt werden, die endlose Flut an Drehbüchern zu lesen, die sich über die Schreibtische der Produzenten ergießt. Manche lassen sich für Treatments Zusammenfassungen erstellen. Ich kenne einen Typen bei Disney, der sogar seine E-Mails zusammenfassen lässt.

»Einen Roman? Verarschen kann ich mich alleine. Das ist eine Riesenzeitverschwendung. Mach endlich die Sitcom. Da gibt es Kohle. Du mit deinen Scheißbüchern«, sagt er.

Ich erzähle ihm, dass man daraus einen richtig guten Film machen könnte, und erstaunlicherweise legt er nicht auf. Er knurrt noch, dass Bücher Schnee von gestern sind und wir 2003 haben und es in zehn Jahren eh keine Buchläden mehr geben wird. Aber ich merke, dass ihm die Vorstellung gefällt, den Film zu verkaufen.

»Ist er fertig?«

»Willst du ihn lesen?«

»Sehe ich so aus? Schick mir den Précis.«

Ich versichere ihm, dass er ihn morgen bekommt.

»Ich rufe ein paar Leute an«, sagt Morty. »Und die Sitcom?«

Ich verspreche ihm, das Meeting nicht zu vermasseln.

»Und sei zur Abwechslung mal nett, Stanley. Mercy Champion hat deine Idee tatsächlich gefallen. Es ist im Valley. Um zehn. Und bitte pünktlich.«

Bei Morty klingt es, als hätte ich einen Termin beim Jüngsten Gericht. Beim jüngsten Gerichtsvollzieher würde besser passen, denn ich habe gerade fünf Riesen für die Reparatur meiner schönen Corvette hingelegt.

Ich vergesse, ihn zu fragen, was ich eigentlich pitchen soll.

Mercy Brent und Dennis Champion sind die selbst ernannten »Kings of Komedy«. So steht es auf der Tür zu ihrem wichtigen Bungalow auf dem CBS-Radford-Gelände, von dem aus sie ein Imperium von Sitcoms beherrschen, voller netter Leute, die total nett zueinander sind. Zum Kotzen. Aber ich habe Schiss, Morty zu verlieren. Jedenfalls noch mehr Schiss als vor Sam. Vor Mickey Mikado habe ich auch Schiss, weil der sich einfach nicht unter Kontrolle hat. Wenn er sauer ist, prügelt er mit einer Reitpeitsche auf seinen Ledersessel ein. Außerdem gehört seinem Bruder ein Hotel in Las Vegas, was wohl mehr als genug über diese Familie sagt. Boxernasen, sage ich nur. Wir verstehen uns? Man lässt ihn lieber nicht warten. Nicht, wenn man seine Beine behalten möchte. Er wollte die Neufassung gestern, aber ich muss Sam versetzen, damit ich zu diesem Treffen bei Mercy Champion fahren kann. Einen neuen Agenten suchen, das kann ich mir nicht leisten.

Mein Partner ist gar nicht begeistert, dass ich es nicht zur Arbeit schaffe, weil ich zum Zahnarzt muss.

»Ist das etwa wieder nur ein Vorwand?«, fragt er.

»Sam …«, sage ich vorwurfsvoll, »würde ich dich anlügen?«

»Mickey Mikado will vorbeikommen und gucken, wie weit wir sind.«

»Sag ihm schöne Grüße.«

»Kann das nicht warten?«

»Sam, ich kann kaum sprechen, so weh tut es.«

»Nicht so sehr wie mir beim Zuhören«, sagt Sam. Er hat einen eingebauten Bullshit-Detektor.

»Mickey Mikado wird einen richtigen Hals kriegen, wenn du hier nicht auftauchst«, sagt er. »Wir haben ihm den Endschliff für Dienstag versprochen, und heute ist schon Freitag.«

»Er kann mich mal«, antworte ich, was im L. A.-Jargon »Ruf ihn an und vertröste ihn« heißt.

»Ich werde versuchen, dass sie die Deadline noch ein bisschen verschieben«, sagt Sam. »Aber in zehn Tagen wollen die das Teil drehen.«

»Dann sag den Schauspielern, sie sollen sich einfach was ausdenken.«

»Machen sie doch sowieso.«

Das ist ein ritualisierter Autorenwitz. So beenden wir immer unsere Telefonate.

Die Fahrt auf dem Laurel Canyon Boulevard zieht sich. Es ist eigentlich nur ein kurzes Stück, aber alle Manager der Studios im Valley fahren zu Meetings in Beverly Hills, und alle Agenten aus Beverly Hills fahren zu Meetings in den Studios im Valley, also geht auf den Straßen überhaupt nichts mehr. Ich nehme die Abkürzung über Mount Olympus. Das Wetter in L. A. ist traumhaft. Es ist Anfang Januar, und die Santa-Ana-Winde wehen. Das Licht ist herrlich intensiv, die Atmosphäre sprüht nur so vor Energie, der Himmel ist kristallklar und kobaltblau. Kein Wunder, dass die Leute hierherziehen.

Auf den Bergen liegt eine feine Schneeschicht. Man sieht die Berge nur zu dieser Jahreszeit, wenn die Winde den ganzen Abgasmist an Pasadena vorbei aus der Stadt blasen. Ich komme also über den Mount Olympus und sehe das Zentrum von L. A. im Sonnenlicht glitzern. Wenn man einmal den Mulholland Drive überquert hat, kann man meilenweit gucken, auf endlose Ausläufer von Hügelketten, die sich bis nach Santa Barbara ziehen, und heute ist es noch klarer als sonst. Das liebe ich an Los Angeles. Das Wetter und den Dresscode. Ich fahre in Sneakern und im T-Shirt zu einem wichtigen Verkaufsgespräch.

Genau bei diesem Meeting auf dem Gelände von CBS Radford kommt mir die geniale Idee. Sie hat nichts mit der

Sitcom zu tun, um die es gleich gehen wird. Und weil sie zwar genial, aber gleichzeitig so simpel ist, kriege ich kurz Panik, dass das bestimmt schon mal jemand gemacht hat. Aber ich glaube es ehrlich gesagt nicht. Ich bin mir ziemlich sicher, eine erstklassige Topidee zu haben.

Ich bekomme einen Gästeparkausweis und werde von einem Wächter in Uniform auf einen geräumigen Parkplatz neben ein paar richtigen Luxusschlitten gelotst. Diese glänzenden Statussymbole gehören den Schauspielern einer supergut bezahlten Sitcom, die hier auf dem Gelände gedreht wird. Einige von ihnen kassieren über eine Million Dollar pro Woche, und dann kriegen sie diese Schlitten auch noch kostenlos gestellt. Krank.

Ich kann es kaum erwarten, zu ihnen zu gehören.

Die Leute, mit denen ich mich treffe, haben einen kleinen, aber hübschen Bungalow neben einem wuchtigen Betonbunker gemietet. Alles an diesem Bungalow stinkt nach Artdirector: die Holzstufen, die frisch aufgetragene gelbe Farbe, die kanariengelben Flattervorhänge und die knallroten Geranien in angemalten Blumentöpfen. Der Bunker daneben heißt Studio Ten, und ein trauriges Banner von *Survivor Two* hängt an seiner verwaschenen Front.

Mercy Champion sind natürlich zu spät. Wenn man in Hollywood nicht zu spät ist, heißt das, man ist nicht angesagt. Das gibt mir immerhin die Gelegenheit, den neusten Klatsch und Tratsch zu lesen und die Sekretärinnen anzugaffen. An einem Computer sitzt eine echte Granate in einem engen weißen Kleid und spielt Freecell. Sie wirkt gelangweilt. Hin und wieder sieht sie auf und gibt mir Bescheid, dass es noch ein wenig dauert.

Mir macht das nichts aus. Ich könnte sie den ganzen Vormittag anstarren.

»Kann ich Ihnen etwas Gutes tun?«, fragt sie.

Mir fallen etwa hundertfünfzig Sachen ein, aber ich beschränke mich auf ein kleines Perrier.

Nach einer weiteren halben Stunde geht die Tür auf, und Ellen DeGeneres kommt raus. Sie sieht mich nicht an, aber sie hat ein selbstzufriedenes kleines Lächeln auf den Lippen.

Ich merke sofort, wie froh sie sind, dass sie da war, und noch froher, dass ich mitbekommen habe, wie sie gegangen ist. Alle sind unglaublich fröhlich. Ich kriege den ganzen Restpromi-Glanz ab.

Das Büro sieht aus wie ein Wohnzimmer, nur mit viel zu vielen Möbeln. Ein halbes Dutzend Leute sitzen auf Couchlehnen und haben sich auf dicken Ledersesseln zusammengequetscht. Wir sollen eigentlich über meine Sitcom reden, aber erst einmal plaudern wir über Ellen, wie angesehen sie ist und wie unglaublich beliebt. Niemand scheint es eilig zu haben, mein Projekt anzusprechen.

Ich gelte technisch gesehen als »in der Entwicklung«, was so viel heißt wie »beim Schreiben«, außer, dass man nicht wirklich schreibt. Man geht zu Meetings und hört sich von Leuten an, die nichts schreiben, wie das fertige Produkt sein wird, wenn man es dann geschrieben hat.

»Es wird schonungslos sein, aber mit einem soften Touch.«

»Unglaublich witzig, aber ohne die Sympathien des Publikums zu verspielen.«

»Total fesselnd, sehr heutig, und doch unter der Oberfläche auch warmherzig, aber zugleich auch zum Schreien komisch.« So in der Art.

Ich lächle einfach weiter, während sich ihre Münder bewegen. Ich bin kein aufbrausender Typ, aber dieses »wir suchen eine total coole, originelle Serie«, während sie eigentlich nur eine blöde abgekupferte Show beschreiben, halte auch ich nur bis zu einem gewissen Grad aus.

»Wir glauben an *Sitcom.com*«, sagt Mercy mit der Überzeugung einer Nonne.

Pling. Natürlich. Jetzt fällt es mir wieder ein. Ich hatte mir einen »Entwurf« mit dem Arbeitstitel Sitcom.com aus den Fingern gesaugt, über eine Gruppe Cappuccino trinkender junger Twens, die versuchen, eine Sitcom im Internet zu etablieren.

»Das ist mal was ganz Neues und sehr hip«, sagt Mercy.

»Zielgruppe sind die ›Neuen Jungen‹«, fügt Champion hinzu.

»Sind denn die ›Alten Jungen‹ schon gestorben?«, frage ich, ohne nachzudenken.

Alle starren mich an.

»Sorry«, sage ich, »kleiner Scherz.«

Oh. Alle brechen in übermäßiges Gelächter aus. Als hätte Woody Allen was gesagt. Es ist einfach peinlich. Aber sie müssen glauben, dass ich witzig bin, also bewahre ich Haltung, während sie sich auf den Sofas kugeln und gegenseitig versichern, dass ich irrsinnig komisch bin.

»Sie haben genau unseren Vibe«, sagt Mercy.

»So fresh«, sagt Champion.

Mercy nickt begeistert. »Bei *Sitcom.com* dreht sich alles um junge Leute, die sich clevere Einzeiler um die Ohren hauen.«

In Wirklichkeit wissen wir alle, dass es um Werbeeinnahmen geht. Darum, die Trottel zwischen den Werbepausen vor der Glotze zu halten. Mehr nicht. Sie mit hübschen Mädels mit hübschen Titten vollzudröhnen, die hübsche Sprüche zu Vollpfosten in engen Jeans sagen.

Sie zeigen mir Bilder von Frauen, die sie für die Pilotfolge gecastet haben, die ich am besten sofort schreiben soll, sobald der Deal unter Dach und Fach ist. Dann können sie die Serie auch gleich *Tittcom* nennen. Oder *Danke für die Hupen*. Aber sie versichern mir, dass alle Mädels nicht nur umwerfend schön sind, sondern auch total witzig. Und sie sagen, wie sehr sie an dem Projekt interessiert sind, wie unglaublich sie sich schon darauf freuen, mit mir zusammenzuarbeiten, dass wir Unsummen an Geld gemeinsam daran verdienen werden und dass es ein »Riesenspaß« werden wird. Das ist mein Abschiedsstichwort, also stehe ich auf, schüttle allen die Hände und bedanke mich so aufrichtig, wie ich kann. Ich kann nur hoffen, dass jemand die Idee klaut, bevor ich das schreiben muss. Keine ganz unbegründete Hoffnung übrigens, Hollywood ist so undicht wie ein Kondom aus dem Nähkästchen. Schuld dran sind die Agenten und die Anwälte. Sie gehen zusammen essen, plaudern und tauschen Storys über Projekte in der Entwicklungsphase aus. Und zack, verkündet irgendein Arsch es als seine neue Idee. Aber ist mir auch egal. Sie klauen eh nur Schrott.

Ich fahre gerade vom Gelände, als sie mich trifft wie ein Schlag. Meine geniale Idee.

Ellen sollte in meinem Buch auftauchen.

Und nicht nur Ellen.

Lauter Promis. Echte Leute.

Mein Roman wird voller Stars sein.

Nach meiner saugenialen Knalleridee geht es mir so gut, dass ich im Auto singe. Ich fahre direkt nach Hause, um mit meinem Buch anzufangen, dem ersten Roman voller Hollywoodstars.

Ich wohne in einem winzigen, gegen einen Abhang gedrückten Haus hinten am Sunset und rolle gerade Joni Mitchell schmetternd den Laurel Canyon Boulevard herunter, als Sam anruft. Selbstzufrieden, wie ich bin, vergesse ich völlig, dass ich ja eigentlich beim Zahnarzt bin. Also erzähle ich ihm schön brühwarm, dass ich gerade ein sehr erfolgreiches Pitch-Meeting mit Mercy Champion hatte.

Er ist nicht begeistert.

»Noch nicht mal vernünftig lügen kannst du«, sagt er.

»Ich hab den Gig«, erwidere ich. »Das ist ja wohl der unstrittige Beweis, dass ich vernünftig lügen kann.«

»Du hast gesagt, du würdest leiden wie Tier.«

»Hab ich auch. Du hättest mal die Empfangsdame sehen sollen.«

»Das ist nicht witzig, Stanley. Mickey Mikado ist auf hundertachtzig. Er dreht völlig am Rad. Er droht, die Neufassung nicht zu bezahlen!«

Das ist mies. Eine Neufassung nicht zu bezahlen, die wir noch nicht gemacht haben. Ich biete Sam an, ihn an dem Deal mit Mercy Champion zu beteiligen, aber ich merke, dass ihm das nicht schmeckt.

Zum Beispiel daran, dass er auflegt.

Bedauerlich. Aber ich muss jetzt ein Buch schreiben und lasse mich durch nichts davon abhalten. Noch nicht mal von einem schönen Glas Chablis bei Dominick's, das ich mir nur zu gern als Belohnung für einen erfolgreichen Pitch gönnen würde. Dominick's ist meine spirituelle Heimat. Es ist eine Privatbar gegenüber vom Cedars-Sinai, dem riesigen Krankenhaus, wo die Stars ihr Fett wegkriegen. Die Bar ist ein flaches Gebäude mit zwei Räumen: Der Hauptraum ist mit Holz verkleidet und voller Tischnischen im alten Stil, und auf der anderen Seite des Innenhofs gibt es ein Spielzimmer, wo die Leute koksen, sich Blowjobs erbetteln und völlig zuknallen.

Der Dauerbrenner des Hauses geht so: Was ist der Unterschied zwischen Dominick's und der Titanic? Bei Dominick's haben sich mehr Leute volllaufen lassen …

Das Dominick's ist seit den Vierzigern ein legendärer Treffpunkt, um sich so richtig danebenzubenehmen. Es gehörte zu den Lieblingskneipen von Frank Sinatra und dem Rat Pack. Nur Freunde von Freunden dürfen in diesem exklusiven Unterschlupf essen und trinken. Lauter Arschlöcher hängen dort rum. Die nennen sich echt selber so. Alles böse Jungs. Und natürlich ziehen sie die Mädels an, die auf böse Jungs stehen. Ein kurzer Drink mit Giler oder Tiny Naylor kann nicht schaden. Aber nein, ich muss diszipliniert bleiben. Tolstoi hat es nur so weit gebracht, weil er sich nicht kurz mal für ein Glas Chablis verdrückte, anstatt zu schreiben. Alles Gute braucht Disziplin, also heim mit dem Helden und ran an den Schreibtisch.

Ich bin den Sunset halb runter, als Morty anruft.

»Was hast du gemacht? Denen einen geblasen?«

»Was?«

»Mercy Champion sind hin und weg von dir. Du hast sie heiß gemacht. Hast du heimlich Viagra in ihren Kaffee gekippt? Stanley, die sind so angefixt von dir, das war wie Telefonsex.«

Werde ich rot? Nein. In Hollywood gibt es kein Schamgefühl.

»Die wollen die Pilotsendung unter Dach und Fach bringen. Und übrigens, Kleiner, Pangloss hat Interesse an deinem Buch.«

»Meinem Buch? Ist nicht dein Ernst.«

»Ich habe ein paar Leute angerufen. Die bei Pangloss sind ziemlich scharf drauf. Mir hat ein Vögelchen gezwitschert, dass sie in der Klemme stecken. Sie haben ein großes Loch in ihrem Sommerprogramm. Irgendein Arschloch von

Schriftsteller hat nicht geliefert, und jetzt suchen sie verzweifelt nach einem Strandbuch.«

»Einem was?«

»Du weißt schon … ein Strandbuch. Das Buch, mit dem alle in den Hamptons im Sommer abgelichtet werden. Eine Ferienlektüre. Du bist doch fertig damit, oder?«

»Klar. Willst du es lesen?«

»Sehe ich so aus? Ich habe ihnen schon gesagt, dass Sonny Mehta unbedingt die Rechte haben will. Aber sie dürften zuerst, wenn sie schnell sind.«

Wow.

»Richard Hume möchte dich morgen im Le Dome zum Lunch treffen. Er ist aus New York angereist wegen einer Filmvorführung. Sie glauben, du bist die Antwort auf ihre Gebete. Mach das Ding bloß klar, Stanley.«

Oh Gott. Ich werde Romanautor.

+++

Gerade fahre ich noch auf dem Sunset, als ein Promiparkplatz direkt vor Book Soup frei wird. Ich will immer noch nach Hause fahren und sofort mit dem Roman anfangen, aber ich bin ganz beflügelt von dem Telefonat mit Morty, und außerdem lässt man einen geschenkten Parkplatz nicht links liegen. Also beschließe ich, mir eine kleine Belohnung zu gönnen. Nach einem kurzen Wendemanöver parke ich ein.

Ich bin ein Bücherjunkie, müssen Sie wissen.

Ich liebe Bücher. Und ich *liebe* Buchläden. Ich finde diese Orte sexy. Warm. Gemütlich. Voller intimer Gedanken. Es gefällt mir, wie alle ihren Kopf schief halten, wenn sie die Regale durchstöbern. Genau so sehe ich uns Bücherratten:

als Kopfneiger. Zeitschriftenleser machen das nicht. Sie halten die Zeitschrift schief oder blättern sie von hinten durch. Mit Büchern geht das nicht. Book Soup ist der Buchladen bei mir in der Nähe, Dutton's in Brentwood ist auch sehr gut, und dann gibt es noch einen zweiten Dutton's im Valley, die haben auch gebrauchte Bücher.

Ein kleines Buch, und dann setze ich mich den ganzen Abend an den Schreibtisch. Ich muss für morgen vorbereitet sein.

Gerade füttere ich die Parkuhr, als ich sie erblicke.

Joanie Collins.

Ich kann sie deutlich durchs Schaufenster sehen. Sie steht an der Kasse. Mit dieser dunklen Brille würde ich sie überall erkennen.

Das ist ein Wink von oben.

Mein Roman ist Schicksal.

Und ihr Schicksal ist es, darin vorzukommen.

Ich meine, das ist Joan Collins, verdammt. Sie ist eine Legende.

Ich stehe vor Book Soup auf dem Bürgersteig und starre durchs Schaufenster, und eigentlich will ich reingehen und »Hi Joanie« sagen, weil man das mit Promis so machen kann und sie dann annehmen, dass sie einen kennen und nur vergessen haben, wer man ist. Der perfekte Weg also, um sie kennenzulernen. Man muss nur so was sagen wie, »Hey Joanie, Stanley Hay, Sie erinnern sich, Mortys Sache da für Goldie bei der CAA?«, und dann kommt: »Ja, natürlich, wie geht's denn so?«

Aber ich bewege mich nicht vom Fleck.

Der Augenblick ist einfach zu gut.

Ich möchte ihn für immer festhalten.

Von irgendwo höre ich einen Engelschor. Er kommt aus

ihrer Limousine. Der Chauffeur hat die Tür geöffnet, und Joanie kommt aus dem Buchladen, hat die dunkle Sonnenbrille auf und gleitet in die Limousine. Ich stehe noch immer da wie angewurzelt und sehe nur, wie sie kurz die Hand hebt und davonfährt.

Habe ich mir das mit dem Winken nur eingebildet?

Egal, wenn ich es schreibe, winkt sie.

Ich drehe mich um. Im Schaufenster von Book Soup steht überall der neuste Bestseller. Vom Boden bis zur Decke, Hunderte davon.

Es ist meiner.

Mein neuer Roman. Mit Joan Collins.

Mein Gesicht schaut mich von jeder Coverrückseite an.

Der Umschlag ist schlicht und klar. Eine geöffnete Schere, wie sie die Wörter

The Writer's Cut

zerschneidet. Darunter Kiss and Sell von Stanley Hay.

OMG! Es ist Schicksal.

Ich hyperventiliere.

Schnurstracks fahre ich nach Hause und arbeite die halbe Nacht durch.

Also, ich fahre schnurstracks nach Hause und fange an, die halbe Nacht durchzuarbeiten, aber ich muss natürlich *American Idol* gucken. Ich bin ja für Clay Aiken. Der ist einfach hinreißend. Tish mag Reuben lieber, aber mir gefällt Clay. Tish ist halb Chinesin, halb Amerikanerin, und ihre Großeltern stammen aus Singapur. Sie hat großartige Gene, samtschwarzes Haar, lange Beine und einen Traumkörper. Sie ist Schauspielerin, kellnert aber.

»Ich mach grad eine Tellernovela«, sagt sie.

Das ist ihre kleine Pointe, aber sie geht wirklich andauernd zu Castings, macht Yogakurse, Pilates, Schauspielkurse, Tanzkurse und was auch immer das für Kurse sind, mit denen sie sich den Tag vollstopft. Hin und wieder schreibt sie auch Drehbuchlektorate für die Filmstudios. Das heißt, sie ist oft weg, serviert abends im Little Dom's und kommt dementsprechend spät nach Hause. Das passt mir gut, weil ich abends am Roman schreibe. Oder schreiben werde. Und ich werde ihn Tish widmen.

Also, wahrscheinlich.

Tish oder Philip Roth.

Tish hieß früher Trish, aber ich glaube, das ist Philip Roths richtiger Name. Wir sind jetzt seit sechs Monaten zusammen – ich und Tish natürlich, nicht ich und Philip Roth.

Bei sechs Monaten wird es langsam gefährlich. In dieser Stadt bedeutet das was. Wahrscheinlich ist das sogar ein eigener Familienstand, sechs Monate. Ich kenne nämlich niemanden, der verheiratet ist. Es gibt eine ganze Generation von Männern, die auf die vierzig zugehen und weder schwul noch verheiratet sind noch überhaupt in einer ernsten Beziehung leben. Keine Kinder, keine Alimente, keine Verpflichtungen. Seltsamerweise sind die meisten meiner schwulen Freunde verheiratet und haben Kinder. Wir haben die Rollen getauscht. Jedenfalls sind sechs Monate so was wie ein Stichtag in einer Hollywoodbeziehung, und ich merke, wie ich langsam nervös werde wegen dieses ganzen Verpflichtungsgedöns. Verdammt, ich bin doch erst 26, also 29, wenn man Geburtstage zählt, aber das macht niemand in dieser Stadt, und jeder weiß, dass man sein Alter aufpolieren muss, wenn man überleben will, sogar in Autorenkreisen.

Ich will, dass mein Roman voll trendy ist, und überlege, wie viele Sexszenen ich einbauen soll. Nach *American Idol* nehme ich mir Zeit für die Frage nach den nackten Tatsachen. Wir gehen alle davon aus, dass die Literatur von heute voll davon ist, dabei ist der sexbesessene moderne Roman erst fünfzig Jahre alt. Er kam 1959 in Großbritannien zur Welt, mit D. H. Lawrences *Lady Chatterleys Liebhaber*. Das Buch galt als der skandalöseste Roman aller Zeiten. Er soll Bedienstete verdorben und pervertiert und der Arbeiterklasse einen irreparablen moralischen Schaden zugefügt haben. Haben Sie den Roman mal gelesen? Ich war schockiert. Verglichen mit den meisten Büchern von heute ist er ein keusches Traktat. Suchen Sie mal darin anstößige Wörter. Kein Bestseller hätte auch nur den Hauch einer Chance, wenn er nicht so viel Sex in den ersten Kapiteln bringt wie im kompletten Roman von Lawrence. Man kann sich kaum noch vorstellen, warum deswegen so ein Aufstand gemacht wurde. Die Herausgeber wurden vor britische Gerichte gezerrt. Weswegen genau, kriege ich nicht mehr zusammen. Wegen Beleidigung der Augen Ihrer königlichen Hoheit oder Verunsicherung der Mittelschicht oder welchem bescheuerten britischen Gesetz auch immer. Ich persönlich mag ja die Briten. So als Einzelmenschen. Und natürlich als Schriftsteller. Der Rest hat irgendwie einen Stock im Arsch.

Folgendes sagte jedenfalls Rechtsanwalt Mervyn Griffith-Jones in seiner Eröffnungsrede vor den Geschworenen am 20. Oktober 1961 in London beim Prozess gegen Penguin Books.

»Würden Sie es gutheißen, dass unsere jungen Söhne und Töchter – denn Mädchen können genauso gut lesen wie Jungen – dieses Buch lesen? Ist dies ein Buch, das Sie in Ihrem Heim öffentlich liegen lassen würden? Ist dies ein Buch, das Sie gar Ihrer Frau oder Ihren Bediensteten zum Lesen empfehlen würden?«

Das gefällt mir. Passen Sie auf, dass es die Bediensteten nicht in die Finger kriegen. Vor allem nicht die Jäger. Sie versuchen sofort, Ihre Frau flachzulegen.

In meinem Buch wird es jedenfalls Sex geben. Und nicht zu knapp.

Ich habe ein paar gute Storys von der Front beizusteuern. Mein Freund H. ist tatsächlich mal auf einer bekannten Schauspielerin eingeschlafen. Er machte seinen Fauxpas noch schlimmer, als er ihr am nächsten Tag Blumen schicken ließ und sich entschuldigte, sie versetzt zu haben.

»Aber du warst doch hier«, sagte sie.

Sie war fast noch entrüsteter darüber, dass er vergessen hatte, überhaupt bei ihr gewesen zu sein, als darüber, dass er auf ihr eingepennt war.

Arschlöcher. Haben die besten Storys.

Ich werde von einer ziemlich interessanten Frontline-Dokumentation über den Irak vom Schweinkram abgelenkt. Offensichtlich haben sie tonnenweise Massenvernichtungswaffen. Cheney sagt, die Hinweise seien überzeugend. Ich schalte ab und krame »Die duftende Pussy« heraus, einen Text, den ich mal für Roley Esmic, den König der Softpornos und Eigentümer des *Stroke Magazine,* geschrieben habe. Roleys Schwanz steckt in seinem Gehirn, und er hat Haarimplantate, um ihn zum Wachsen zu animieren. Sein Firmenmotto, ohne Scherz, lautet: »Der Penis: mächtiger als das Schwert.«

Ich mag Roley, aber er sieht immer aus, als wäre er gerade erst aufgestanden, was wahrscheinlich sogar stimmt, weil er immer seinen beschissenen Morgenmantel trägt. Mal ehrlich, seit Heff macht das doch keiner mehr. Ich denke mal,

Roley fixt Viagra. Er hat komische Haare, so einen Querkämmer auf seiner fortschreitenden Glatze. Außerdem tut er so, als wäre er ein ganz normaler Typ, der quasi aus Versehen einen Privatjet hat und mit drei oder vier jungen Hüpfern zusammenlebt. Immerhin bezahlt er so gut, dass ich für ihn niveauvolle Pornos schreibe. Das Problem ist nur, ich kann sie Tish nicht zeigen. Nachher kommt sie noch auf die Idee, dass ich aus Erfahrung schreibe. Was postironisch ist, weil es ja stimmt.

Hin und wieder werde ich gebucht, um Sachen knackiger zu machen, runder, ihnen den letzten Schliff zu geben oder ihnen »eine Ladung Humor« zu verpassen, wie die Produzenten sagen. Klingt irgendwie nach Sex. Kommt ja auch hin. Vor ein paar Jahren zum Beispiel, ich war noch ganz neu in der Stadt und arbeitete als Regieassi an einer dämlichen Paramount-Komödie, da nahm mich der weibliche Star des Films mit ins Chateau Marmont. Sie hatte gesehen, wie ich am Tor von Paramount herumlungerte, hielt an und fragte, ob sie mich mitnehmen könne. Wie konnte ich da Nein sagen? Eine Schönheit in einem kleinen roten Flitzer. Sie würden sie kennen, garantiert. Sie ist blond, und ihr Markenzeichen sind dermaßen volle Lippen, dass man sie als Vorlage für ein Sofa nehmen könnte. Sie hatte gerade splitterfasernackt in einem preisgekrönten europäischen Film mitgespielt, nur mit einer Zigarette zwischen ihren sagenhaften Polsterlippen.

Und jetzt stand sie in meinem Hotelzimmer. Anstatt mich abzusetzen, bestand sie darauf, mit nach oben zu kommen, um zu sehen, wo ich wohne. Wegen der guten alten Zeiten, sagt sie. Sie hat selbst fünf Jahre lang hier gelebt, vor Ehemann Nummer eins. Das war lange vor ihrem jetzigen Ehemann, Nummer zwei, der ein berühmter Actionstar ist und über den man munkelt, er habe seine männlichen Schauspielkollegen mehr als nur ein bisschen gern.

Ich drücke mich zwischen ihr und dem Bett in meinem winzigen Zimmer durch und versuche, sie nicht anzurempeln. Sie ist das hübscheste Wesen, das ich je gesehen habe. Noch nicht einmal in meinen feuchtesten Träumen würde ich es wagen, mich an sie ranzumachen, ehrlich. An sie komme ich wirklich nicht ran. Ganz zu schweigen von ihrem extrem durchtrainierten Mann. Sie sieht aus dem Fenster und seufzt. Mit den Gedanken ist sie ganz woanders.

»Was war ich damals jung«, sagt sie, »und ich hatte so viel Spaß hier.«

Auf einmal dreht sie sich um.

»Wie alt bist du, Jake?«

»Stanley«, sage ich. »Und ich bin einundzwanzig.«

Zumindest bin ich alt genug, um mein richtiges Alter in Hollywood für mich zu behalten.

»Einundzwanzig und ungeküsst«, sagt sie und macht einen Schmollmund.

Darauf kann ich nun gar nichts sagen, also gaffe ich sie an. Ihre Nähe finde ich ungeheuer erregend. Das entgeht ihr natürlich nicht.

»Nanu, was haben wir denn da?«, sagt sie. »Ist der für mich? Wie schmeichelhaft. Ich glaube, da kann ich dir weiterhelfen.« Und ich schwöre bei Gott, sie schiebt mich rückwärts aufs Bett. Ich richte mich auf und will sie küssen, aber sie drückt mich ungeduldig zurück, öffnet meinen Gürtel und beginnt an meiner Jeans zu zupfen. Ich hebe die Hüfte an und sie zieht mir die Hose runter.

Sie lächelt, wirft einen anerkennenden Blick auf meinen Schwanz, sagt »Hallo kleiner Mann«, und plötzlich hat sich dieser berühmte Mund, haben sich diese sagenhaften Lippen, die ich gerade noch um die Ecke auf der Fünfundzwanzig-Meter-Leinwand bewundert habe, um mein bestes Stück geschlossen. Die millionenschwere Leinwandgöttin besorgt es mir, und ihre flinken Hände mit rot lackierten Fingernägeln schieben mich gekonnt immer weiter hinein. Ich bekomme von einer Hollywoodlegende einen geblasen. Ihr goldener Kopf hüpft in meinem Spiegel auf und ab, und ich kann in der dunkelgrauen Mattscheibe meines Fernsehers sehen, wie sich ihr traumhafter Arsch auf- und niederbewegt. Und schon explodiere ich.

»Welcome to Hollywood«, sagt sie.

Genau so ist es passiert.

Das werde ich definitiv für meinen Roman verwenden. Ihren Namen werde ich schon andeuten, aber ehrlich gesagt habe ich etwas Schiss vor ihrem Mann. Er sieht mir nach einem rachsüchtigen Arschloch aus.

Wie gesagt habe ich diesen Text eigentlich für Roley Esmic, den Eigentümer von *Stroke* geschrieben, aber der Name hat ihm nicht wirklich Glück gebracht, denn genau daran ist Roley gestorben. An einem Stroke, einem Schlaganfall. Ausgerechnet in dem Moment, als ihm eine seiner »Assistentinnen« einen runterholte. Mausetot in seiner efeuumrankten Villa in Bel Air. Eins der prominentesten Mitglieder der Pornokratie kippt aus den Latschen und schnappt auf dem importierten Marmor nach Luft wie ein Fisch. Wieder ein Opfer von Viagra. Als Sam hörte, was mit Roley passiert war, meinte er, »Wenn die Symptome länger als vier Stunden anhalten, fragen Sie Ihren Bestatter.«

Ich sah keinen Penny für meinen Text.

Ich wurde vom Lesen so scharf, dass ich Tish im Restaurant anrief und bat, herzukommen. Was gar nicht so einfach war, weil ich ihr erzählen musste, ich hätte mir die Sache komplett ausgedacht, und natürlich glaubte sie mir nicht. Sie konnte auch nicht sofort kommen, weil viel los war und sie unterbesetzt waren. Am Ende blieb es beim Telefonsex, aber ich brauchte ganz schön lange, und sie meinte, die Leute bei Little Dom's würden schon komisch gucken, was mich wieder völlig aus dem Rhythmus brachte.

Ich meine, hallo, das ist doch nicht das erste Mal, dass beim Little Dom's einer Telefonsex hat.

The Writer's Cut
von Stanley Hay

Ein eindringlicher Erguss über das, was in Tinseltown hinter den Kulissen und unter den Decken vor sich geht

Ein Reality-Roman

Mit Bullshit kenne ich mich aus.

Das ist meine Spezialität.

Und das sage nicht nur ich, sondern Tish, und Sam meint, ich habe schon mehr Dünnschiss fabriziert als ein Stamm Salmonellen. Das gilt hier übrigens keineswegs als Beleidigung. In Hollywood gilt Bullshit als Kunst. Und ich bin ziemlich gut. Wenn du nicht pitchen kannst, bist du erledigt. Das machen die Leute hier Tag und Nacht, am Telefon, im Auto, im Büro, im Bett. Wenn du hundert Pitches in Hollywood hinter dir hast, kannst du es im Schlaf. Es hat viel mit Werbung zu tun. Oder mit Striptease. Ich nenne es Laptop-Dance. Du musst die Kunden so verführen, dass sie Geld hinlegen, ohne wirklich etwas zu sehen. Du köderst. Du verleitest. Du pflanzt ihnen einen Traum ein, ohne den sie dann nicht mehr leben wollen und den sie sofort in die Tat umsetzen müssen. Es ist horizontale Verführungskunst, aber Richard Hume ist nun mal New Yorker und Verleger, und solche Leute sind sehr clever und nicht so leicht zu kriegen. Also muss man ihre Schwächen ausnutzen. New Yorker hassen L. A. Sie bilden sich auch noch was drauf ein. Trotzdem mischen sie sich gern mal unters niedere Volk. Das ganze Frischfleisch und die Macht ziehen sie an. Und natürlich das Wetter, obwohl sie so tun, als würden sie es nicht ausstehen können. Also kommen sie her, schlafen in Strandhäusern von Freunden, fahren herum, verfranzen sich und hassen alles.

New Yorker sind außerhalb von Manhattan im Grunde nicht überlebensfähig. Sie müssen ihre Stadt überall mit hinnehmen. Deswegen reisen sie auch in Rotten. Sie fahren alle zusammen nach »Wimpleton« oder nach Paris, immer schön in einer Gruppe mit anderen New Yorkern. Exotische Orte bereisen sie auf riesigen Jachten, damit sie nicht wirklich an Land müssen. Der Mittelmeerluftraum ist brechend voll von New Yorkern in Privatjets. Hordenweise wohnen sie in gemieteten Palazzi. Selbst hier in L. A. ziehen sie sich zu warm an und streifen in Gruppen auf der Suche nach einer Pizzeria umher, die so ist wie in New York.

Richard Hume trägt zum Lunch Tweed und Fliege. Er hat gepflegte Hände und große blaue Augen. Eigentlich sieht er aus wie Robert Redford. Morty meint, er ist ein WASP, äh, eine Wespe im Schafspelz.

»Schnapp ihn dir, Kleiner«, ist sein Rat an mich.

+++

Das Le Dome auf dem Sunset Boulevard ist rappelvoll. Es ist ja auch DER Ort für einen Lunch. Jeder, der nicht gerade ein Niemand ist, schaut hoffnungsvoll zu Eddie, ob er einen noch irgendwo reinquetschen kann. Ich sehe Joanie Collins, die sich unübersehbar mit ihrer Schwester Jackie in eine Ecke verkrümelt hat. Warren Beatty strahlt, kurzsichtig, wie er ist, vor sich hin und wartet auf seine Verabredung. Bruce Willis sitzt gleich gegenüber von ihm mit Demi. Es sind einige phänomenale High-Class-Escorts da, ganze Trauben von Agenten in Armani, vereinzelt mal ein zerzauster Regisseur, bildschöne Schauspielerinnen, hier und da ein Studiochef und ein paar prominente Drehbuchautoren, denen ein Hauch von Rockstar anhaftet. Der ganze Raum ist voller Bullshit.

Wie gesagt, Richard Hume ist sehr clever. Als ich ihm sage, ich würde einen Reality-Roman schreiben, verschluckt er sich fast an seinem Spargel.

»Einen *Reality*-Roman?«

»Mit echten Leuten. Mir zum Beispiel.«

»Sie?«

»Ja. Es ist ein Roman in der Form eines *Memoirs*, das als Roman daherkommt.«

»Wie bitte?«

»Die Bücher von heute sind doch alles Prominentenbücher. Autoren sind wichtiger geworden als ihre Werke. Die Romanschreiber sind die Stars in ihren eigenen Romanen.«

»Und weiter … ?«, versucht er mir zu folgen.

»Als Truman Capote *La Côte Basque* schrieb, verriet er seine Freunde und wurde dafür in die soziale Hölle geschickt. Manche sagen, zu Recht. Ich sehe das anders. Die Aufgabe eines Schriftstellers ist doch gerade, zu verraten, und zwar was in der Welt passiert. Was denn sonst? Wen interessiert's, dass Truman nicht mehr in die Hamptons durfte? In seinem Buch *In Cold Blood* ist er selbst der Star. Man kann genau sehen, wie der Roman ›Scheiß auf die Fiktion‹ sagt und einen Riesensprung aus dem 19. Jahrhundert ins 20. Jahrhundert macht, wo es nur noch um Stars geht. Dickens war so ein Star. Er hat auf Tour vor riesigen Menschenmengen aus seinen eigenen Werken gelesen. Genauso Oscar Wilde, aber auf eine Idee sind sie alle nicht gekommen: selbst in ihren Büchern mitzuspielen!«

»Philip Roth lässt sich in mehreren seiner Werke finden.«

»Ja, aber als Zuckerman. Ich werde ich sein, Stanley Hay, der als Stanley Hay schreibt. Das Neuste von der Front. Scharfe Granaten im Nahkampfeinsatz.«

Er sieht skeptisch aus. Ich muss schleunigst das Genre wechseln.

»Vielleicht war Norman Mailer der Erste, der das gemacht hat, aber bei ihm war es eher neckisch gemeint, wenn er sich Aquarius nannte oder so was in der Art. Vielleicht war es auch Martin Amis, der als Erster in seinem eigenen Roman auftauchte, aber die Sache ist doch die: Der Roman hat den dokumentarischen Aspekt des Fernsehens übernommen, den Starfaktor vom Film geklaut und den Promikult der Klatschzeitschriften dazugemixt, und voilà, er ist nicht tot: Es ist nur mutiert. Der reinste intellektuelle Darwinismus.«

»Und das ist *The Writer's Cut*?«

»Das ist *The Writer's Cut*.«

»Wann kann ich reinlesen?«

»Sobald ich fertig bin. Meine Feder glüht gerade.«

»Wie weit sind Sie?«

»So gut wie fertig.« In Hollywood nennt man das eine kreative Wahrheitsdehnung. Überall sonst heißt das Lüge.

»Noch ganz am Anfang« hätte es besser getroffen. »Ich bin gerade beim letzten Überarbeitungsschritt.«

»Können wir es möglichst bald haben?«

»Kein Problem.«

»Könnte nämlich sein, dass wir es ziemlich flott veröffentlichen wollen. Ich werde Morty anrufen.«

Mit diesen Worten übernimmt er die Rechnung, steht auf und verlässt das Restaurant. Ich bleibe sprachlos zurück.

Mein lieber Herr Gesangsverein, bin ich King Bullshit oder was?

2

»Die verdammte scheiß Uhr tickt, verdammte Scheiße noch mal.«

Das kommt von Mickey Mikado.

Sam und ich sitzen in einem frühen Morgenmeeting im Managertrakt von Disney. Todeszellentrakt trifft es eher. Über dem Haupttor, das breit genug für ein ganzes Blasorchester ist, buckeln die Sieben Zwerge die Last der Welt auf ihren Schultern. Sam und ich sind kurz davor, ihnen Gesellschaft zu leisten. Es fühlt sich an wie damals auf der Highschool.

Mickey Mikado sitzt vor einem großen Foto vom Hotel seines Bruders draußen in der Wüste. Es heißt *The Mikado*, falls Ihnen das entgangen ist, und soll so eine Art japanisches Vegas sein, mit Geisha-Stripperinnen und Samurai-Kellnern und, o Graus, gekochtem Sushi.

Um wiedergutzumachen, was wir eigentlich letzte Woche hätten liefern sollen, haben Sam und ich gerade zugesagt, das ganze Wochenende durchzuarbeiten, und wenn es sein muss, die Nächte durch, was für mich ein bisschen problematisch ist, weil ich ja jetzt einen Roman zu schreiben habe.

Ganz genau.

Richard Hume hat ihn gekauft!

Er hat doch tatsächlich meinen verdammten Roman gekauft.

Morty rief gleich an, um mir die guten Neuigkeiten mitzuteilen.

»Also, Kleiner, ab jetzt bist du Schriftsteller.«

Das war Musik in meinen Ohren. Er hat mein Buch gekauft. Weil ich es so gut gepitcht habe.

»Er findet die Idee super«, hörte ich von Morty. »Du bist doch fertig, oder?«

»So gut wie«, antwortete ich. Und machte die Sache damit noch schlimmer. Agenten das Blaue vom Himmel zu erzählen mag in den oberen Etagen ja gang und gäbe sein, aber seinen eigenen Agenten anzulügen, kann einen in Teufels Küche bringen.

Keine Sorge. Das wird es auch.

Man könnte vielleicht so sagen: Ich habe Richard Hume getäuscht, weil ich unterschätzt habe, wie viel ich eigentlich vor Abgabe noch schreiben musste.

Nämlich alles.

Das bedaure ich jetzt.

Aber man könnte auch sagen, dass sich Richard Hume selbst getäuscht hat. Er war so darauf aus, dieses von mir beim Lunch allenfalls skizzierte brillante und außergewöhnliche Bestsellermanuskript unbedingt zu kaufen, dass er auf seine eigenen Ruhmesfantasien reingefallen ist. Pangloss ist nämlich drauf und dran, von einem riesigen deutschen Mischkonzern geschluckt zu werden. Und Richard Hume sah sich selbst plötzlich als strahlender Ritter, der sich gegen eine feindliche Übernahme zur Wehr setzt. Der Pangloss vor der Insolvenz rettet. Pangloss steckt ziemlich in der Klemme. Zu viele Autoren. Zu wenige Bücher. Viel zu schlechte Verkaufszahlen. Meine intimen Hollywoodmemoiren kamen ihm vor wie ein Geschenk des Himmels.

Aber solche Himmelsgaben haben oft ihren Preis.

Das Marathonwochenende für Mickey Mikados Neufassung fing schlecht an. Um nicht zu sagen, gar nicht. Mein Fehler war, den erfolgreichen Verkauf meines Romans zu feiern. Dominick's war am Freitagabend brechend voll mit den üblichen Verdächtigen: David Giler, Tiny Naylor, Bobby Woods, Kiefer Sutherland. Denen reicht ja üblicherweise schon ein kleiner Vorwand, um es ordentlich krachen zu lassen, und mein Buchdeal wurde mit echter Freude aufgenommen. Die Feierlichkeiten waren laut und lang und endeten irgendwo in den Hollywood Hills mit einer reichlich angeheiterten Runde im Whirlpool. Der Alkohol perlte aus Flaschen, die Frauen perlten im Wasser, das Koks perlte in den Adern und ich konnte erst am Montag wieder sprechen.

Und da bekommen wir die schlechte Nachricht. Mickey Mikado hat uns das Projekt entzogen. Er bezahlt uns noch nicht mal für den fertigen Teil. Es heißt, er hat für das Dreifache von unserem Honorar Carrie Fisher eingekauft. Scheiße. Sam weigert sich sogar, mit mir zu reden. Gibt wohl mir die Schuld.

Ich fühle mich auch schuldig. Ungefähr eine halbe Minute lang. Und dann erleichtert. Jetzt habe ich jede Menge Zeit für mein Buch. Na gut, nicht jede Menge Zeit, aber ein paar Monate immerhin, und ich habe sonst nichts zu tun, was ein Jammer ist, weil mir so gar nicht danach ist, heute schon mit dem Schreiben anzufangen. Mir ist vielmehr danach, im Bett zu liegen und dafür überbezahlt zu werden, dass ich keine Neufassung für Mickey Mikado schreibe, die mir den Zutritt zum Disneygelände verschafft und meine Krankenversicherung bezahlt.

So ein Roman ist ein Riesenbatzen Arbeit.

Schon einen zu lesen, kann Wochen dauern.

Ich rufe Sam noch mal an, und er tut so, als wäre er nicht da. Aber ich weiß, dass er da ist, und erwische ihn am Handy. Er ist immer noch stinksauer auf mich.

»Ich wusste, dass es so kommt.«

»Warum hast du es dann nicht selbst fertig geschrieben?«

»Weil du darauf bestanden hast, dass ich auf dich warte.«

»Kein Grund, mich anzubrüllen.«

»Ach ja? Und wie wär's damit?« Er legt auf.

Was ist denn mit Sam los? Ist doch nur ein Auftrag. Der Film ist sowieso Schrott. Die meisten Filme sind Schrott. Sorry, aber ist doch so. Totaler Schrott. Deswegen waren mir Bücher schon immer lieber.

Bin ich froh, dass ich das Lager gewechselt habe!

Es ist amtlich. Man kann es überall lesen. Eine riesige Lobeshymne in der *Variety* und eine Anzeige von Pangloss im *Hollywood Reporter*, wie sehr sie sich freuen, *The Writer's Cut* gekauft zu haben, den mit Spannung erwarteten Roman von Stanley Hay. Es gibt sogar einen O-Ton von Morty Mortenson bei William Morris. »Da ist alles drin. Dieses Buch wird durch die Decke gehen. Ein Megaknaller.«

Es ist fast eine Schande, überhaupt anzufangen.

»Sie gehen auf dreißigtausend.«

»Dollar?«

»Erstauflage.«

Krass. Das ist gigantisch.

»Das ist gigantisch«, sage ich.

»Und ich hab dir eine Viertelmille klargemacht, bei Abgabe.«

Ach du meine Fresse.

Richard Hume ruft an.

»Wie läuft's?«

»Traumhaft«, lüge ich.

»Schön, dass wir miteinander im Geschäft sind. Wir sind schon sehr gespannt. Können es kaum erwarten, es zu lesen.«

Genau wie ich.

»Wenn wir im Juni veröffentlichen wollen«, sagt Richard Hume, »brauchen wir übrigens Vorabexemplare für den Buchhandel im Mai. Fürs Lektorat müssen wir auch noch Zeit einplanen, sodass wir das fertige Manuskript spätestens bis Anfang März brauchen.«

»Wie bitte?«

»In einem Monat.«

»Einem *Monat*?«

Ich muss vor Entsetzen schlucken, was er irgendwie als stilles Einverständnis wertet.

»Das geht also in Ordnung … genügend Zeit für Sie … bleibt nicht so viel für Korrekturfahnen und … sicher, dass Sie … Sie können also definitiv liefern …?«

Ich werde vor Panik fast ohnmächtig. Ich höre nur noch jeden zweiten Satz.

»Kein Problem«, höre ich mich selbst sagen.

Warum muss ich nur lügen? Warum jetzt?

»Großartig«, sagt er. »Wir sind alle sehr gespannt.«

Ich kann vor Spannung kaum noch stehen. Den Rest des Anrufs nehme ich auf dem Fußboden liegend entgegen.

»Oh«, fällt ihm noch ein, »was halten Sie von ein wenig Vorab-Publicity?«

»Wie?«

»Die Marketingabteilung möchte am liebsten sofort anfangen. Sie möchten ja sicher auch, dass wir alle Register ziehen.«

»Oh ja, Richard, ich werde alle Register ziehen.«

Zum Beispiel könnte ich mal versuchen, anzufangen.

»Prima«, sagt er. »Stephanie ruft Sie dann an, um ein paar Interviews abzusprechen.«

»Interviews?«

»Wenn Sie Zeit haben?«

Klar. Hab ja nichts weiter vor. Schreiben tue ich garantiert nicht.

»Kiss and Sell«, sagt Richard. »Gefällt uns. Ein Reality-Roman. Jetzt oder nie.«

Jetzt oder nie. Mein armes Herz.

Ist das jetzt postironisch oder was?

Die vom Marketing haben sich schon in den Slogan verliebt. Pangloss hat Coverandrucke herstellen lassen, die sie sofort an ihre Vertreter schicken wollen. Meinen Artikel aus *Stroke*, den ich Richard Hume bei unserem Lunch mitgegeben habe, haben sie neu aufgelegt. Die vom Marketing wollen ein Gewinnspiel draus machen, man soll rauskriegen, wer die Schauspielerin ist! Es soll über eine Webseite laufen, sozusagen inoffiziell, um schon mal langsam die Gerüchteküche anzuheizen. Ob ich damit einverstanden sei?

Um ehrlich zu sein, mache ich mir etwas Sorgen. Ich bin nicht hundertprozentig vertraut mit den Konventionen des sexuellen Rufmords. Habe ich die Identität der Schauspielerin genug verfremdet? Kann sie mich verklagen? Könnte ich Opfer von körperlicher Gewalt werden? Was ist mit ihrem Arschloch von Ehemann?

»Ich bin überzeugt, wir können daraus einen Bestseller machen«, sagt Richard.

Da, er hat es gesagt. Ein Bestseller. Ich bin nicht mehr länger bloß Hollywoodautor. Ich werde Starautor sein.

Ich sehe mich schon bei Jay Leno sitzen.

Habe ich mein Dilemma eigentlich deutlich genug geschildert?

Ich hatte vier Wochen Zeit, um einen Roman bei meinem Verleger abzuliefern. Und jetzt habe ich eine ganze Woche vergammelt und nichts geschafft. Und das ist gar nicht mal mein Dilemma. Das Dilemma ist, dass ich gerade einen Auftrag in Europa angenommen habe. Die eilige Neufassung einer Mini-Serie, die in London und Russland gedreht wird. Die Arbeit ist einfach, und das Geld stimmt. Sie brauchen mich auch nur für einen Monat. Einen Monat, lieber Leser. Was müssen Sie jetzt von mir halten? In einem Monat muss mein Roman fertig sein. Zum Druck. Was denke ich mir nur dabei?

Ich denke nicht. Ich blase Trübsal.

Tish hat mich verlassen.

Allein meine Schuld. Sie hat mich verlassen, weil ich meinte, sie solle sich verpissen. Ich meinte natürlich nicht für immer, es war nur so ein Satz, den man anstelle von »ach hör doch auf« sagt, doch als ich vom »Büro« und von dem deprimierenden Termin mit Sam zurückkam, in dem er mir eine unnötige Beschuldigung nach der anderen an den Kopf warf, war sie ausgezogen. Und jetzt nicht im positiven Sinn. Sie hatte alle ihre Klamotten in einen Koffer gepackt und war verschwunden.

Na gut, sie hatte etwas Unterwäsche dagelassen, aber bestimmt nur, um mir zu zeigen, was ich ab jetzt verpassen würde. Das war ihre Art zu sagen, »das hast du nun davon, du Idiot, das hier kannst du dir jedenfalls abschminken«. Und ich vermisse sie wirklich, nicht nur wegen des Sex, der übrigens erstklassig war, sondern weil wir so gut zusammen lesen konnten. Na ja, sechs Monate sind wie gesagt eine Art Stichtag in einer Hollywoodbeziehung, und ich glaube, ich habe langsam kalte Füße bekommen und Tish auf meine typisch behutsame Art gesagt, sie solle sich verpissen.

Das Schlimme war, dass sie das tatsächlich machte.

Sie war schon sauer auf mich gewesen, weil ich Freitagnacht nicht nach Hause gekommen war. Und weil ich bis Montag keinen Ton sagen konnte, konnte ich ihr auch nicht erklären, dass wir den Buchdeal gefeiert hatten und dass ich natürlich nicht mit fremden Frauen im Whirlpool gesessen hatte und die blauen Flecke daher stammten, dass ich stockbesoffen irgendwo gegengelaufen, und nicht, weil ich von irgendwelchen Schauspielerinnen runtergeplumpst war.

Tish war eine sehr leidenschaftliche Frau. Das heißt, ist sie wohl immer noch, aber leider nicht mehr mir gegenüber. Sie war sexuell immer sehr freigiebig und großzügig, und an dem fraglichen Abend, es war ein Sonntag, hatten wir unser traditionelles jüdisches Abendmahl, also China-Box, und verzogen uns dann zu mir ins Bett, um rumzumachen. Ich hatte ja schon gesagt, dass ich in einem winzigen Haus am Abhang hinten am Sunset wohne, und an diesem Abend wälzten wir uns also erst eine Weile auf dem Bett herum und dann meinte sie, sie würde mir einfach schnell einen blasen, weil sie noch ein Skript fertig machen musste. (Irgendein Exposé oder eine Synopse.) Jedenfalls bearbeitete sie gerade mein Stehaufmännchen und ich genoss so vor mich hin, als mir plötzlich ein erstklassiger Gag einfiel. Wenn ich eins nicht leiden kann, dann gute Witze zu vergessen, und diesen schon gar nicht, weil er besonders lustig war, und ich überlegte, wie ich mir den Notizblock von der anderen Bettseite angeln könnte, um ihn schnell aufzuschreiben, ohne sie zu unterbrechen. Tish deutete meine Bewegung als wilde Ekstase, also gab ich mir Mühe, sie noch zu bestärken, und stöhnte: »Oh, ja. Tish, verdammt, ja, keine kann das wie du.« Zum Glück hatte sie die Augen zu, während ich mit der Hand nach einem dämlichen Bleistift auf dem Nachttisch tastete. Irgendwann bekam ich ihn zu fassen und fing an, auf dem Kopf zu schreiben, während Tish mich weiter verwöhnte. Ich kritzelte den Gag so schnell ich konnte hin, als sie plötzlich aufhörte.

»Was machst du da?«, fragte sie und löste sich von meinem Schwanz.

»Äh, ich … wollte nur schnell …«

»Schreibst du etwa?«

»Da war nur eine Sache, die ich nicht vergessen will …«, sagte ich etwas dürftig.

Da war sie schon vom Bett runter.

»Warte. Tish.«

Ich hörte die Fliegengittertür knallen.

Da lag ich also mit einem schrumpelnden Ständer und einem unfertigen Blowjob, aber ich hatte einen sehr guten Gag, den ich an Leno mailte. Hab vergessen, ob er ihn verwendet hat oder nicht.

Später kam Tish zurück und war immer noch sauer. Wir hatten einen lächerlichen Streit, und als ich »verpiss dich« sagte, meinte ich nicht »verpiss dich aus meinem Leben«, sondern nur »ach hör doch auf«. Sie warf mir vor, respektlos zu sein, und ich versuchte ihr zu erklären, dass ich gerade sehr wohl respektvoll gewesen sei, weil ich ihren Blowjob nicht unterbrechen wollte, aber zugleich auch meiner Verpflichtung als Autor nachkommen müsse und einen guten Einfall nicht verlieren dürfe. Das machte es aber nur noch schlimmer, weil ich zugeben musste, dass mir ein Witz eingefallen war, und das gab ihr den Rest. Offensichtlich gibt es Dinge, die Mädchen nicht mitmachen, und das hier gehört wohl dazu, weil Tish sich endgültig verpisste und am nächsten Tag ihre Sachen holte und nur Unterwäsche daließ, damit ich mich schlecht fühle.

Menno.

Ich fühlte mich wirklich schlecht.

Die Sache machte mich seltsamerweise richtig deprimiert.

Ich glaube, ich hatte eine Art Krise, weil ich mich fünf Tage lang ins Bett verzog, Randy-Newman-CDs hörte und in Selbstmitleid badete. Normalerweise wirft mich schlechte Laune nicht um. Ich reiße mich ziemlich schnell zusammen. Wenn alles trostlos erscheint, greife ich nach einem Buch und versinke in den Problemen von jemand anderem. Und so kam mir fünf Tage nach der Sache mit Tish der Gedanke, *Hole ich mir eben ein Buch bei Book Soup.* Ich war etwas schwach auf den Beinen und hatte einen Sechs-Tage-Bart, außerdem hatte ich mich nicht allzu oft gewaschen, weil ich so deprimiert war, und das sah man leider auch. Jedenfalls parkte ich in einer Nebenstraße, ging durch die Tür, und auf einmal starrten mich die Bücher alle an. Tausende. So, als würden sie mir zurufen: »Komm nur rein, du Schreiberhengst. Was Gutes gelesen in letzter Zeit? Wann kommt eigentlich dein Buch?« Und ich blieb stehen. Wie angewurzelt. Normalerweise stürze ich mich hinein und fange an, die Regale leer zu räumen, aber jetzt konnte ich mich nicht bewegen. Ich war mit dem Fußboden verwachsen. Fing an zu schwitzen. Hörte mich selbst, wie ich die Abteilungsschilder laut vorlas: Neuerscheinungen Belletristik, Neuerscheinungen Hardcover, Paperback, Bestseller, Klassiker, Historischer Roman, Biografie, Lesbische Belletristik und so weiter. Die Leute starrten mich an. Ich wollte weglaufen, konnte aber meine Füße nicht bewegen. Ich fing an zu zittern, die Hände schwitzten, mein Herz raste, ich hatte eine echte Panikattacke. Und genau da kam so ein sechzehnjähriger Highschoolbubi auf mich zu, so ein kleiner Fettsack mit einer hässlichen Brille und offensichtlicher Verachtung für alle über zwanzig, und fragte so richtig schön übereifrig: »Kann ich Ihnen vielleicht weiterhelfen?«

»Fick dich«, sagte ich und ging.

Und so fing es an.

Ich glaube, ich hatte Gehirnverschluss.

Ich konnte keinen klaren Gedanken mehr fassen. Immer wieder zählte ich die Seiten, die ich noch nicht geschrieben hatte.

Ich zeigte Angstsymptome: schwitzige Hände, stechende Kopfschmerzen, tanzende Punkte vor den Augen, Panikgefühl. Jedes Mal, wenn ich mich meinem Computer auch nur näherte, fing ich an zu zittern. Ich konnte noch nicht mal die Gliederung öffnen.

Ja, doch, eindeutig Gehirnverstopfung.

Das Problem ist, man kann nicht herumlaufen und sagen, man habe Gehirnverstopfung. Die Leute lachen dich aus. Sam wieherte fünf Minuten durch.

»Gehirnverschluss?«, rief er. »Wie geil ist das denn. Ich lach mich schief. Was ist denn Gehirnverschluss? Wirst du jetzt Jude oder was?«

»Das ist kein Witz, Sam«, sagte ich. »Ich bin ganz gelähmt vor Angst.«

»So geht es mir die ganze Zeit.«

»Sam«, sagte ich, »das ist ein echtes Problem.«

»Das Judentum auch«, antwortete er.

Er ist ein witziger Kerl, aber Gehirnverschluss ist nicht witzig. Ich konnte nicht mehr denken. Ich war total blockiert. Ich vermisste Tish.

Also nahm ich den Job in London an.

Hirnrissig. Durchgeknallt. Selten dämlich. Bescheuert. Ja,

nur zu, stapeln Sie Schimpfwörter drauf, machen Sie sich lustig über mich. *Was hat ihn da bitte schön geritten?* Was wohl, Panik. Richard Hume hatte gerade aufgelegt. Ich saß auf dem Fußboden und träumte von Leno, als mich der Schlag traf. Er hatte tatsächlich einen Monat gesagt. Und ich hatte noch keinen einzigen Buchstaben geschrieben. Es war komplett und vollkommen unmöglich zu schaffen. Der Gedanke, nur noch so wenig Zeit für meinen Roman zu haben, verstörte mich dermaßen, dass ich sofort einen anderen Job annahm. In London. Warum? Weil ich es konnte. Ich wollte weg hier. Da kam ein Angebot. Ich nahm es an. So löse ich meine Probleme. Ich haue ab. Oder in diesem Fall fuhr ich mit einer Limousine zum LAX und stieg in einen Übernachtflug erster Klasse nach London.

Morty teilte ich nur mit, dass ich mir das zeitlich leisten könne.

Der Job war supergut bezahlt. Irgend so eine Miniserie, die in Sankt Petersburg gedreht wurde, sollte mal eben aufgehübscht werden. Man hörte, dass sie ziemliche Probleme hatten – was wohl stimmen musste, wenn sie mich haben wollten. Die Produzenten wollten einer sehr langen Verfilmung eines extrem dicken Henry-James-Romans eine Ladung Humor verpassen. Anscheinend durfte jeder mal ran, denn das Drehbuch war ein wildes Sammelsurium aus verschiedenfarbig bedruckten Seiten, ein deutliches Zeichen dafür, dass lauter Möchtegerns ihre Hand im Spiel hatten. Puren Mist kriegt man nämlich gar nicht so leicht hin. Ich hätte ja vielleicht sogar einen verständnisvollen Gedanken an Henry James verschwendet, wenn ich je einen seiner Romane zu Ende gelesen hätte. Aber für mich war er immer Edith Wharton in Frauenklamotten.

Henry James Humor zu verpassen ist wie Salami in ein veganes Sandwich zu drücken, aber wenn man nur noch abhauen möchte, nimmt man eben alles. In meinem Fall einen Hin- und Rückflug erster Klasse mit Virgin Atlantic und ein paar Nächte, in denen ich auf die schrille Tapete im Earl's Hotel starrte. Zum Glück brauchte ich keinen Henry James zu lesen. Noch nicht mal die Produzenten verlangten das; sie wollten nur irgendwas haben, am besten gestern, und waren irre verzweifelt und dementsprechend dankbar für meine bemühten und blassen Einzeiler.

+++

Der Flieger ist leer. Wenn ich Zeitung lesen würde, wüsste ich von der verschärften Sicherheitslage, aber ich lese nur die Klatschspalten. Erst im Flugzeug sehe ich, dass wir drauf und dran sind, Bagdad zu bombardieren. Jetzt weiß ich, warum ich den Job gekriegt habe. Niemand sonst traut sich zu fliegen.

Soll ich die Nacht durcharbeiten? Oder eine schöne Flasche Chablis leeren und eine Schlaftablette nehmen?

Genau.

Als ich aufwache, sind wir gerade über Schottland. Uralte, von Flüssen tief vernarbte Bergmassive liegen da wie Seelöwen in der Sonne. Das Land ist zerknittert und gezerrt, die Muskeln alter Berge zerklüftet von langen schattigen Tälern, die den Weg längst verschwundener Gletscher erkennbar machen. Weiße Schäfchenwolken schweben vorbei und werden von dunklen Spiegelungen ihrer Formen auf dem Wasser unter uns imitiert. Bald wird aus dem Mahlstrom von Bergen purpurfarbenes Hochland und walförmige Stauseen, und schließlich fällt das Land zum braungrünen Flickenteppich Englands ab. Schwarze Seen, Bahnlinien und hin und wieder ein seltsames geometrisches Gebilde irgendeines unbekannten Flughafens. Häuser bilden Halbkreise, und die weißen Linien auf bespielten Fußballplätzen läuten unsere Ankunft über den Vororten der Metropole ein. Das schräge Licht der Morgensonne lässt die Straßen unter uns wie auf einem Satellitenbild erstrahlen. Tische werden hochgeklappt, Gurte angelegt und Kopfhörer zurückgegeben, und dann werden wir mit einem atemberaubenden Blick auf das sich unter uns erstreckende London belohnt; die Straßen wie Kraut und Rüben, die feuchten grünen Parks und die Themse winden und schlängeln sich und strahlen in der Morgensonne. Wir drehen über Richmond ein, und das Flugzeug scheint sich in Richtung Heathrow noch zu beschleunigen. Ich fühle mich inspiriert. Das hier ist das Land von Shakespeare, Chaucer und Keats. Hier könnte ich jeden Roman schreiben.

Dummerweise muss ich eine Kurzserie für NBC umtexten.

Ein schwarz glänzendes britisches Auto mit Ledersitzen holt mich ab und fährt mich durch Knightsbridge und über den Piccadilly. Aus dem sonnigen Morgen ist bereits grauer Nieselregen geworden.

»Willkommen im Earl's, Sir«, sagt eine südafrikanische Stimme.

Das Earl's stellt sich als kleines, verschlafenes Hotel in der Nähe der St James's Street heraus, einer eleganten Straße mit guten englischen Geschäften, wo sich die Läden Lieferanten nennen und ihre Ware nur einzeln verkaufen: Hutmacher, königliche Büchsenmacher, Schuhmacher seit dem 17. Jahrhundert, Wein und Sherry im Eichenfass, ebendiese leicht versnobte, aber auch einmalige Tradition, um die die Welt die Briten beneidet.

Ein kurzer Spaziergang bergab bringt mich in den Park hinter dem St James's Palace, wo ein Royal Guard postkartengetreu in roter Uniform und hoher Bärenfellmütze ein sehr echtes belgisches Sturmgewehr hält. Überall Sicherheitspersonal. Einige bewaffnete Bobbys an der Ecke vom Palace beäugen mich argwöhnisch, als ich an der Ampel die Straße überquere. Schwarze Taxis stehen in einer Schlange hintereinander. Alles ist so still. Ist das nur die typisch englische Reserviertheit? Ich laufe über die Asphaltwege durch den Park, die in den kurzen Sonnenabschnitten nassschwarz glänzen. Ein großer weißer Kranich mit einem Meter Flügelspannweite stakt auf mich zu. Mit seinen schmalen schwarzen Augen starrt er mich an und schlägt warnend mit den Flügeln, als ich näher komme. Ich gehe ihm vorsichtig aus dem Weg. Der Himmel über der Horse Guards Parade ist schwarz, aber die sinkende Sonne sendet ihre goldenen Strahlen über den Buckingham Palace auf die von Bäumen gesäumten Pfade. Ich werde seltsam ruhig. Tief atmend umrunde ich den Park und steige dann die Stufen zum Waterloo Place hinauf und laufe die Lower Regent Street entlang zum Piccadilly.

Ich wage mich ins Hatchards. Heilige Scheiße. Die Engländer müssen Weltmeister im Lesen sein. Na ja, wenn es immer so verdammt feucht ist, müssen sie ja auch irgendwas mit der vielen Zeit anstellen. Reden tun sie jedenfalls nicht miteinander. »Psst« sollte das Landesmotto sein. »Psst« und »Sorry«. Das hört man den ganzen Tag, wenn sie einen anrempeln. »Weg da, du Idiot!« wäre ehrlicher. Jeder in diesem Land scheint Bücher zu schreiben. Das muss so eine Art Scheißbürgerpflicht sein, denn der ganze Laden ist vom Boden bis zur Decke voll mit Büchern. Fünf Etagen völlig fremder Bücher. Ich kenne keinen einzigen Titel. Es gibt ganze Genres, von denen ich noch nie gehört habe: Geschichte der Gartenkunst. Landschaftsgarten-Trends. Geografische Romane. Australiana. Bücher über die Hunde der Royals. Lauter solches Zeug. Überall kleben Ankündigungen von Signierstunden und Lesungen.

Ich sehe mir das kurz an und flüchte.

Die restlichen drei Tage verkrieche ich mich im Hotel mit Jeremy Goldsmith, einem bärtigen Mini-Mogul mit dunklen Augen und schwarzen Locken, der mich so argwöhnisch beäugt wie jemand, der einem absichtlich seinen Emmy nicht zeigt. Er schildert mir kurz das Wesentliche einer Szene, und ich improvisiere die Gags für ihn. Es läuft wie bei einer grottigen Fernsehshow.

Eine blasse Engländerin mit strohgelbem Haar und Sommersprossen funkelt mich über ihre getönte Omabrille an und schreibt alles auf, was ich sage. Ich kann spüren, wie ihre Verachtung aus den Marks&Spencer-Kleidern sickert, durch die engen Muster-BHs, die ihre kleinen rosa Brüste kaum verdecken. Am Ende des zweiten Tages, als ich mich gerade vornüberbeuge, um sie auf einen Drink einzuladen, flötet sie herzallerliebst: »Mr Hay, und Sie werden für diesen Schwachsinn tatsächlich bezahlt?«

Niedergeschmettert. Genauso fühle ich mich. Im Niederschmettern sind sie gut, die englischen Damen. Wahrscheinlich müssen sie das auch, weil ihre Männer das halbe Leben im Pub verbringen, sich dort den Kanal fluten und nur pausieren, um sich unerträglich scharfes Curry in die aufquellenden Bäuche zu schaufeln, ehe sie nach Hause torkeln und sofort sexuelle Befriedigung brauchen, bevor Fußball anfängt. Ihre Frauen brauchen irgendwas, um sich zu verteidigen. Und da kommt Jane Austens Ironie ins Spiel. Eiserne Ironie, eiserne Ladys und eiserne Schlüpfer. Ich glaube, ich werde einen Artikel darüber schreiben. Wenn der Roman fertig ist.

Mit das Beste am NBC-Deal ist, dass ich nach Russland fliegen darf. Zwar nur für drei Nächte, aber hey, ich war schließlich noch nie da. Das ist meine Belohnung dafür, tagelang mit Jeremy Goldsmith im Hotel eingepfercht gewesen zu sein, und es macht jede unerträgliche Stunde wett, in der ich verzweifelt versucht habe, Humor in die furztrockene Welt dieser jamesschen Eposbombe zu stopfen. Henrys Roman spielt in Paris, aber aus Gründen, die nur das Studio kennt, drehen wir in Sankt Petersburg. Ist mir nur recht. Komme ich mal hin, wo ich noch nie war.

Als ich aus dem Earl's auschecke, ist da ein Anruf für mich. Von Morty. Irgendwas mit Pangloss und dringend. Ich sage dem Portier, er soll ihm ausrichten, dass ich mich aus Russland melde.

Sankt Petersburg verblüfft mich. Ich wusste nicht, dass es so hübsch ist. Ich hatte mehr so eine klobige russische Metropole mit Zwiebeltürmchen und stalinistischen Gebäuden erwartet. Dementsprechend unvorbereitet bin ich auf eine Wasserstadt aus dem 18. Jahrhundert mit Palästen in Eiscremefarben und völlig ungewohnten Rot- oder Grüntönen, die zwischen Tausenden von Kanälen zu schweben scheinen. Eine Stadt aus Licht, aus Luft und langen, unruhigen Flussabschnitten unter einem strahlend blauen baltischen Himmel. Der Drehort ist in einem dieser vielen Tutti-Frutti-Paläste mit ihrer schizophrenen Inneneinrichtung, die von der verschnörkelten, goldverzierten Spätbarockzeit der Zarin Elisabeth – »Rokoko 'n' Roll«, sagt Jeremy staunend –

bis zu dem eher klassizistischen elfenbeinfarbenen Stuck Katharinas der Großen reicht.

»Die Bitch konnte Kitsch, das muss man ihr lassen«, raunt er mir durch seinen dichten Bart ins Ohr.

Es ist ein Historienfilm. Das heißt, er ist sehr set- und kostümlastig, hat aber dafür extrem wenig mit Schauspiel zu tun. Eigentlich haben die Frisuren die Hauptrolle. Das Ganze ist ein Vierteiler und kann auf eine Reichweitenmessung von einem Monat aufgeteilt werden. Die großen Namen lungern gelangweilt auf dem Gelände dieser pistazienfarbenen Sommerresidenz herum. Die weniger bekannten Schauspieler sitzen in ihren edlen Kostümen auf Stühlen, schauen scheu von ihren englischen Zeitungen auf und schnell desinteressiert wieder weg.

»Der Textfuzzi ist da«, schnappe ich beim Mittag in einem Zelt auf.

»Noch einer?«

»Vielleicht gibt es sie ja im Sammelpack.«

Briten können ziemlich sarkastisch sein.

»Welcher ist es denn?«, will ein rothaariges junges Ding in einem Anna-Karenina-Kleid wissen. »Der Dünne mit der Brille?«

»Nein, du dumme Nuss, das ist Boris' Freund. Es ist der mit den Bruce-Willis-Sandalen.«

Und ich dachte, es wäre gerade in, Socken in Sandalen zu tragen.

Der heutige Mittagstratsch dreht sich um die sexuellen Gepflogenheiten Katharinas der Großen. Alle finden es ungeheuer aufregend, als die engberockte Dolmetscherin das unanständige Detail preisgibt, die Kaiserin habe drei Zofen gehabt, die ihre Liebhaber vorgetestet hätten.

»Wie Sommeliers.«

»Essenstester.«

»Schwanzverkoster«, sagt ein schwuler Witzbold. Gequieke ist zu hören.

»Nur die besten Männer aus ihrem Regiment wurden auserwählt«, beharrt unsere Kulturführerin. »Alle Liebhaber wurden auf Stehvermögen, Raffinesse und Intelligenz geprüft.«

»Und wie haben die Kammerfrauen das getestet?«

»Na mündlich!«, kreischt jemand, und es wird sich abgeklatscht.

Immer neue Fragen tauchen auf.

»Wussten die Männer, dass sie gecastet wurden?«

»Ja.«

»Und was waren das für Zofen?«

»Sie waren selbst adlig.«

»Was ist das nur für ein Job?«, schaltet sich eine junge Schauspielerin ein.

»Vorlutscherin«, kreischt der Witzbold und erntet freches Gelächter.

Ich frage mich, was das für eine Belohnung sein soll, sich erst durch drei Kammerfrauen zu pumpen, um dann einer fünfundvierzigjährigen deutschen Nymphomanin gegenüberzutreten.

Das ist wie in Hollywood, sind sich alle einig.

Die Spekulationen dauern bis zum Ende der Mittagspause an, als ich auf einmal weggeführt werde. Man schickt mich zurück.

Morty hat angerufen und mit Jeremy gesprochen. Ich werde dringend in L. A. gebraucht.

»Du Glücklicher!«, rufen mir die Komparsen nach, als sie von meiner Abreise hören.

»Krass, lange hat er ja nicht durchgehalten.«

»Tut mir leid«, sagt Jeremy. »Aber Sie sind ja sowieso fertig, oder?«

Das stimmt. Ich bin so was von fertig.

3

Ich komme ohne Zwischenfälle zu Hause an. Das Flugzeug ist halb leer. Bush hat in den Nachrichten Bagdad gedroht.

Bagdad, Bush: platt und Tusch. (Irgendwas kann Leno sicher draus machen.)

Er hat eine letzte Warnung vor Saddam Hussein abgesetzt. Colin Powell hat Beweise für irgendwas im UN-Sicherheitsrat präsentiert. Was er hochhält, sieht aus wie eine Ampulle Kokain. Das sieht alles sehr ernst aus.

Ich bin nur froh, dass sie die Oscarverleihung nicht abgesagt haben.

Na gut, es stimmt, die Academy Awards sind extrem langweilig. Eine Modenschau gefolgt von einer Beerdigung, mit Hunderten bärtigen Männern, die ihren Müttern danken. Aber ich mag die Partys. Normalerweise komme ich immer irgendwo rein. In diesem Jahr, als Schriftsteller, schaffe ich es vielleicht sogar in die Party der Vanity Fair. Und die Oscarverleihung wird bestimmt witzig, weil Steve Martin moderiert.

Noch voll im Jetlag sortiere ich die Post durch, als mir ein Umschlag von Pangloss Publishing in die Hand fällt.

Ist es eine persönliche Einladung von Graydon Carter, den Smoking rauszuholen und mich mit den Reichen und Schönen zu amüsieren?

Nein. Es ist ein Zeitungsausschnitt aus der *USA Today.*

Mit meinem Foto auf der Titelseite, das auf ein Interview auf Seite vier verweist.

Ach du Scheiße.

Mein aufkeimender Stolz wird von schändlichen Erinnerungen an dieses Mittagessen überschwemmt. Die Kleine. Das Interview. Der Sex.

Es kommt alles wieder hoch. Die Gründe, warum ich Hals über Kopf abgehauen bin.

Scheiße. Albtraum. Hölle.

Ich bin starr vor Schreck. Ich habe einen Zeitzonenkater und bin gerade durch die Werbung hinter meiner Wohnungstür gewatet. Und jetzt starre ich auf die *USA Today* und lese meine eigenen Worte.

»Ein Roman ist eine Kette von Wörtern, die sich als Realität ausgeben.«

Ein Bild von mir mit grauenhafter Frisur und offensichtlich schuldbewusster Miene starrt mich an.

»Ich bin süchtig nach einer gut gemachten Story. Aber manches muss man gar nicht erfinden.«

Das Interview ist so ambivalent, dass noch nicht mal ich erkennen kann, ob ich ein netter Typ bin. Es kommt als freimütiger Talk mit dem Mann daher, der hinter dem juristisch interessantesten Buch des Jahres steckt. Und zwar unter der Überschrift:

Das Who's who des Nagelns

Offenherziger Drehbuchautor outet Stars

Sie fanden The Wind Done Gone *umstritten? Warten Sie, bis Hollywood Wind von* The Writer's Cut *bekommt. Wenn das Buch in die Läden kommt, platzt die Bombe. Noch bevor Sie die erste Seite aufgeschlagen haben, wird es Einstweilige Verfügungen hageln.*

»Ich rechne natürlich mit Gegenwind«, sagt Stanley Hay, Drehbuchschreiber aus

Hollywood. »Einigen wird es nicht gefallen. The Writer's Cut ist ein unverfälschter Bericht über Exzesse, und nichts ist so exaltiert wie ein Exzess.«

Er neigt zu paradoxen Sprüchen und bissigen Einzeilern. Die übrigens nicht immer von ihm stammen, aber das scheint ihm nichts auszumachen.

»Das Klauen«, sagt er, »ist Hollywood-Kunst.«

»Mein Roman ist eine Psycho-Therapie, halb Hitchcock und halb Freud«, erzählt er mir beim Lunch im The Grill und bestellt noch eine Flasche besten Montrachet.

»Er hat heilende Wirkung«, behauptet er, wahrscheinlich, um dem Vorwurf einer bloßen Kommerzialisierung des Sex zu begegnen.

»Es ist mehr als nur ein Buch. Es ist eine Selbsthilfeanleitung für ein Leben auf der Überholspur«, erklärt der zum Schriftsteller avancierte Drehbuchautor. »Die Konzeption ist topaktuell. Teils Beichte, teils Abrechnung, teils Kochbuch für die Seele.«

Natürlich wird gerade der Geständnisteil gehörig für Wirbel sorgen, wenn diverse Hollywoodschönheiten in Hays knisterndem neuen Kassenschlager alles über sich selbst erfahren. Und es werden sich so einige an den Kassen schlagen, wie es aussieht. Stanley Hay hat allerlei Miezen aus dem Sack gelassen. Ist es Gwyneth, Sarah, Selma, Nicole, Geena oder Mary Kate und Ashley? Hay verrät es nicht, aber seine Presseagen-

> tin hat dieser Zeitung ein paar vielsagende Hinweise verraten, und eins dürfte jetzt schon klar sein: Eine Person wird bald ziemlich rot im Gesicht werden.

Jemand muss ihr meinen Artikel aus *Stroke* gezeigt haben. Den kurzen Promiblowjob im Chateau Marmont.

> »Die Grundidee habe ich von Rousseau«, sagt der sechsundzwanzigjährige Hay, gebürtig aus L. A. »Beichten tut der Seele gut.« Mag sein, aber noch besser wohl dem Geldbeutel. Freuen Sie sich darauf, wenn mit Erscheinen dieses Buchs die Dingsbums am Dampfen ist. Mein Tipp: Holen Sie sich ein Exemplar, bevor es das Gericht in Ihrer Nähe aufmacht.

Rousseau? Schwachsinn. Habe ich nie gelesen. Mein lieber Mann. Ich merke, wie mir heiß und kalt wird. Allmählich fällt mir wieder ein, wie viel ich beim Interview intus hatte, und auch was sich hinterher Furchtbares ereignete, treibt langsam wieder an die Oberfläche. Ich habe drei Wochen lang alles verdrängt. Oh nein. Bitte nicht.

Richard Hume ruft an.

Pangloss schiebt Panik.

»Wir sind schon eine Woche über der Deadline.«

Sie drehen am Rad, weil die Zeit zu knapp sein könnte. Aber die Druckerei steht schon in den Startlöchern. Und sie sind schwer begeistert von dem Artikel in der *USA Today*. Hume stellt mich durch zu Stephanie Sharp, der Chefin der Presseabteilung.

»Alle Achtung«, sagt sie. »Dharma Coleman scheint Sie

wirklich zu mögen. Wo zum Teufel haben Sie eigentlich gesteckt?«

»Hab geschrieben. Mich abgeschottet.«

»Jedenfalls freuen wir uns extrem über den Artikel. Sie scheinen ziemlichen Eindruck auf Coleman gemacht zu haben. Was haben Sie mit ihr angestellt?«

Die Frage ist, was habe ich nicht mit ihr angestellt? Ich kann mich an etliche Stunden auf meinem orangefarbenen Flokati erinnern, Teppichflechte an den Knien, und noch Tage danach zog ich mir Schamhaare aus den Zähnen … Hilfe. Bitte nicht.

»Sie hält Sie für einen ganz Großen, Stanley. Sie hat angerufen und gesagt, dass sie gerade eine Langversion des Interviews an das *Book Magazine* verkauft hat und Sie wohl aufs Cover kommen. Und sie versucht, Graydon Carter davon zu überzeugen, eine Doppelseite über Ihr Buch zu bringen. Es steckt schließlich alles drin, was er mag: Sex, Macht, Ruhm und vulgäres Verhalten – wie geschaffen für die *Vanity Fair*. Wir sind überglücklich darüber und nehmen das zum Anlass, die Auflage zu verdoppeln. Gratuliere.«

Die können sie vervierfachen. Verfünffachen. Den Regenwald leer drucken. Es macht keinen Unterschied. Kein Buch, keine Auflage.

Ich stehe total unter Schock.

Wieso musste ich mein dummes Maul so weit aufreißen?

Der Tag war eine Sternstunde gewesen. An so einem Tag griff Michelangelo nach dem Meißel, setzte sich Mozart ans Clavichord und zerhackte Damian Hirst Kühe und warf sie in Formaldehyd. Es war so ein Tag, an dem ich alles schreiben konnte. Ich war voll grenzenlosem Optimismus. Künstlerisch unbesiegbar. Ich konnte die Kreativität aus jeder meiner Poren spüren. Oder war es das Kokain?

Ich sehe mich noch nackt am Boden liegen, auf mir eine junge Frau, die mir ein Diktiergerät vor die Nase hält, und wir diskutieren ernsthaft über mein Buch.

»Besteht Ihr Buch aus einem Haufen Lügen?«

Das war ihre Eröffnungsfrage beim Mittagessen.

Sie war eine ziemlich blasse junge Dame mit glitzernden orangefarbenen Lippen und einzelnen leuchtend roten Strähnchen im Haar. Ihre Ohren waren dreifach gepierct, was ihr einen exotischen, arabischen Touch verlieh. Sie hatte einen Stecker im linken Nasenflügel, und ich fragte mich kurz, ob das irgendetwas bedeutete in der aktuellen Subkultur. Unser Treffen war von Stephanie Sharp arrangiert worden.

Wir aßen in Beverly Hills im The Grill. In einer Nische ganz hinten, wohlbemerkt. Dharma, jedenfalls behauptete sie so zu heißen, muss Michael, dem Oberkellner, ein paar hübsche Scheinchen in die Tasche geschoben haben, denn hier sitzen eigentlich nur Topstars. Es sei denn, man ist Studioboss. Ich konnte Mike Medavoy sehen, wie er sich durch seinen Crab-Louie-Salat arbeitete. Er sah mich kurz an, als ich vorbeiging, und versuche, mich einzuordnen. Michael führte uns mit überschwänglicher Geste an unseren Tisch.

»Viel Vergnügen«, sagte er und zwinkerte Dharma zu.

Ich kam zu dem Schluss, dass sie was gegen ihn in der Hand haben musste, weil er ständig herüberschaute und sie nervös anlächelte. Sie ignorierte ihn geflissentlich. Ihre Aufmerksamkeit galt allein mir. Ihrem Opfer. Ihrer Beute. Es war schmeichelhaft und auch ein bisschen angsteinflößend. Das hier war kein Date, aber sie ist eine attraktive junge Frau, und wir saßen zusammen im Restaurant, und wie wir alle wissen, lief bei mir schon eine ganze Weile nichts mehr.

Nicht, seit Tish ihre Unterwäsche so provokant auf meinem Bett liegen gelassen und sich verpisst hatte.

Ein winziges Diktiergerät von Sony nahm das allgemeine Besteckgeklapper auf, und sein rotes Auge blinkte uns an, während wir aus der großen Speisekarte bestellen. Dharma sah kurz auf den Waschzettel des Verlags. Das Buch hatte sie noch nicht gelesen, gestand sie mir.

Wie auch? Ich habe es ja noch nicht geschrieben.

Ich hätte ihr gern die Wahrheit gesagt, aber eigentlich hatte ich mehr Spaß dran, zu lügen. Ich bestellte mir einen Cocktail und dann noch etwas Wein und beschloss, dieses neue Spiel zu genießen. Drehbuchschreiber werden nie interviewt. Aber ich war jetzt ein Starautor.

James Woods wurde zu einem Tisch gegenüber geführt. Er nickte mir zu. Es gefiel mir, dass Dharma das mitbekam.

»Hi, Jimmy«, sage ich. Er hatte keinen blassen Schimmer, wie ich heiße, aber das war nicht wichtig. Wichtig war, dass ich ihn gejimmyt hatte.

»Kommen wir zu den großen Namen«, versuchte sie überzuleiten.

»Wenn es sein muss«, zierte ich mich.

Sie sah mich unverwandt an, mit weit geöffneten Augen. Ich glaube, sie hatte bereits entschieden, was noch passieren würde.

»Man hört, dass in Ihrem Buch einige Stars mit ganz schön schrägen sexuellen Vorlieben enthüllt werden?«

»Enthüllt ja, ganz schön eher nein«, witzelte ich.

Sie reagierte nicht. Dieses ständige Witzereißen fand sie nervtötend, sagte sie mir später. Viel später, nachdem sie alles andere aus mir rausgequetscht hatte. Im Augenblick legte sie noch Köder aus. Sie hatte es auf einen dicken Fisch abgesehen.

»Sie geben also zu, Sex mit einigen Topstars gehabt zu haben.«

»Ich würde eher sagen, ich prahle damit.«

»Stimmt es denn?«

»Zum großen Teil.«

»Sie hatten also tatsächlich Sex mit diesen Stars.«

»Die Hauptfigur in meinem Buch jedenfalls«, sagte ich mit Bedacht.

Das ist der Standpunkt, den mir die Abteilung Legal Affairs bei Pangloss nahegelegt hatte. Eigentlich ein guter Titel für ein Buch, bei dem es so richtig zur Sache geht. *Legal Affairs*. Hat was von Grisham. Ich prägte ihn mir ein. Titel auszudenken macht irre Spaß. Ich habe jede Menge davon. *Ben hurt. Klöterei auf der Bounty. Das Lottchen im Doppel.* Massenweise. »Und wer sind diese Berühmtheiten genau?«

Bei Pangloss ist man sich der möglichen rechtlichen Komplikationen bewusst, aber ich fühlte mich völlig sicher, weil ich wusste, dass ich ja noch nichts geschrieben hatte, und wenn es so weit wäre, würde ich sowieso lügen. Was sollte also schiefgehen?

»Ich kann Ihnen doch nicht schon alles verraten.«

»Aber Sie möchten, dass wir spekulieren.« Sie hielt den Waschzettel hoch.

»Die bei Pangloss möchten, dass Sie spekulieren. Ich bin nur der Autor.«

»Können Sie mir nicht einen kleinen Hinweis geben?«

»Wissen Sie, lesen Sie das Buch, da wird es ziemlich klar.«

»Ich kann es kaum erwarten.« Sie klang wirklich begeistert. Natürlich hatte sie mittlerweile längst über mein Schicksal entschieden. Ich war tatsächlich ihre Beute. Sie würde mich komplett wundreiten. Nur ich wusste das noch nicht. Zugegebenermaßen dachte ich wie so oft bei Frauen, dass das Ganze meine Idee war. Sie schaute mich aufmerksam an, als wolle sie mein Sternzeichen raten.

»Ich bin Widder«, sagte ich.

Damit hatte ich sie am Haken. Glaubte ich jedenfalls.

»Ich wusste es«, sagte sie.

Ich konnte kaum fassen, dass ich so was bei meinem allerersten Interview mache, aber ich griff unter den Tisch und tätschelte ihr das Knie. Sie lächelte und spreizte leicht ihre Beine.

Passierte das gerade wirklich?

»Ich bin sehr kompatibel mit Widdern«, sagte sie.

Wie sich herausstellte, war sie mit dem ganzen verfluchten Horoskop kompatibel, aber das würde ich erst später herausfinden.

Schnitt: bei mir zu Hause. Später.

Ich liege auf meinem orangefarbenen Flokati auf dem Rücken und bin in ihr. Sie hockt auf mir, hält mir das Diktiergerät vors Gesicht und bewegt hin und wieder ihre Hüfte. Von Zeit zu Zeit schnürt sie mich mit ihren Scheidenmuskeln herrlich ein. Hält mich bei Laune. Sie kann ihre Muskeln ziemlich gut steuern. Ich bin immer noch völlig drauf von dem klitzekleinen Joint aus ihrer roten Tüte, den ich, jetzt, wo ich darüber nachdenke, fast allein geraucht habe.

»Dann mal raus mit den Namen.«

Sie holt ein winziges Fläschchen hervor und hält mir eine Prise glitzerndes weißes Pulver unter die Nase. Ich möchte mal sehen, wie jemand in meiner Lage, gefangen in allen Venusfallen dieser Welt, betäubt mit allen Wahrheitsseren der CIA, besser abschneidet als ich.

Was sollte ich machen?

Was sollte ich sagen?

Lieber Leser, ich log.

Ich packte aus. Schlimmer als in meinen kühnsten Träumen. Schlimmer als in Ihren kühnsten Träumen. Und weit über jede Wahrheit hinaus. Alle viere von mir gestreckt, unter ihr, mit einem Sony-Diktiergerät vorm Mund und Kokain in der Nase lag ich da und log wie gedruckt.

Gott, es war fantastisch. Ich kam so richtig in Fahrt, während der alles mitschneidende Engel über mir schwebte, mich umfing und mir die Wärme und Behaglichkeit seines Unterleibs schenkte. Hin und wieder ermunterte sie mich mit Hand und Mund an geheimen Stellen, saß auf mir und hielt alles für die Nachwelt fest mit ihrem kleinen Silbersony. In glasklarem digitalen Audio. In Studioqualität. In Stereo. In einem fort.

Man konnte fast hören, wie ihre Schamhaare meine streichelten. Oh Gott, lieber Leser, es war schändlich, es war abscheulich, es war einfach nur geil. Ein durchvögelter Nachmittag voller Spaß, voller Gefühl und am Abend voller Ecstasy, und ja, sogar voller Ironie, denn mit einem Schaudern erinnere ich mich klar und deutlich, wie ich nackt daliege, in ihr, und ernsthaft Fragen über Comedy beantworte. Scheiße, verdammt. Scheiße, Scheiße, Scheiße.

Ich ließ den Knüppel aus dem Sack, die Früchtchen, die Sahne. Sie hielt mich bei Laune, bei der Stange und sorgte dafür, dass ich immer neue sexuelle Vorlieben einiger sehr berühmter Namen erfand. Es war unglaublich. Es war Inspiration pur. Ich wurde gehörig und restlos entsaftet.

Als mich am nächsten Morgen das erbarmungslose Klingeln des Telefons weckte, ich mit dem Gesicht auf dem Flokati und einem wachsenden Kater gigantischen Ausmaßes, und als Morty mir einen sofortigen Flug nach London anbot, da bekam ich Panik. Und floh. Nach London. Ich kam sowieso in Teufels Küche. Da konnte ich auch Erster Klasse reisen.

»Dharma schwärmt total von Ihnen«, sagt Stephanie. »Sie arbeitet für Marilyn Becks Kolumne, und jetzt hat sie sich an Jann Wenners Fersen geheftet wegen eines Artikels im *Rolling Stone.* Ach, übrigens, haben Sie ein Radiointerview mit ihr gemacht?«

»So in etwa.«

So in etwa? Ich habe ein ausgewachsenes Langinterview über Comedy gegeben, während mir die Interviewerin die Flöte putzte.

»Jedenfalls soll es auf NPR gesendet werden.«

Ich bin zu perplex, um darauf zu antworten.

»Sie haben auch schon die Tonaufnahme vorliegen.«

Wenigstens kein Fernsehen!

Achduscheiße.

»Wir haben die Startauflage noch einmal verdoppelt, und ich denke, ich kann Sie zum Mittag mit Liz Smith zusammenbringen.«

Himmel hilf, muss ich denn mit allen schlafen?

9

Wie viel seiner sexuellen Vergangenheit sollte ein Mann preisgeben? Gibt es Grenzen für Männer, die es für Frauen nicht gibt? Gibt es ein stillschweigendes Einverständnis, dass bestimmte intime Handlungen zwischen Erwachsenen in der heutigen Literaturwelt keinen Platz haben? Was ist tabu, und wann heißt es, man ist zu weit gegangen?

Dies sind nicht meine Gedanken, lieber leidgeprüfter Leser.

Dies sind die Gedanken der *LA Times*.

Auf nichts Geringerem als der Kolumnen-Seite.

In einem langen und scharfzüngigen Gastkommentar mit dem Titel

Shame Dropping
Wenn Redefreiheit die Grenzen
des guten Geschmacks sprengt

In dem ich gründlich zerhackstückt werde.

Namentlich. Mit Foto.

»*The Writer's Cut* ist vielleicht das schamloseste Buch, das die amerikanische Verlagswelt je hervorgebracht hat.«

Pangloss ist begeistert.

Regelrecht aus dem Häuschen.

»So ein öffentliches Geständnis hat zweifelsohne den Erfolg des Buches gesichert«, sagt Richard Hume. »Wir erhöhen die Auflage. Es gibt eine neue Pressemitteilung, und wir lassen sie mit dem Zitat aus der *LA Times* beginnen.«

Schamlos.

»Aber ich werde in dem Artikel rüde angegangen.«

»Wen interessiert, was die schreiben, Stanley, sie erwähnen das Buch achtmal. Wir ertrinken hier in Interviewanfragen.«

»Aber die haben das Buch doch gar nicht gelesen.«

»Natürlich haben sie das Buch nicht gelesen. Keiner in der Branche liest Bücher. So viel Zeit hat niemand. Von den hundert Leuten, die Sie interviewen werden, hat nicht einer mehr als den Waschzettel gelesen, den wir ihnen schicken, und einige noch nicht mal das. Das sind Profis. Die machen das den ganzen Tag. Für die geht es nur darum, ob sich eine Story draus machen lässt. Und das hier ist für sie ein gefundenes Fressen. Sie reißen sich darum. Sex und Stars, verstehen Sie, die Turbomotoren der amerikanischen Werbung. Wir haben die Auflage schon vervierfacht. Wir sind jetzt bei hundertzwanzigtausend und haben neues Papier aus Schweden bestellt. Es geht heute raus.«

Wow, schwedisches Papier. Vielleicht geht das Schiff ja unter.

Ich bin sehr stolz und gleichzeitig gekränkt.

Meine Stinkwut auf die *LA Times*, weil sie ohne mein Buch zu lesen den Stab über mir gebrochen haben, wird durch die Freude gemildert, dass es ja ironischerweise noch gar kein Buch gibt, das sie lesen könnten.

Und wenigstens wird das ungeschriebene Buch, das sie nicht gelesen haben, ein Bestseller. Steht so in der Zeitung.

Ich glaube, es wird höchste Zeit, dass ich mich hinsetze und meinen Roman schreibe, jetzt, wo alle Welt ihn haben will, und ich schaffe es tatsächlich bis zum Schreibtisch, bevor ich von einem Trommelfeuer aus Anrufen unterbrochen werde. Meine Freunde wollen alle wissen, ob sie im Buch vorkommen. Manche erinnern mich an irgendwelche

Begebenheiten, die ich vergessen haben könnte, und fragen, ob sie mit dabei sind. Vor allem die Frauen. Ich habe den Eindruck, dass einige regelrecht hoffen, darin vorzukommen.

Habe ich irgendwas verpasst? Die Leute wollen, dass ich sie verrate?

Willow, eine alte Flamme von mir, erinnert mich an das eine Mal in Cannes, als ich sie in ein Hotel am Meer mitnahm und es ihr am offenen Fenster besorgte.

»Weißt du noch?«, sagt sie. »Der Strand war voller Touristen, und ich beugte mich vor, die Hände auf dem Fensterbrett. Ich genoss die Aussicht, streckte die Beine durch und schob mich langsam rückwärts auf dich. Und dann ließ ich meinen Hintern kreisen und meine Hüfte arbeiten.«

Ich könnte schwören, dass nichts von alledem je passiert ist, aber jetzt habe ich wegen Willows Platte eine Latte.

»Weißt du noch, was dann kam?«, raunt sie.

»Nein.« Wie auch? Ich bin mir ziemlich sicher, dass das frei erfunden ist.

»Chloe kam rein und verführte uns beide. Mit einem kräftigen Joint und einer Flasche Wein. Ich sehe noch dein Gesicht vor mir, wie du ungläubig hochguckst und siehst, wie sie mich küsst, eine Hand an deinem Schwanz. Und dann wälzten wir uns stundenlang auf dem Bett herum. Ein einziges Gewirr aus Lippen und Gliedern. Und hinterher hast du uns zugesehen, wie wir ein Bad nahmen, uns tief in die Augen sahen und es nur eine winzige Bewegung gab, unter Wasser, dort, wo wir uns berührten.«

Willow schwört, dass es so gewesen sei, aber nichts davon ist wahr. Sie muss mich mit einem anderen Schriftsteller verwechseln. Trotzdem erregt es mich, ihr heißes Telefongeflüster. Wie alle Schriftsteller werde ich leicht und gerne abgelenkt. Meine plötzliche Berühmtheit ist ein angenehmes Novum, das ich genieße. Und wie das so geht, habe ich, als es auf Mittag zugeht, nicht mehr aufs Papier gekriegt als: Geena Davis? Daryl Hannah?? Meg Ryan???

Ich werde einen gehörigen Zahn zulegen müssen.

Oder aufhören müssen, Telefonsex mit Exfreundinnen zu haben.

Mein Mittagsschläfchen wird vom Anruf der PR-Tante einer sehr berühmten Rockröhre unterbrochen. Sie ist blond, hat erstklassige Titten, und mehr verrate ich nicht. Aber eins ist wahr, ich schwöre es: Die PR-Tussi bietet mir Geld und einen Blowjob an, wenn ich ihre Klientin in mein Buch aufnehme.

Ist das noch zu toppen? Ich werde geschmiert, damit ich Gerüchte über ein Techtelmechtel mit einem Star in die Welt setze.

Morty ist hellauf begeistert. Sein Telefon bimmelt sich noch heiser. Die halbe Branche kämpft gerade um die Filmrechte. Jeffrey Katzenburg hat persönlich angerufen. Nur Disney ziert sich noch.

»Du kriegst Michael Eisner nicht noch irgendwie unter, oder?«, fragt Morty.

»Morty, ich werde nicht so tun, als hätte ich Sex mit Michael Eisner gehabt.«

»So tun? Ich dachte, das Zeug ist wahr?«

Er ist auf Zack, dieser Morty.

»Natürlich ist es wahr. Aber nicht das mit Michael Eisner.«

»Und wie wäre es mit Sex in Disneyland?«

»Superidee, Morty.«

»Kannst du nicht Christina Aguilera auf dem Parkplatz durchgepimpert haben?«

»Warum schreibst du es nicht selbst?«

»Ey, Kleiner, wollte nur helfen. Musst nicht gleich ’nen dicken Hals kriegen.«

Einen dicken Hals ? Das war ernst gemeint!

✦ ✦ ✦

Der Artikel in der *USA Today* war nicht übel. Das Radiointerview von Dharma und meinen mit Bedacht ausgewählten Antworten (mit Bedacht deswegen, weil ich ja gerade in der Interviewerin steckte) war gut, aber der Verriss in der *LA Times* war der Höhepunkt. Ich habe mir meine fünfzehn Minuten Ruhm gesichert.

In einer halben Stunde bin ich bei Jay Leno in der Sendung.

Ich sitze in der Garderobe, Luke von Lukaro macht mir die Haare und erzählt mir gerade von Brooke Shields und der Besetzung von Will & Grace, als Jay höchstpersönlich sein strahlendes Gesicht zur Tür hereinsteckt und mir alles Gute wünscht.

»Hab gehört, das Buch soll ein Knaller sein. Kann es kaum erwarten, es zu lesen. Ich bin aber nicht drin, oder? Kleiner Scherz. Viel Spaß in der Show. Sie sind nach Tom Hanks dran.«

Leck. mich. fett.

»Mein nächster Gast«, verkündet Leno, »ist ein großartiger Autor hier aus Los Angeles. Ganz Hollywood steht seinetwegen unter Strom. Sein Buch ist so heiß, dass Wolfgang Puck drauf kocht.«

Gelächter.

»Es ist so heiß, das Design ist von Armani!«

Gejohle. Leno setzt sein schelmisches Lächeln auf.

»Ich sage Ihnen eins«, setzt er an, »dieses Buch ist so heiß, dass sogar der Autor sich vor eindeutigen Angeboten kaum retten kann!«

Ka-rach macht der Schlagzeuger, wie es bei Leno üblich ist.

»Danke! Und hier ist er, mein guter Freund Stanley Hart!«

Rauschender Applaus, und ich bin im Bild. Tom Hanks beugt sich rüber und gibt mir die Hand. Wir haben uns noch nie gesehen, aber er sagt »Hallo, Stanley«, als wären wir alte Kumpels.

»Gut sehen Sie aus«, sagt Leno.

Und ich sehe nicht nur gut aus, ich bin gut heute Abend. Tom lacht über alles, was ich sage. Das Publikum lacht. Jay lacht auch, und es gibt eine schöne Nahaufnahme vom Buchcover, das Pangloss extra hergestellt hat. In der Werbepause sagt Tom, er und Steven hätten darüber gesprochen, welches Filmformat mein Roman kriegen soll. Mit Steven meint er natürlich Spielberg.

»Ich finde, er eignet sich für eine Serie«, sagt Tom. »Steven will ja einen Spielfilm draus machen, aber mir gefällt die HBO-Version besser. Stanley Tucci könnte Ihren Part übernehmen.«

Stanley Tucci? Klar, er ist witzig, aber sieht er auch gut genug aus?

»Was ist mit Cruise?«, frage ich und sage wie ein alter Hase nur seinen Nachnamen.

»Der macht kein Fernsehen, glaube ich«, antwortet Tom.

+++

Richard Hume rief gerade an und meinte, mein Roman sei nun offiziell ein Bestseller. Amazon hat inzwischen 120.000 Vorbestellungen für *The Writer's Cut*.

Ich wusste gar nicht, dass er im Internet zu finden ist. Wieso gibt es ihn jetzt schon zu kaufen?

Ich habe ihn doch noch nicht mal geschrieben.

»Nach Leno sind die Vorbestellungen explodiert. Die Erstauflage steht jetzt bei 250.000.«

Ist das noch zu toppen? Noch nicht mal veröffentlicht und schon ein Megaseller.

Ich spiele ernsthaft mit dem Gedanken, abzutauchen.

Richard Hume ist so aus dem Häuschen, dass er ganz vergisst, mir in den Ohren zu liegen wegen der Abgabe, wie er es die letzten zwei Wochen täglich getan hat. Mir gehen mittlerweile auch die Ausreden aus. Ich begreife nicht, dass er mir das auch noch alles glaubt.

Heute jedenfalls ist er völlig überdreht.

»Unsere Vertreter sind nach Ihrem Auftritt bei Leno auf uns zugekommen und meinten, die Händler stürzen sich nur so darauf, auch wegen des Skandals in der *LA Times* und der ganzen Publicity. Sie sagen, die Auflage ist viel zu niedrig.«

Holla. Jetzt wird's ernst. Normalerweise jammern und meckern Vertreter, weil sie Barnes and Noble nicht dazu bringen konnten, mehr als ein Dutzend Exemplare eines bestimmten Titels zu ordern, aber jetzt bestellen sie mein Buch partienweise, fragen schon nach Aufstellern und garantieren Schaufensterplätze, als wäre es ein Grisham oder ein Le Carré. Das ist Musik in den Ohren eines Verlegers. Sehr laute Musik. Richard Hume sagt, bei Pangloss machen sie sich gerade wegen der Strandsaison Sorgen, denn wenn mein Buch so »durch die Decke geht«, wie alle erwarten, werden sie womöglich nicht schnell genug nachdrucken können. Und wenn Verleger irgendwas hassen, dann, dass ihnen die Bücher ausgehen. Noch schlimmer als unverkaufte Bücher sind ungedruckte Bücher, die sie hätten verkaufen können. Um sicherzugehen, dass genug Exemplare vorhanden sind, spielen sie mit dem Gedanken, die Auflage noch einmal zu verdoppeln. Damit wären es eine halbe Million. Obwohl sie das Manuskript noch nicht haben. Was ich dazu denke?

Was ich dazu denke? Ich kann nicht denken. Ich bin in Schockstarre. Ich denke nichts. Das ist mir alles egal. Nicht egal ist, dass ich kein Buch für sie habe. Sie verkaufen etwas, was nicht existiert. Ich habe einen Schneeballroman losgetreten. Sogar ich kann voraussehen, dass das Ding gegen die Wand fährt. Irgendjemand muss es ihnen sagen. Aber oh Gott, bitte nicht ich. Nicht jetzt. Ich bin zu beschäftigt. Ich bin zu beschäftigt, weil mein Buch so erfolgreich ist. Ich bin zu beschäftigt damit, angesagt zu sein. Ich bin zu beschäftigt damit, Interviews zu geben und für Hochglanzmagazine abgelichtet zu werden.

»Und jetzt bitte das Cover hochhalten und lächeln.«

Offensichtlich zählt tatsächlich nur das Äußere. Und es zählt nicht nur, es macht sich bezahlt, denn alle wollen mein Buch haben. Ich werde von Studio zu Studio gescheucht, ich und die mit heißer Nadel gestrickte Coverattrappe meines ungeschriebenen Meisterwerks.

Es ist eine geöffnete Schere.

Die perfekte Metapher, finden Sie nicht? Wenn man meine Eier noch dazu malt. Aber alle finden das Bild toll, eine orangefarbene Schere auf weißem Hintergrund mit dem Titel in eleganter Schrift: *The Writer's Cut*. Darunter: *Ein Stanley-Hay-Roman*.

Ich kriege einen Untertitel wie beim Film! Mein Anwalt hat das offensichtlich durchgeboxt. Das ist das erste Mal bei einem Debütautor.

Alle finden es großartig. Die Anwälte sind begeistert, der Verlag ist begeistert und mein Agent ist im siebten Himmel. Ich bin einfach überall präsent. Sogar Mickey Mikado will sich die Rechte sichern.

Ich halte das Cover bei Larry King hoch, und der gute Larry mit seinen roten Hosenträgern will mich durch den Kakao ziehen.

»Macht es Ihnen keine Angst, dass einige dieser Frauen hinter Ihnen her sein werden?« Er lächelt zufrieden über seine Frage. Wir wissen beide, wie beängstigend das wäre.

»Jetzt juristisch oder sexuell?«

Larry findet das urkomisch.

»So oder so, da blüht Ihnen was. Ich meine, Gwyneth und Geena und Julia … das sind ziemlich große Namen.«

»Aber sie kommen nicht in meinem Buch vor.«

»Namentlich, meinen Sie?«

»Ganz genau.«

»Aber wir können alle zwischen den Zeilen lesen.«

»Wenn Sie das unbedingt wollen«, sage ich. »Solange Sie auch die Zeilen lesen. Ich schreibe nicht das, was dazwischensteht.«

»Nur, was zwischen den Laken steht.«

»Wie bitte?«

»Steht überall im Internet.«

Ach ja, lieber Leser, das Internet. Da liegt der Hund begraben. Die simple Webseite über mich, die irgendein notgeiler achtzehnjähriger Collegebubi erstellt hat, ist eskaliert, hat gestreut, hat sich vermehrt. Mittlerweile gibt es mindestens vierzig Seiten, die alle ganz genau wissen wollen, wer hinter wem in meinem Buch steckt und wer in wem. Eine Seite will sogar einen Schlüssel für die ganzen Pseudonyme haben, die ich verwende. Diese Leute haben Eier in der Hose, sage ich Ihnen. Haben wir nicht alle das Internet als die strahlende Zukunft bejubelt, als die Demokratisierung der Kommunikation? Sie auch, oder? Dann will ich Ihnen mal was sagen über die Datensuperautobahn. Sie ist vollends verstopft mit Rumtreibern, Verschwörungstheoretikern, Nervensägen, Bauernfängern, Pornografen, kranken Trittbrettfahrern und allen Arschlöchern dieser Welt. Hier treffen die Paranoiden auf die Angeber. Das Internet ist die perfekte Plattform für alle, die groß rauskommen wollen, aber nichts zu sagen haben. Wenn Sie wissen wollen, in welchem Evolutionsstadium sich der Affe derzeit befindet, brauchen Sie nur ins Internet zu gehen. Vielleicht erübrigt sich dann Ihre Sorge, wir stünden kurz vor unserer Selbstvernichtung. Obwohl das dem Universum ganz guttäte. Wenn wir uns vor lauter Diskussion um den wahren Gott allesamt in die Luft jagen würden, wäre das restliche intelligente Leben im Universum so was von erleichtert.

Vier Webseiten listen ausführlich auf, mit wem ich schon alles geschlafen habe. Interessanterweise deckt sich diese Liste fast vollständig mit der der Top-Ten-Kinostars. Also, der weiblichen. Es gibt auch eine schwule Version, aber schon beim Gedanken daran werde ich rot. Ich meine, ich würde doch nie und nimmer mit Captain Kirk ins Bett gehen. Haben die Leute keinen Anstand mehr?

Laut aller dieser Webseiten, die mal stanleyhay.com heißen, mal blabbermouth.com, mal thewriterscock.com oder auch dermaßen obszön, dass noch nicht mal ich es in den Mund nehme, habe ich ausgefallenen Sex in abstrusen und stellenweise regelrecht unbequemen Stellungen mit Julia, Cameron, Drew, Angelina, Selma, Sadie und Gwyneth gehabt. Laut Internet habe ich Britney gebuttert, Whitney gewienert, Brandy gekostet, die Spice Girls abgeschmeckt und

Madonna mündlich geprüft. Ich hatte die rattige Roseanne, die gefühlvolle Geena und sogar die heiße Hautflötenspielerin Hilary. Ich bin die fleischgewordene Fantasie, der wandelnde Schlagbohrhammer Amerikas. All die vom Showbusiness geschürten unterbewussten Gelüste vereinen sich in mir. Für die, die vom Sex mit Promis träumen, bin ich der Avatar.

Und extrem beliebt bin ich jetzt natürlich auch. Ruhm ist tatsächlich ein Aphrodisiakum. Sogar Henry Kissinger kriegte Frauen rum. Mein Telefon bimmelt sich die Glocke stumpf. Frauen rufen mich an. Jane Seymour ist dran und fragt, warum wir uns noch nicht kennen. Joan Collins, ohne Scheiß, Joan Collins ruft an. Sie hat meine Nummer von Morty.

»Wirst du es ausplaudern?«

»Was denn?«

»Was bei Mortys Party passiert ist.«

»Was ist denn passiert?«

»Sollte das nicht lieber unser kleines Geheimnis bleiben?«

»Natürlich.«

»Es ist also nicht im Buch?«

»Nein.«

»Oh.«

Sie klingt fast enttäuscht.

»Du könntest natürlich auch ganz vage andeuten, dass wir …«

»Würde Ihnen das gefallen?«

»Sagen wir, ich könnte damit leben.«

»Aha.«

»Auf jeden Fall würde es Jackie so richtig schön auf die Palme bringen. Seit Jahren geht sie mit den Mädels Mittagessen und kriegt immer brühwarm aufgetischt, wer gut im Bett ist und wer die echten Hengste sind. Und von dir, sagt sie, hat sie noch nie gehört.«

Ich bin aufgeflogen. Durch Joanie. Gleich wird sie mich entlarven.

Aber weit gefehlt.

»Gut gemacht«, sagt Joan. »Alle Achtung.«

Ich bin bei *Politically Incorrect*. Und darf für Bill Maher den Buchdummy signieren.

»Großer Fan von Ihnen«, sagt er und grinst.

Denke ich überhaupt nicht darüber nach, wie das alles mal enden wird? Habe ich kein Fracksausen davor, dass diese verdammte Blase eines Tages platzt, kollabiert und mich in ein schwarzes Loch verwandelt? Doch, natürlich. Wie verrückt. Tag und Nacht.

Howard Rosenberg hat mich auf dem Kieker.

Der Schleimer, der sich vom Ruhm anderer ernährt.

Er legt sich mächtig ins Zeug. Ich werde namentlich in der *LA Times* an den Pranger gestellt, auf der Titelseite der Montagsausgabe. Na gut, in der Rubrik Kultur. Aber in Hollywood liest sowieso niemand die Nachrichten. Nur die Einspielergebnisse. Es geht die Sorge um, Bush könnte die Oscar-Verleihung sprengen, wenn er Bagdad in Schutt und Asche legt. Steve Martin sagt, sie sind darauf vorbereitet, machen aber erst einmal weiter wie geplant.

Howards Kolumnen mochte ich schon immer. Er ist witzig, aber zugleich fair. Das Schlimme ist ja, dass er absolut recht hat. Ich bin genauso empört darüber, dass irgendein dahergelaufener Möchtegern-Schriftsteller aus Hollywood es wagt, die paar Schauspielerinnen bloßzustellen, die er ins Bett gekriegt hat. Das ist nun wirklich unterste Schublade.

Schäbig. Sein Privatleben in alle Welt hinauszuposaunen und dabei von der Berühmtheit anderer zu profitieren. Howard hat ja so recht.

Vor allem, wenn der Autor nach Strich und Faden lügt, wenn überhaupt keine der unerwähnten Eroberungen auf sein Konto geht, geschweige denn, dass er sie aufgeschrieben hat.

Das macht es kein bisschen einfacher für mich, endlich mit dem Schreiben anzufangen.

+++

Für die Klatschpresse bin ich ein gefundenes Fressen. Ich bin der neue Kato Kaelin. Sie verwenden gleich mal alte Sedcard-Fotos aus meiner Zeit als Schauspieler. Ich sehe darauf ziemlich gut aus. Mein jüngeres Ich starrt mich aus der aktuellen *Star* an, aber mein unschuldig schmachtender Blick passt so gar nicht zu den reißerischen Storys, die die Klatschreporter nur zu gern über mich erfinden. Wenigstens mal einer, der sie nicht dafür verklagt! Laut Regenbogenpresse treibe ich es munter mit allen, die nicht bei drei auf den Bäumen sind. Eine Klatschzeitung lobt mich sogar für meine Ehrlichkeit! Ich bin offensichtlich ein Vorkämpfer in Sachen Redefreiheit. Ein sexueller Whistleblower.

Diese bislang eher unterbelichtete kämpferische Seite meines Charakters bekommt einen kräftigen Schub, als Jerry Falwell mich nach allen Regeln der Kunst niedermacht. Auf mir ruht der Segen eines Jerry-Fluchs. Ich bin also ein ausgesprochener Vertreter des Bösen, der die amerikanische Reinheit beflecken will. Dabei fühle ich mich geehrt, dieses Kommando anzuführen. Fast möchte ich beichten, dass es gar kein Buch gibt, nur damit Jerry wie ein Idiot dasteht. Fast. Aber nur fast. Denn ich würde genauso wie ein Idiot dastehen. Und das kann ich mir nicht leisten.

Ich habe bereits eine Million Dollar verdient.

Am Ende werde ich ein sehr reicher Mann sein.

Mein neuer Manager hat ein paar Vorkehrungen für die Steuererklärung getroffen.

»Kein Grund, alles Uncle Sam in den Rachen zu werfen«, sagt er.

Genau das hält mich jedes Mal davon ab, wenn ich eigentlich auspacken will. Wenn ich sagen will, hört zu, Leute, es gibt gar kein Buch. Es gab nie eins. Mein Sexleben ist ein Buch mit sieben Siegeln. Eine verrammelte Tür. Ein verschlossenes Tor. Ein heruntergelassenes Fallgitter. Ein versperrtes Portal. Eine unpassierbare Brücke. Ein unberührter Pfad.

Ich will nicht auspacken.

Ich will das Geld.

Was soll ich nur machen?

5

Wozu ich mich aufraffen kann, ist zu Fox zu fahren, zu Sam. Er ist nach wie vor sauer auf mich und geht nicht ans Telefon, also fahre ich persönlich zu ihm ins Büro. Bei der Einfahrt aufs Gelände rollt auf einmal Tish an mir vorbei. Aber sie sieht mich nicht, und bis ich aus dem Auto raus bin und »Tish! Tish, ich bin's!« rufe, ist sie schon weg. Sie sieht toll aus. Die Security behandelt mich wie den letzten Husten und brüllt, ich solle mein Auto aus dem Weg fahren. Kein Scherz. Die sollen sich gefälligst um ihren eigenen Kram kümmern. Wissen die nicht, wer ich bin?

Sam arbeitet weiter hinten auf dem Gelände an einer Zeichentrick-Sitcom. Er ist Associate Producer. So nennt man Autoren, wenn eine Serie so erfolgreich wird, dass sie bestochen werden müssen, um nicht abzuwandern. Es gibt ungefähr fünfzehn Associate Producers bei dieser Serie. Sie haben einen coolen Bungalow mit Obergeschoss und allem Schnickschnack: Billardtisch, Küche, Sauna, einarmige Banditen, Tischtennisplatte, Fitnessraum … Die Leute sollen einfach nie nach Hause fahren wollen. Ich kenne die meisten von ihnen und vielleicht die Hälfte der Besetzung. Die Serie ist super und durchweg witziger als alles, was derzeit als Realfilm läuft. Die Manager haben komplettes Bungalow-Verbot. Sie dürfen den Autoren nicht reinreden. So ist der Deal. Nicht übel, was? Solange die Emmyquote stimmt, können sie machen, was sie wollen.

Sam hat nicht mit mir gerechnet. Ich habe ihm Blumen und eine Flasche Cristal mitgebracht. Er trinkt gar keinen

Alkohol, aber er kann ihn ja seiner Mutter schenken, schlage ich vor. Und sie kann Rosen reinstellen oder so.

»Woher wusstest du, dass meine Mutter einen kräftigen Zug und einen grünen Daumen hat?«, fragt er zurück.

Er ist eben zu nett, um lange sauer zu sein.

Wir essen zu Mittag im *Commissary*, und er kämpft sich nervös durch sein Sylvester-Stallone-Schinken-Sandwich-Special. Ich esse den Oysters-Rock-Hudson und den Don-Simpson-Salat.

»Genau so würde Sly wollen, dass man sich an ihn erinnert«, sagt Sam mit Blick auf den zerhackten Schinken. »So oder als Omelette Surprise.«

Näher als das kommen wir an unsere alte Vertrautheit nicht ran. Irgendwas stört ihn, merke ich. Vielleicht meine neue Berühmtheit. Mehrmals kommen Leute rüber und wollen mir die Hand schütteln. Eine sehr hübsche Rothaarige gibt mir ihre Karte und möchte gern irgendwann mit mir ein Projekt besprechen.

»Das ist neu«, stellt Sam fest.

Ob er neidisch ist?

Nach dem Essen statten wir der Kulisse von *Wehe du lachst* einen Besuch ab, der neusten Comedysendung auf Fox. Sie macht ihrem Namen alle Ehre.

»Ist irgendwas?«, frage ich Sam schließlich. Mein Therapeut ermuntert mich immer dazu, Dinge direkt anzusprechen. Mir gefällt das. Es bringt den anderen so schön in die Bredouille.

»Was meinst du?«, fragt er wenig überzeugend.

»Bist du noch sauer wegen der Sache mit Mickey Mikado?«

»Quatsch«, sagt er. »Hab gehört, das Ding ist eh schon auf dem Weg in die Rundablage.«

»Also sind wir wieder Freunde?«

»Wer sagt, dass wir Freunde sind?«

Ich lache, merke aber, dass er das ernst meint. Freunde gelten in Hollywood als nützliche Ressource. Dem Produzenten Joel Silver wurde mal vorgeworfen, er habe keine Freunde. »Freunde?«, sagte er. »Ich habe sogar welche, die ich noch nicht ausgenutzt habe.«

+++

Ich muss plötzlich los, weil Marvin Lutwig auf mich zukommt. Ich kann den Kerl auf den Tod nicht ausstehen. Marvin Lutwig ist ein gruseliger Typ, der immer bei den Comedians herumhängt. Lutwig ist wie Gott, findet Sam: Er ist nicht witzig und überall. Immerzu drängt er sich für Projekte auf, für die er vollkommen ungeeignet ist, und er ist bekannt dafür, noch keine einzige Eröffnung verpasst zu haben. Er würde der Eröffnung einer Thunfischdose beiwohnen, wenn sie kostenlos wäre. Sam hat mal gesagt, Marvin Lutwig macht Antisemitismus irgendwann noch salonfähig, aber er ist viel höflicher als ich, und leider kann er nicht mal so tun, als hätte er Marvin nicht gesehen. Sam winkt auch noch.

»Bitte nicht«, sage ich.

»Zu spät«, erwidert Sam. »Er hat uns schon gesehen.«

Marvin hat Augen im Hinterkopf. Er steht auf Galas rum und gafft, bis er jemanden noch Berühmteres gefunden hat, neben den er sich stellen kann. Legendär sind auch seine Hommagen an kürzlich verstorbene Stars. Dabei ist es völlig egal, ob er sie persönlich kannte oder nicht. Er lädt einfach lauter andere Stars ein, um mit ihnen des Verstorbenen zu gedenken, und lässt sich dann mit allen fotografieren.

Ein Gauner ist das. Die Finanzierung übernehmen Sponsoren, und dann verkauft er die ganze Chose im Internet oder an weniger anspruchsvolle Kabelsender. Würde mich nicht wundern, wenn Marvin auch noch Eintritt verlangt. Das hat der drauf, ohne mit der Wimper zu zucken. Einmal habe ich gesagt, er solle sich verpissen, und er meinte nur, »Sehr originell, Stanley!«, als hätte ich einen Witz gemacht. An ihm prallt jede Beleidigung ab. Und jetzt hat er seine scharfsichtigen schwarzen Glubscher auf uns gerichtet und kommt beschwingt auf uns zu. Er trägt einen Ohrstecker. Seine Haare sind ein einziges fettiges Wirrwarr, und er hat einige Kilo zu viel auf den Rippen. Er kommt ganz eingebildet rüber, schwitzt und grinst von einem Ohr zum andern.

»Hallo, Stanley«, sagt er mit seiner gruseligen Reibeisenstimme. »Gratuliere zu Ihrem Buch. Hab gehört, es ist ein Knüller.«

Er zieht sich an wie ein Konzertveranstalter aus den Sechzigern. Und dazu kommt er dann mit diesen seltsamen Floskeln. Knüller. Vibes. Steile Ausbeute. Dufte. Er glaubt, das ist cool, aber es ist einfach nur traurig.

»Wette, jetzt stehen die Ladys auf Sie, was?«, meint er und bringt es fertig, mir zugleich zu schmeicheln und mich zu beleidigen. Ich könnte kotzen.

»Sam, entschuldige mich«, sage ich, »ich muss kotzen.«

6

Ich bin der heiße Scheiß.

Sagt man mir jedenfalls.

Und ich werde von Tag zu Tag heißer.

Temperatur bedeutet in Hollywood das Quadrat des öffentlichen Interesses multipliziert mit der Schlagkraft der PR.

Ich habe mittlerweile eine sehr hübsche, blasse Presseagentin, die Tag und Nacht an der Strippe hängt. Ich glaube, sie würde für mich töten. Janey sieht aus wie ein Engelskind, redet aber wie eine Teufelsbrut.

»Sie sind heißer als ein Feuerschlucker nach Feierabend«, sagt sie. »Jede Menge Pussis für Stanley. Die Ladys werden sich gegenseitig den Rang ablutschen.«

Ich kann nicht glauben, dass so etwas aus ihrem süßen Mund kommt.

»Mädels lieben Sex, vor allem, wenn sie was damit erreichen können. Sie werden noch Ihr blaues Wunder erleben, Stanley. Ich habe gehört, Dharma hat bereits eine Kostprobe bekommen.«

Wo hat sie das nur her?

»Und was ist mit dir?«

»Wie bitte?«

»Hast du einen Freund?«

Sie wirft ihren entzückenden Kopf in den Nacken und lacht.

»Süßer, ich spiele in einer anderen Liga.«

Ich fasse es nicht.

Bin ich nicht gut genug für sie, ist es das, was sie sagen will?

Sie sieht mir meine Verwirrung an und lacht noch lauter.

»Mir brauchen Sie Ihre Briefmarkensammlung nicht zu zeigen. Ich spiele im anderen Team.«

Ich stehe immer noch auf dem Schlauch. Endlich hat sie Mitleid mit mir und hört auf zu lachen.

»Stanley, auf welchem Planeten leben Sie? Ich bin vom anderen Ufer, Sie Trottel.«

Ich bin ganz schockiert. Sie, eine Lesbe?

»Oh. Jetzt sehen Sie enttäuscht aus. Das ist ja süß von Ihnen.«

Ich fühle mich wie zehn.

»Ich sag Ihnen was. Sollte mein Körper mir andere Hormone anmixen, dürfen Sie gern mal mit Ihrem Stängel umrühren. Aber warten Sie lieber nicht auf mich. Außerdem wollen jede Menge Bücher verkauft werden. Also, ran ans Telefon.«

Ich hasse Telefonpromo.

Eine Woche bin ich erst dabei und kann es jetzt schon nicht mehr ausstehen.

Promo ist sterbenslangweilig. Falls Sie es noch nicht erraten haben: Promo am Telefon sind Telefoninterviews. Es gibt zwei Längen: das endlose, eintönige Gespräch mit der Zeitungsjournalistin aus Milwaukee, die dich anderthalb Stunden über dein ganzes Leben ausfragt und dann einen Einzeiler draus macht, und die Live-Interviews mit den Typen vom Radio. Ich habe gerade achtundzwanzig davon hinter mir. Und noch dreißig vor mir. Diese Livedinger funktionieren so: Man steht vor Sonnenaufgang auf und schleppt sich in ein ranziges Studio irgendwo in Hollywood, wo man landauf, landab einem Radiosender nach dem anderen zugeschaltet wird. Ich war schon in der Rushhour-Show in New Jersey, der Morningshow in Phoenix, der

Frühstücksshow in Atlanta, und drei Stunden später komme ich in San Francisco immer noch in den Berufsverkehr. Zehn Minuten pro Sender, und es ist immer dasselbe.

»Hier ist WXBC Chicago, und gleich sprechen wir mit dem Enfant terrible der Literatur, Stanley Hay, der behauptet, mit ganz Los Angeles im Bett gewesen zu sein. Hier bei Rob und Ray am Morgen, also bleiben Sie dran. Und jetzt: Aerosmith.«

Es sind immer zwei Moderatoren. Man kann fast ihre Bärte hören. Sie sind voll aufgeputscht mit Kaffee. Das ganze Adrenalin färbt ab, sodass du noch überdrehter bist als die.

»Stanley, hören Sie mich?«

»Ja, ich bin dran.«

»Okay, Sie Don Juan. Hier ist Ray. Bin ein großer Fan. Wir schalten Sie gleich live dazu, in etwa zwei Minuten.«

»Alles klar.«

Dann lassen sie einen in der Leitung hängen, und es läuft weiter Aerosmith.

»Hier ist 92,5, der Sender, der rockt! Jetzt sprechen wir mit dem Starautor von *The Writer's Cut*, aber zuerst noch das hier: Hämorrhoiden. Kennen Sie das? Schmerzhafte und entzündete Hämorrhoiden, und Sie verpassen genau den wichtigsten Spielzug Ihres Teams? …«

»Stanley?«

»Ja.«

»Ich bin's, Bob. Ray macht ein bisschen Werbung, und dann sind Sie live drauf, in etwa einer Minute oder so. Wir müssen nur noch ein paar Lokalnews bringen. Ihr Buch ist übrigens klasse.«

Er hat keine Ahnung, dass es noch überhaupt kein Buch gibt.

Also sitzt du da und hörst, welche Straßen in der Innenstadt gesperrt sind, dass ein Kind sexuell belästigt wurde, alles über eine Herpesepidemie unter Jugendlichen, und schließlich bist du dran. Sie wollen genau zwei Fragen über dein Buch loswerden. Wird es bald verfilmt? Und wer spielt wen? Das war's. Mehr nicht. Oh, manche sind natürlich sehr clever und fragen mich, wen ich aus Hollywood alles schon gepimpert hätte. Aber ich muss mir keinen Kopf machen, ich komme sowieso nicht zum Antworten. Sie werfen sich ein paar lüsterne Vorschläge zu, quieken vor Lachen, danken mir, ihren Morgen aufgepeppt zu haben, und schon kommt wieder Heavy Metal.

»Gleich nach der Pause haben wir Bozz und Nukey von Slipper und morgen kommen Keef und Soapy aus Smack City, um ein paar Freikarten für ihr Konzert All Damp All Night zu verschenken. Live beim Sender, der rockt! Aber hier kommt erst einmal Toad the Wet Sprocket für euch.« Ich verabschiede mich noch, aber sie sind schon in den Äther entschwunden.

Wenn es keine zwei Moderatoren gibt, dann gibt es gleich einen ganzen Affenzirkus: ein dominanter Hauptmoderator und drei oder vier weibliche oder männliche Sidekicks, die sich immer mal einklinken. In diesen Shows stehen sie auf Soundeffekte. Jeder noch so lahme Joke wird von einem Furzkissen oder einem Nietenbuzzer beglaubigt. Sie machen extra Kunstpausen, damit man auch wirklich keinen Witz verpasst. Es ist laut, es ist aggressiv, es ist anstrengend. Sie schaukeln sich gegenseitig immer weiter hoch, und das Niveau sinkt von Frage zu Frage. Ob auch Schwarze in meinem Buch auftauchen? Ob ich sexuelle Rassentrennung praktiziere? Was mein Sexrekord an einem Tag war? Ob ich schon mit Gloria Estefan im Bett war? Oder mit Ricky Martin? Ob ich schwul sei? Oder was gegen Schwule habe? Es ist wie ein Verhör durch Insassen der Zwangspsychiatrie. Das Gegenteil einer Therapie. Die Fragen sollen mich auseinanderpflücken. Schlafen Sie auch mit Hamstern? Hatten Sie schon mal Sex im Stehen? Telefonsex? Haben Sie es schon mal in einem Privatjet gemacht? Nur, wenn die Pilotin bei mir landen konnte, bringe ich den Einzeiler unter. Sie kriegen sich nicht mehr ein. Fast eine Minute gackern, scheppern und tröten sie herum. Der war gut, Stanley, rufen sie. Ich will gar nicht wissen, was die Hörer denken, die da draußen in ihren Blechkisten stecken.

Zwei Tage davon, und ich bin völlig erledigt. Ich habe die Wichsfantasien jedes Radiomoderators im ganzen Land durch. Sie wollen alle der nächste Howard Stern sein. Howard Stern will offensichtlich der nächste Stanley Hay sein. Laut meiner Presseagentin hat er von meinem Buch gehört und ist ganz neidisch. Er will mich sogar in seiner Show haben. Ich soll nach New York.

Dass Hollywood wie eine Aktienbörse funktioniert, ist kein Geheimnis, aber einfache Autoren tauchen selten im S&P-500-Index auf. Bill Goldman ist natürlich eine Ausnahme, und Joe Eszterhas drängte sich vielleicht für ein, zwei Minuten hinein, aber können Sie mir auch nur einen anderen Drehbuchautor nennen? Natürlich nicht. An den Oscar für das beste Drehbuch erinnert man sich höchstens, wenn ein Schauspieler es geschrieben hat.

»Du hast jetzt einen Namen«, sagt Morty. »Die Leute zitieren dich sogar.«

Er hat recht. Der *Hollywood Reporter* zitiert einen originellen Spruch von mir, der nicht von mir ist, und den ich bei einer Eröffnung gesagt haben soll, bei der ich nicht war. »Wenn ich jetzt 'nen Dollar hätte für jede Diva auf dieser Party, mit der ich schon im Bett war …«

»Das habe ich nie gesagt, Morty.«

»Ist doch egal, solange es witzig ist«, erwidert er.

»Ich war noch nicht mal bei der Eröffnung.«

»Du Glücklicher. Ich war da, und es war die Hölle.«

Mal werde ich als Witzbold, mal als geistreicher Typ, mal als Lebemann bezeichnet. Hollywood klopft an. Und zwar so richtig. Jeffrey Katzenberg ist wohl etwas verschnupft, weil Morty meine Nummer nicht rausgibt.

»Ich habe ihm gesagt, du seist zu beschäftigt.«

Zu beschäftigt? Ich bin zu beschäftigt, um mit einem Studioboss zu sprechen!

»Coppola will dich übrigens in San Francisco treffen. Ich habe ihm gesagt, du gehst nirgendwohin. Wenn er dich sehen will, soll er dir einen Jet schicken.«

Ich falle um.

»Und fünf Manager haben angerufen. Sie wollen dich alle als ihren Klienten. Keinen Bedarf, habe ich gesagt. Du bist schon ganz oben. Ach, und Billy Crystal will das Drehbuch machen. Ich meinte zu ihm, das sei ja nicht gerade sein Spezialgebiet.«

Du hast was, Morty?

»Sogar HBO hat mich zurückgerufen. So angesagt bist du mittlerweile. Und Chris Albrecht hat sich persönlich gemeldet. Tom Hanks muss mit ihm gesprochen haben.«

Das Buch, das nicht existiert, wird bald verfilmt werden. Ich kann jetzt nicht mehr auspacken, selbst wenn ich es wollte. Ich kann das nicht einfach alles wegwerfen. Ich bin berühmt.

Gina Gershon ist am Apparat.

Sie will wissen, ob sie im Buch vorkommt.

Wir sind uns noch nie begegnet.

»Gina, ich verstehe nicht …«

»Ich möchte nur wissen, ob ich drin bin oder nicht.«

»Wie kommen Sie darauf, Sie könnten darin vorkommen?«

»Na ja, du weißt doch …«

»Ja?«

»Ich war damals ziemlich wild.«

»Und?«

»Und an so manchen Abend kann ich mich nicht besonders gut erinnern.«

Wow.

»Gina«, sage ich, »aber ich werde sie alle nie vergessen.«

»*Sie alle*?«

»Mh-hm.«

»Und du erwähnst sie natürlich in deinem Buch, stimmt's? Wetten? Ich weiß, dass du das tun wirst.«

»Vielleicht.«

»Ach komm, verschon mich damit, Stanley. Mir wirft man doch ständig so was vor.«

Ich willige ein, mit ihr bei einem Essen darüber zu sprechen.

Können Sie das fassen? Ich habe ein Date mit Gina Gershon, um darüber zu reden, ob ich etwas ausplaudern soll, das überhaupt nicht stattgefunden hat. Ich soll ein sexuelles Abenteuer für mich behalten, von dem ich noch nicht einmal geträumt habe, mit einer Frau, die ich nur von der Leinwand kenne.

Wow. Dieses Buch hat echt Potenzial.

Gina ist eine Bombe. Sie kommt nur knapp zwanzig Minuten zu spät und sieht im engen schwarzen Leder umwerfend aus. Wenig überraschend erkennt sie mich nicht. Es macht mir nichts aus. Wir haben uns ja noch nie getroffen. Als ich mich vorstelle, starrt sie mich nur an.

»Kennen wir uns?«, fragt sie.

Ich erwische sie während des Essens immer wieder mit diesem Blick. Ich glaube, sie hat mich durchschaut. Aber das ist es wert, weil sie so wahnsinnig scharf aussieht. Ihre rabenschwarze Mähne, diese heißen Katzenaugen und diese fabelhaften Wangenknochen. Ich war schon immer ein großer Fan von ihr, aber das sage ich natürlich nicht.

Wir sind im Il Sole. Am Sunset. Ich habe ihren Namen benutzt, um einen Tisch zu kriegen. Paulo, der Eigentümer, ist sehr nett. Er kommt und setzt sich extra zu uns. Mit seiner dünnen Drahtgestellbrille sieht er aus wie eine Eule. Ich liebe seine italienische Art zu reden. Seine Handbewegungen. Sein Essen.

»Sie sind eine Gluckspilz«, sagt er und schaut mich an. »Sie isse besondere Frau. Viele schone Frauen kommen hierher, viele Schauspielerinnen, aber sie …« Er tippt sich an die Stirn. »Sie isse Ausnahme, eh. Sie hat Kopfchen.«

Gina zuckt mit keiner Wimper. Sie starrt mich die ganze Zeit über an und kneift hin und wieder ihre dunklen, intelligenten Augen zusammen. Bis er gegangen ist, schweigt sie. Dann sagt sie: »Ich war nicht im Bett mit dir.«

Ich sage nichts. Mir fällt nichts ein, was ich sagen könnte. Zum Glück ist Schweigen die beste Verteidigung, denn auf einmal knickt sie ein. Und gibt nach.

»Gott, tut mir leid. Ich kann mich einfach nicht erinnern.«

Ich mag Gina. Sie ist verflucht schlau. Ich langweile sie, denke ich, aber sie hält mein Gelaber aus. Und erzählt mir sogar noch ein Detail, das ich definitiv in mein Buch einbauen werde.

»Immer wenn ich in eine neue Stadt komme«, sagt sie, »schaue ich mir zwei Dinge an: die Stripclubs und die

Ramschläden. Die Stripclubs, damit ich sehe, was die Leute für ein Sexleben haben, und die Ramschläden, um zu sehen, was sie wegwerfen.«

Ist sie schlau, oder was?

Ich mag sie wirklich. Als ich ihr auf dem Parkplatz zum Abschied zuwinke, verspreche ich ihr einen Auftritt in meinem Buch.

Weil *The Writer's Cut* ein richtiger Kinoschlager wird.

+++

Morty ruft mich an, als ich gerade für New York packe. Er hat Neuigkeiten. Ich wusste, dass ein heftiger Bieterkrieg herrscht, weil Morty mir regelmäßig ganz berauscht das Neuste vom Schlachtfeld berichtet. Er liebt das. Das ist sein Ding. Live-Poker nennt er es. Er stellt mir die Spieler vor, aber ich bin bald in einer Latte von Vornamen verloren. Steven und Barry und Michael und Mike und Jeffrey und Sherry. Morty ist im siebten Agentenhimmel. Er hat etwas, was sie tatsächlich wollen.

»Das ist wie Sex ohne vorher Betteln«, sagt er.

Die ganze Debatte und die mordsmäßige Publicity lassen ihn einfach am längeren Hebel sitzen. William Morris schickt seit Wochen den Précis meines Romans herum. Irgendjemand – wer nur, verdammt, wer? – hat sorgfältig mein nicht vorhandenes Buch zusammengefasst und sein Filmpotenzial eingeschätzt. Alles aufgrund eines kurzen Exposés, das sie irgendwie aus den drei Seiten aus dem *Stroke* zusammengeschustert haben, die Richard Hume von mir bekommen hatte. Da die einzige vorhandene Szene dieser Blowjob im Chateau Marmont war, spielt sie natürlich eine herausragende Rolle im Film, wobei sie sich durch einen anonymen Lektor auf wundersame Weise in eine herzerweichende Geschichte über eine berühmte Schauspielerin verwandelt hat, die sich in einer lieblosen Ehe gefangen fühlt und in einen talentierten, aber tragischerweise unbekannten Schriftsteller verliebt. Im Wesentlichen war das nichts anderes als der alte Witz über die Hollywoodschauspielerin, die so dumm war, mit dem Drehbuchautor ins Bett zu steigen, aber ich muss zugeben, dass es ziemlich gekonnt zu einem fesselnden und witzigen Abriss ausgeschmückt wurde. Der Lektor lobt das Buch in den höchsten Tönen, attestiert ihm Kassenschlager-Potenzial und befindet, dass es beide Geschlechter ansprechen werde, insbesondere aber junge Männer im Alter von sechzehn, die wichtigste Zielgruppe aller Hollywoodfilme.

Bingo. Die Telefonleitungen glühen. Schauspielerinnen in der ganzen Stadt kämpfen um die Rolle. Sie bombardieren die Agenturen mit Anfragen für die Filmsynopse. Meg und Daryl und Courtney und Sandra fragen täglich bei ihren Agenten nach. Sogar Gina will, dass ich ein gutes Wort für sie einlege. Was ich ihr sofort versprach. Sie hat gehört, dass Angelina ganz scharf auf die Rolle ist und dass Billy-Bob die Regie übernehmen will.

»Es gibt so wenige gute Rollen für Frauen«, sagt sie. »Und so wenige Männer verstehen uns. Stanley, aber du bist eine Ausnahme.«

Mir ist bewusst, dass sie mir Zucker in den Arsch bläst, auch weil ich später von einer gemeinsamen Bekannten höre, dass sie mich für einen Vollpfosten hält und das Dinner ein Desaster gewesen sei, aber ich kann ihr das nicht verübeln. Für Schauspielerinnen ist es da draußen ein hartes Pflaster.

7

»Du solltest stolz auf dich sein«, sagt Morty. »Sieht aus, als hättest du einen echten Treffer gelandet.«

Das liegt nur am Précis, ehrlich.

Dieser Film ist ein Muss: eine clevere, intelligente, verführerische Komödie! Ein Dating-Film, ein Wohlfühlfilm und ein Tentpole-Release, das mit der richtigen Besetzung und einem landesweiten Kinostart zu einem echten Sommerhit werden kann.

Sogar mich überzeugt das. Irgendein Lektor hat ziemlich gute Arbeit geleistet.

Morty klingt regelrecht siegestrunken am Telefon.

»Sitzt du, Kleiner?«

»Na los. Spuck's schon aus. Wie viel?«

Ich bin ziemlich geldgierig geworden, jetzt, wo ich Schriftsteller bin. Das war noch nicht so, als ich mit Schreiben meinen Lebensunterhalt bestreiten musste. Ich glaube, der Erfolg hat mich verändert.

»Drei Millionen Dollar!«

Sogar mich lässt das aus den Latschen kippen. Ich bin platt.

»Drei Millionen Dollar?«

»Das ist das Angebot.«

Oh. Mein. Gott.

»Aber es gibt einen kleinen Haken.«

Nein. Nein, bitte nicht.

»Sie wollen einen anderen Titel«, sagt Morty.

»Das ist alles?«

»Kommt nicht infrage, habe ich gesagt.«

»Was hast du gesagt?«

»Dass der Titel das Kernstück dieses Deals ist.«

»Du hast das Angebot ausgeschlagen?«

»Ich wusste, dass du das genauso sehen würdest.«

»Wie wollten sie ihn denn nennen?«

»*Kiss and Sell*«, sagt er.

»Das ist doch kein schlechter …«

»Ist das zu fassen?«

»Ich habe schon viel schlimmere …«

»Die sollen sich ihren lausigen Titel sonstwohin stecken, habe ich gesagt.«

»Und was haben die gesagt?«

»Sie melden sich wieder.«

Ich brauche eine Bettdecke überm Kopf. Wir haben gerade ein Angebot für einen Vorschuss über drei Millionen Dollar bekommen, für die Filmrechte an einem Buch, das noch niemand geschrieben, geschweige denn gelesen hat, und mein Agent hat abgelehnt. Mir sind gerade drei Millionen Dollar durch die Lappen gegangen. Das habe ich auch noch nicht erlebt.

+ + +

Oprah lässt die Finger von Ihnen.

So sagt man mir immer wieder. Sie wollen, dass ich von New York aus nach Chicago fliege, aber Oprah weigert sich, mich einzuladen. Das ist offensichtlich ein Problem.

»Oprah lässt die Finger von Ihnen«, sagen sie und zucken mit den Schultern. Schauspielerinnen bloßzustellen ist ihr wohl zu schäbig. Sie hat es mehr mit einem positiven Frauenbild. Mein Buch mit Star-Blowjobs entspricht nicht gerade ihrer Vorstellung von guter Lektüre. Also keine Oprah für mich. Der Verlag ist enttäuscht. Ihr Book Club ist eine Goldader. Oprah ist größer als der Booker, größer als der Pulitzer, größer sogar als der Nobelpreis. Aber sie kann mich nicht ausstehen. Ich komme nicht infrage. Na schön. Also kein Chicago für mich. Mein Terminplan in New York ist dafür umso voller. Gleich morgens live bei Howard Stern, später bei Letterman, falls sie mich noch unterkriegen, sonst morgen Conan. Nach Regis. Interviews für den *Book Publisher*, die *New York Times*, die *Village Voice* und so weiter und so fort. Diverse Live-Radiospots und ein paar Fernsehauftritte. Vielleicht noch *The View*.

Ich trauere immer noch dem geplatzten Filmdeal nach. Den ganzen Flug nach New York über plagen mich auf meinem Erste-Klasse-Sitz Existenzängste. Noch beim Einchecken ins Plaza rufe ich Morty an, ob sich etwas getan habe. »Noch nichts, Kleiner. Aber ich kann hören, wie sie schwitzen.«

Sie schwitzen? Ich habe hier Kernschmelze!

Morty lässt das alles kalt. Er liebt dieses Spiel. Deswegen ist er Agent. Für ihn sind die drei Mille nicht abgeschrieben, sie liegen nur auf dem Tisch. So wie er das sieht, wird der Pot höchstens noch größer. Mit seinem Nein hat er den anderen Spielern gezeigt, dass die Sache wirklich so viel wert ist, wie er sagt. Er hat den Einsatz erhöht. Und jetzt wartet er auf ihre Reaktion. Er zuckt noch nicht mal mit der Wimper. Ich für meinen Teil halte *Kiss and Sell* für einen großartigen Titel. Ehrlich gesagt überlege ich sogar, ihn anstatt von *The Writer's Cut* zu verwenden. Morty tut meinen Kleinmut ab.

»Hör zu«, sagt Morty. »Das ist alles Bullshit. Klar können wir festlegen, dass es bei dem Titel bleiben muss, wir können beim Casting mitsprechen und das letzte Wort bei der

Höschenfarbe unserer Hauptdarstellerin haben, aber das bedeutet rein gar nichts. Letzten Endes macht das Filmstudio, was es will. Und weißt du, wieso? Weil es ihr Geld ist. Lektion eins in Hollywood. Lektion zwei: Du kannst dich beschweren, du kannst herumjammern oder sie vor Gericht zerren, das schert sie einen Dreck. Sie haben mehr Anwälte als du. Sie haben mehr Geld als du. Und sie haben mehr Zeit als du. Die spielen also nur ein bisschen rum. Gucken, ob sich bei uns schon was hebt.«

Immer muss er sexuelle Metaphern benutzen. Ich wünschte, es wäre anders.

Howard Stern will wissen, ob das Ganze verfilmt wird. Ich halte meine Antwort entsprechend vage.

»Wäre nicht das erste Mal für mich auf der Leinwand, wenn Sie verstehen, was ich meine …«

Meinst du, wir hätten das nicht mitbekommen, Howard? Er fragt mich über Hollywood aus, das ihn auf diese typische New Yorker Art zugleich fasziniert und empört. Dann deutet er an, er habe schon mehr Schauspielerinnen flachgelegt als ich, und verkündet ganz Amerika, ich hätte bestimmt nur einen Kleinen.

Blöderweise lasse ich das nicht auf mir sitzen.

»Okay, wenn es nicht stimmt, dann zeig Robin doch deinen Schwanz.«

Das gibt's auch nur in Amerika. Wieso muss ich mich verteidigen, weil ich keine Lust habe, einer lachenden Afroamerikanerin meinen Penis zu zeigen?

Besser wird es später, als er einen Rückzieher macht, mich in Ruhe lässt und dafür eine blonde Tussi überredet, im Radio ihre Möpse zu zeigen. Ich sitze direkt neben ihr, und das ist das Spannendste, was seit Langem passiert ist. Sie ist nervös und mutig zugleich. Jedenfalls meistert sie die

Aufgabe vorbildlich und kriegt Applaus und anerkennende Pfiffe. Ihre Glocken sind offensichtlich neu. Es könnte glatt *Made in Hollywood* draufstehen, und sie hat diesen raffinierten Schlafzimmerblick drauf, geheimnisvoll und sexy wie Ellen Barkin, und dazu lange Beine und ausnehmend schön geformte Fesseln.

»Nehmen Sie Stanley«, sagt Howard. »Ich glaube, sein Pimmelchen ist definitiv interessiert. Reden Sie mit ihm, Schätzchen. Er besetzt gerade einen Film.«

Robin zwinkert mir zu. Howard lacht, und es ist wieder vorbei.

»Ich mach doch nur Spaß. Nicht so ernst nehmen.«

Hey, ich war bei Howard Stern.

Und ich habe die Handynummer von der Blondine in der Tasche.

8

Gerade will ich in die bereitstehende Limousine steigen, da klingelt das Telefon meiner Presseagentin. Morty ist dran.

»Glückwunsch«, sagt er. »Paramount hat zugeschlagen.«

Ich könnte halb New York küssen, so erleichtert bin ich. Weil ich vor Glück nichts sagen kann, fährt Morty fort.

»Wir haben uns geeinigt, die Titelfrage außen vor zu lassen. Sie haben es erst einmal unter irgendeinem Titel gekauft, und im Vertrag steht dann, dass *The Writer's Cut* im Voraus genehmigt wurde. Sie werden sowieso warten und beobachten, wie sich das Buch verkauft. Was haben sie davon, unseren Titel zu hassen, wenn er an jedem verdammten Zeitungsstand zu lesen ist? Ich wusste, dass sie irgendwann Vernunft annehmen. Glückwunsch, Kleiner. Bist du nicht froh, dass ich darauf bestanden habe, dass du das Teil erst schreiben sollst?«

Ist das sein Ernst?

Und ob. In Hollywood gilt es als Kunst, sich den Erfolg anderer Leute auf die eigene Fahne zu schreiben.

»Morty?«, sage ich.

»Schon gut. Brauchst mir nicht zu danken. Ohne dich wäre das alles doch nichts.«

Wohl eher mit mir.

Meine Freude über den Verkauf der Filmrechte wird von der Neuigkeit getrübt, dass ich nicht das Drehbuch schreiben darf.

»Die erste Fassung wird sowieso nie gedreht. Wann haben die schon mal die erste Fassung genommen?«

»Ja, aber ich bin Drehbuchautor. Wer könnte mein Werk besser auf die Leinwand bringen als ich?«

Welches Werk? Ich habe nur einen Riesenschiss, jemand könnte rausfinden, dass es gar keins gibt.

»Lass sie die ersten Entwürfe machen, und dann kommst du und knöpfst ihnen noch mal Geld ab fürs Umarbeiten.«

»Ich weiß nicht …«

»Wenn du willst, sage ich ihnen, dass du das unbedingt machen willst, aber sie haben schon jemandem grünes Licht für das Drehbuch gegeben.«

Wie bitte?

»Paramount hat schon einen Drehbuchautor engagiert.«

Sie haben das Buch noch nicht gesehen, aber schon jemanden darauf angesetzt, es zu adaptieren. Ich koche vor Wut, jedenfalls bis mir klar wird, dass es überhaupt kein verschissenes Werk gibt, das sie umschreiben könnten.

»Wer?«

»Wer was?«

»Wer ist der Drehbuchautor?«

»Marvin Lutwig.«

»Marvin Lutwig!« Ich kriege einen Herzkasper.

»… hat gesagt, ihr seid befreundet, und er wird sich eng an das Buch halten.«

»Marvin Lutwig …«

»… hat zu Paramount gesagt, ihr hättet vergangene Woche schon über das Buch gesprochen. Er schwärmt offensichtlich nur von dir.«

Ich bin am Arsch.

»Er hat gesagt, es sei das beste Buch, das er je gelesen habe.«

»Er hat es gelesen? Das sagt er?«

»Gelesen und war hin und weg. Glückwunsch, Kleiner.«

Aaah! Marvin Lutwig bearbeitet mein nicht existentes Buch!

Ich könnte aus der Haut fahren.

Mein ärgster Feind hat Paramount rumgekriegt, ihn dafür zu bezahlen, mein ungeschriebenes Buch umzuschreiben.

Oh, Ironie, du Göttin, steh mir bei.

+++

Jetzt, wo *The Writer's Cut* der nächste Leinwandschlager wird, überlege ich, ob ich den Roman überhaupt schreiben muss.

Richard Hume frage ich besser nicht. Er schiebt mächtig Panik beim Lunch. Wir sitzen im Michael's an der 54. Michael selbst schwebt um unseren Tisch herum und lächelt mich an.

»Ich habe Sie bei Howard Stern gehört«, sagt er. »Den verpasse ich nie. Wie waren die Brüste?«

Das klingt, als würde er fragen, »Wie ist das Hühnchen?«

»Sehr lecker«, antworte ich.

Michael drückt mir anerkennend die Schulter und lässt uns mit der Speisekarte allein. Richard Hume ist zu nervös, um sich mit Essen zu beschäftigen. Er schenkt sich das ganze übliche Blabla. Und ich bin des Lügens müde. Die *New York Times* war ein einziger Krampf. Ich musste auf dem schmalen Grat zwischen Bescheidenheit und Prahlerei wandern. Als Intellektuelle verachten sie die Drehbuchschreiberei, aber das ganze Rumgeficke finden sie toll. Irgendwie interessieren sich alle in New York dafür, wer wen in Hollywood vögelt. Ich musste ganz besonders erfinderisch sein. Ich glaube, sie haben mir die Idee mit den ausgeschlachteten Sexabenteuern als eine Art symbolische Rache abgekauft, weil sie wissen, wie schlecht Autoren im Filmgeschäft behandelt werden. Der Penis als Racheengel Gottes oder so. Ich hoffe, das klang nicht zu sehr nach Philip Roth. Alarmstufe Roth, scherzte ich noch, und ich glaube, den fanden sie ganz gut.

Richard Hume setzt die Daumenschrauben an.

»Wir brauchen den Text sofort«, sagt er. »Die Buchhändler schreien förmlich nach dem Buch. Wir sind so kurz vor einem Rekordbestseller und haben noch keinen Text.«

»Ja, aber wann sollte ich das bitte schön machen? Ich rühre hier die ganze Zeit die Werbetrommel.«

»Dessen sind wir uns bewusst, und Sie waren wirklich brillant. Aber normalerweise ist die Reihenfolge anders. Normalerweise haben wir das Buch und machen dann Werbung, aber in diesem Fall ist alles etwas aus dem Ruder gelaufen. Hören Sie, wenn wir den Text sofort bekommen, dann können wir ihn in drei, vier Wochen fertig haben und sogar unsere interne April-Deadline für die fertigen Projekte noch halten.«

»Das fertige Buch? In vier Wochen?«

»Der Buchdrucker ist in Alarmbereitschaft. Wenn wir den Text heute noch kriegen, schaffen wir die Deadline, aber jeder Verzug bricht uns das Genick.«

»Was wollen Sie damit sagen?«

»Wenn wir den Text nicht morgen in Druck geben, müssen wir offiziell verlautbaren lassen, dass das Buch sich verzögert, und das wird sich auf den Verkauf auswirken. Womöglich verpassen wir sogar die Strandsaison.«

Jetzt bin ich dran, Panik zu schieben. Das ganze schöne Geld rieselt mir durch die Finger.

»Also warten Sie dann auf Weihnachten?«

»Das geht leider nicht. Wir haben ein sehr volles Programm im Herbst. Der Sinn dieser ganzen Kampagne war, Sie in Flughäfen, Hotels und an Urlaubsorten zu platzieren. Wir müssten die Sache auf Eis legen.«

»Das darf nicht passieren.«

»Können Sie uns nicht wenigstens die erste Hälfte geben, damit sie in Satz gehen kann?«

»Richard«, sage ich, »ich bin in einer Stunde bei Letterman. Können wir hinterher darüber reden?«

\+ + +

Dave ist nett zu mir. Ich werde in das letzte Segment der Show gequetscht, fünf Minuten vor Schluss. Im Studio ist es eiskalt. Dave will das so, sagt man mir. Dann bleibt das Publikum wach. Vor Kälte zitternde Techniker drängen sich um die Kameras. Alle Assistenten tragen Wollpullover. Dave sieht mich zweifelnd an. Er guckt genau, wie Dave so guckt. Die anderen sagen, seit seiner Herzgeschichte sei er viel netter geworden. Zu mir ist er jedenfalls total nett. Er versucht mich in die Enge zu treiben, ob ich nun mit Julia Roberts im Bett war oder nicht, aber mittlerweile bringen mich solche Fragen nicht mehr aus dem Konzept. Ich könnte Politiker sein, so gut bin ich mittlerweile im Lügen.

»Wie viele Autoren braucht man, um eine Schauspielerin fest zu nageln?«, sagt Dave, im Hintergrund Gelächter, und dann vergräbt er sein Gesicht in den Händen, als wäre es ihm peinlich, so einen flachen Witz zu reißen. Paul Shaffer sagt noch irgendwas Lustiges, und dann ist es auch schon vorbei.

»Viel Glück mit dem Buch«, sagt Dave.

Die Presseagentin ist hellauf begeistert. »Es gab eine Nahaufnahme vom Cover.«

Jetzt muss ich nur noch einem sehr besorgt aussehenden Richard Hume erfolgreich aus dem Weg gehen. Er kämpft sich gerade aus dem Publikumsraum durch die Security. Ich habe ein schlechtes Gewissen, aber ich lasse ihn stehen und fliehe durch das Gedränge am Bühneneingang in eine wartende Limousine. Ein oder zwei Leute machen sogar ein Foto von mir. Man weiß nie, ich könnte ja jemand Berühmtes sein.

Ganz allein mit mir und der Limousine in New York wird mir klar, dass ich nur zwei Möglichkeiten habe. Entweder ich packe aus und stelle mich dem ganzen Kram, dem Skandal, der Schmach, der Schande, der Blamage, den Rückzahlungen (bitte, nur das nicht), oder ich lasse mir ein anderes Szenario einfallen. Schließlich bin ich Drehbuchschreiber. Das ist mein Job. Also lasse ich mich ins Hotel fahren. Und dort in meiner Suite im Plaza, hoch über dem Central Park, schreibe ich mir eigenhändig eine Begnadigung.

9

»Es gibt ein Problem«, erzähle ich Richard Hume am nächsten Tag. »Die Anwälte. Sie geben den Text nicht frei.«

»Was?«

»Man hat uns verklagt. Einstweilige Verfügungen noch und nöcher.«

Clever, was? Soll mal einer sagen, ich könnte mir nichts ausdenken. Nur Bücher kann ich irgendwie nicht schreiben.

Schamlos nutze ich den Auftritt bei Regis Philbin aus, um den Stein ins Rollen zu bringen. Er hält einen Dummy von meinem Buch hoch, auf dem die Schere zu sehen ist.

»Wie ich gehört habe«, sagt Regis ganz elegant von seinem Barhocker aus, »dürfen Sie nicht mehr über dieses Buch reden.« Wie auf Kommando schießen seine Augenbrauen hoch und er zeigt dem Publikum seinen typischen, leidgeprüften Blick. Dann lässt er das Buch fallen.

»Tja, schön, dass Sie da waren! Stanley Hay, meine Damen und Herren!«, sagt er und tut so, als würde er mich aus dem Studio bringen.

Das Publikum buht.

»Nein, nein«, sagt Regis. »Kleiner Scherz. Schön, dass Sie gekommen sind. Worüber genau dürfen wir denn hier eigentlich nicht reden?«

Ich erläutere ihm, dass einige sehr berühmte Persönlichkeiten, deren Namen ich nicht nennen darf, eine einstweilige Verfügung gegen mein Buch erwirkt haben, obwohl sie es noch gar nicht gelesen haben. Ich habe einen Maulkorb verpasst bekommen, weil einige Stars Angst vor der Enthüllung haben. Dabei gucke ich möglichst betreten.

»Also geht es hier um Redefreiheit?«

Regis, du bist ein Held. Mit diesem Zitat habe ich quasi schon gewonnen. Jetzt ist es nicht mehr nur ein Schmuddelbuch, eine schäbige Enthüllung über das Sexleben der Reichen und Schönen, ein billiger Versuch, die Lust nach Klatsch und Tratsch zu Geld zu machen. Nein, ab jetzt ist es ein Kreuzzug. Ein Kampf für die Redefreiheit.

Ist das nicht der Hammer? Ich habe eine öffentliche Diskussion darüber losgetreten, ob ich einen Text veröffentlichen darf, den ich noch nicht geschrieben habe.

Wer ist hier der King in Sachen Ironie?

Am nächsten Tag verkündet Pangloss, dass *The Writer's Cut* wegen eines Rechtsverfahrens erst später veröffentlicht werden kann.

»Wir kämpfen diese Schlacht bis zum Ende«, sagt Richard Hume in der *New York Times.*

Regis Philbin wird mit den Worten zitiert: »Dieser Kampf um Redefreiheit geht uns alle an.«

+++

Als ich nach Hollywood zurückkehre, warten siebenundzwanzig Nachrichten auf meinem Anrufbeantworter. Alle von meinen Anwälten. Ich rufe nicht zurück. Morty ist ganz aus dem Häuschen. Dank der einstweiligen Verfügungen, von denen er aus der *Variety* erfahren hat, ist der Film noch begehrter geworden. Mittlerweile gibt es einen richtigen Zickenkrieg darüber, wer die Hauptrolle spielen darf. Uma, sagt die Gerüchteküche. Sie braucht noch einen großen Sommerfilm, und das hier ist ein Tentpole-Release, landesweiter Kinostart, zweitausend Kinos. Manche sagen ja schon, der Film sei oscarverdächtig, aber ohne Rollstuhl,

Nazis oder einen Inselbegabten wird es schwer werden, die Jury zu überzeugen.

»Dein Freund und Kupferstecher hat ein interessantes Interview gegeben.«

»Mein Freund?«

»Marvin Lutwig. Steht im aktuellen *Hollywood Reporter*.«

Marvin Lutwig hat eine Pressekonferenz abgehalten, während ich im Flieger saß. Er entschuldigt sich für meine Abwesenheit und deutet an, wie enttäuscht auch er darüber ist, dass ich nicht erschienen bin. Und versichert der Presse, dass sein Drehbuch dem Roman absolut treu bleiben wird.

»Es ist ein erstaunliches Buch. Und der Film wird noch erstaunlicher sein.«

Er ist vollkommen überzeugt davon.

Ich werde von der Writer's Guild vorgeladen. Ein sechsköpfiges Komitee erwartet mich. Wie viele Autoren braucht man, um einen ganzen Verband aufzumischen, geht mir durch den Kopf, als ich in ihre ausdruckslosen Gesichter schaue. Das sollen meine Leute sein? Aber ich liege falsch. Sie sind auf meiner Seite. Die Writer's Guild verpflichtet sich, mich in meinem Kampf gegen die Berühmtheiten zu unterstützen, die mich vor Gericht bringen wollen.

»Normalerweise halten wir uns aus Rechtsstreitigkeiten heraus, vor allem, wenn es um Mitglieder der Screen Actor's Guild geht, aber hier geht es um die Redefreiheit, und die ist uns wichtiger als alles andere.«

Ich nicke dankbar.

»Wir haben beschlossen, über Ihre Streikbrecherei hinwegzusehen.«

Ich hatte keine Ahnung, dass sie von der Drehbuchüberarbeitung Wind bekommen hatten, die ich während des großen Streiks nebenbei gemacht hatte, anstatt mit Protestplakaten herumzumarschieren. Irgendein Vogel muss ihnen das gezwitschert haben. Autoren, das neidische Pack. Ich bin beeindruckt, dass sie so viel über mich wissen. Aber immerhin, es sind Realisten.

»Es macht wenig Sinn, die Sache jetzt noch einmal aufzugreifen.«

Allgemeines Nicken. Sie sind sich einig.

»Man darf Autoren nicht den Mund verbieten. Selbst wenn sie grottenschlecht sind. Das ist eine Schande. Das werden wir so nicht hinnehmen.«

»Danke.«

»Um Sie geht es uns nicht, Mr Hay. Um ehrlich zu sein, sind Sie uns scheißegal. Wir halten Sie für ein egoistisches Arschloch. Die Rechte, die wir hier verteidigen, sind die von Marvin Lutwig. Marvin ist in unserem Freiheitsausschuss.«

Na, das glaube ich gern. Als Vertreter der Talentfreiheit. Sie stellen sich hinter mich, um die Rechte von Marvin Lutwig zu verteidigen. Oh Gott, diese Ironie zieht einem die Schamhaare einzeln raus.

»Wir werden Ihnen also trotz unserer Ablehnung einen Preis für Ihre humanitären Verdienste verleihen. Sie bekommen den Writers Freedom Award bei einem besonderen Dinner. Und Sie werden eine Rede halten. Darin können Sie uns danken.«

Ich weiß nicht, ob ich gerade geadelt werde oder den Hintern versohlt bekomme. Sie sehen mich an, als wäre ich Milosevic.

»Das ist für Sie *die* Gelegenheit, mal etwas für Ihren Verband zu tun. Eine Gelegenheit, sich für Hunderte von Autoren starkzumachen, die nicht Ihr goldenes Händchen haben.«

»Und vermasseln Sie das nicht.«

»Vielleicht fragen Sie lieber Marvin, ob er die Rede schreibt.«

+++

Meine List, um Zeit zu gewinnen, funktioniert besser als erwartet. Pangloss hat die Ausrede mit den Rechtsstreitereien geschluckt, und zumindest für den Augenblick sitzt mir niemand mehr im Nacken. Nutze ich also die Zeit, um zu schreiben? Setze ich mich, geläutert durch Erfahrung, intelligenterweise auf meinen Hosenboden und arbeite ernsthaft an meinem Roman? Natürlich, ja. Und nein. Ich will, ich will es wirklich, aber ich werde unterbrochen. Mein Deus ex Machina ist Shauna, ein Supermodel aus Oklahoma. Ihre Leitung ist so lang wie die Route 66. Die Beine aber auch. Ihr Gesicht hat schon Tausende Zeitschriftencover geziert. Sie ist unfassbar schön, weich wie eine Klapperschlange und lebt mit einem sehr berühmten britischen Rock-'n'-Roll-Sänger zusammen, den alle nur Norm nennen. Ich hatte einmal mit ihr zu tun, als sie einen Gag-Schreiber für eine Rede bei irgendeiner Preisverleihung brauchte. Damals schrieb ich ein paar Witze auf, und sie brachte den Saal zum Toben. Und jetzt will sie sich mit mir zum Lunch verabreden.

»Du, Stanley, ich glaub, ich schreib ein Buch«, flötet sie. »Und ich will, dass du das für mich machst.«

Na wunderbar.

»Hab überall von dir gelesen, und ich glaub, du bist genau der Richtige.«

Shauna gehört zu den Top 3 der schönsten Frauen der Welt, und jetzt kommt der Clou: Sie sitzt gerade mit zwei anderen Anwärterinnen auf diesen Titel im Le Dome, ob ich nicht dazustoßen will?

Ich höre einen Champagnerkorken im Hintergrund knallen.

Meine Entschlossenheit bröckelt. Mittag im Le Dome. Was ist schon dabei? Schließlich habe ich dort mein Buch verkauft. Ich weiß, ich sollte arbeiten, aber der Gedanke an Eddies gedünstete belgische Muscheln lässt mir das Wasser im Mund zusammenlaufen. Oder vielleicht Pasta mit Wodka und Kaviar? Oder auch die mediterrane Fischsuppe des Hauses? Und das Ganze dient doch nur einem Zweck: Recherche. Die Mädels sind berühmte Models, Freundinnen, Frauen, Wasauchimmers, und mir war noch gar nicht die Idee gekommen, der Musikwelt ein paar gute Storys abzulauschen. *Reingerockt* wird ein guter Titel für dieses Kapitel sein, beschließe ich. Ich nehme sogar ein kleines Diktiergerät mit. Wenn ich die Mädels dazu kriege, aus dem Nähkästchen zu plaudern, ist vielleicht doch noch nicht alles verloren. Ich kann allem widerstehen, nur nicht der Versuchung. Also geschieht es voller Optimismus, dass ich an einem wunderschönen sonnigen Tag den Sunset Plaza Drive hinabspaziere, immer weiter hügelabwärts, bis zum Le Dome.

Ich überquere den Sunset an diesem kleinen kolonialzeitlichen Gebäude, in dem jetzt Lloyds Bank ist, biege rechts ab und schlendere an den Straßencafés vorbei. Selbstbewusst schreite ich durch die Glastüren und durch den Wintergarten, der in das Heiligtum vom Le Dome führt. Ein oder zwei Köpfe drehen sich um. Ich habe nicht mehr hier gegessen, seit ich berühmt bin. Das Le Dome ist ein Gradmesser für Erfolg. Man braucht nur zu gucken, wo man platziert wird. Mehr braucht man über seinen aktuellen Platz in der Nahrungskette Hollywoods nicht zu wissen. Elton John eröffnete das Restaurant 1977, und seitdem wurden hier mehr Lichtschwerter ausgefahren als bei *Star Wars*. Auf den Toiletten haben sich legendäre Begegnungen abgespielt. Die Kombination aus Koks, Prominenz und Schampus scheint Hemmungen zu lösen. Vielleicht reicht das für ein ganzes Kapitel.

Ich bin beim Betreten des Lokals etwas nervös, aber völlig unnötig, wie sich herausstellt, denn Eddie kommt gleich strahlend auf mich zu, gibt mir die Hand und sagt erstaunlicherweise: »Hallo Stanley, herzlich willkommen. Die Mädchen sind schon da. Schöner Artikel in der *Variety* übrigens.«

Sein Augenzwinkern will sagen, dass er dem noch mehr hinzuzufügen hätte, aber er ist nicht der erfolgreichste Gastronom der Schickeria geworden, weil er so ein loses Mundwerk hat. Er führt mich durch das Gewirr der vollbesetzten Tische zu einem Trio aus drei auffallend schönen Femmes fatales. Les Girls, bekannt im Dominick's als Die drei Granatien, obwohl Dominick's für sie eher unteres Marktsegment ist. Wenn diese Mädels nach Beverly Hills kommen, dann via New York, Cannes oder Paris. Sie sind bis zum Gehtnichtmehr aufgebrezelt, casual natürlich, und ihre Aura strahlt Geld, Sex und Champagner aus, denn sie sind schon leicht angesäuselt von einer Flasche Dom Pom, die irgendjemand geschickt hat. Jetzt drehen sich alle Köpfe im Le Dome nach uns um, weil sich jeder fragt, wieso ich so attraktive Begleitung habe.

»Stanley!«, ruft Shauna fröhlich, steht auf und hält mir ihre einmaligen Wangenknochen für ein Luftküsschen hin. Liebevoll tätschelt sie mir den Hintern, während sie mich Tippy vorstellt, einem dunkelhaarigen exotischen Unterwäschemodel, das, so sagt man, mit jedem in die Kiste springt.

»Der Stanley schreibt mein Buch«, sagt Shauna.

»Und wie heißt es?«, quiekt Tippy. »*Normans Nudel*?«

Shauna kichert.

»Quatsch. Und lass ja die Finger von diesem Schnuckelchen, der soll als Jungfrau hier rausspazieren.«

»Für Wunder bin ich die Falsche«, sagt Tippy.

Vielleicht wäre Schwippsy ein besserer Name für sie, denn sie ist schon ordentlich angeschickert. Sie blinzelt mir zu und beugt sich vor, um mir einen Kuss und eine erstklassige Aussicht in ihr Dekolleté zu schenken. Victoria's Secrets werden gelüftet. Gott sei Dank bin ich hergekommen. Sie tätschelt einladend den Sitz neben sich. Und dann ist Tara dran, mir die Sinne zu rauben. Tara, mit blonder Retro-Farrah-Fawcett-Mähne, vervollständigt das Trio der Verlockung. Auch sie zwinkert mir zu und drückt mir wohlwollend den Oberschenkel, während der Kellner mir ein Glas Champagner hinstellt. Tara leidet an hochgradiger Abwesenheit ihres begabten Freunds Jason, der ein Frauenschwarm ist, ein Star und ein Hurenbock. Hin und wieder hört man, dass sie sich gerächt hat. Ich hatte eigentlich beschlossen, nichts zu trinken, aber ein kleiner Drink, was ist schon dabei, und schließlich habe ich diese drei zuckersüßen Engel für mich allein. Es ist wie ein feuchter Traum vom Feinsten, nur in echt.

Ich bin ein richtiger Glückspilz.

Shauna hebt ihr Glas.

»Auf Stanley und sein tolles neues Buch.«

Sie schmiegt sich an mich.

»Meins?«

»Nein, Dummerchen, meins natürlich. Wir werden so viel Spaß beim Schreiben haben«, sagt sie. »Norm ist doch ständig auf Tour. Wir trinken schön ein Glas Champagner, und dann erzähle ich dir, was passiert ist, und du schreibst es auf und so.«

Der Blick aus ihren weit geöffneten Augen ist vielversprechend.

Ich denke an ihren unzivilisierten Geliebten und beschließe, beim Leben auf der Kriechspur zu bleiben.

»Das kann aber noch ein bisschen dauern, Shauna«, sage ich. »In Kürze erscheint erst einmal mein eigenes Buch.«

»Weiß ich doch. Hat mir mein Agent gesagt. Ich bin echt voll stolz auf dich.«

»Was ist es denn für ein Buch?«, will Tippy wissen.

»Ein *Roman á clef*«, sage ich und betone es ganz französisch *a clay*.

»Über Clay Aiken?«

»Äh, nicht ganz.«

»Oh, den liebe ich. Mit dem würde ich es gern mal treiben, du nicht auch, Shauna?«

»Total. Ich treib es mit jedem, wenn man mir erst mal genug Champagner eingeflößt hat. Cheers.«

Und dabei sieht sie mich herausfordernd an und lässt die Gläser klirren.

Eddie hat uns wirklich einen erstklassigen Tisch gegeben, von dem aus wir wunderbar Mickey Rourke in Leder und mit Strickmütze beobachten können. Er liest ein Drehbuch an der Bar. Don Rickles kommt rein und bleibt an unserem Tisch stehen. Er mustert erst die Mädels und dann umso eindringlicher mich.

Oh oh.

»Kleiner, ich hoffe, du bist schwul, sonst kommst du hier nicht lebend raus.«

Ah, der süße Duft des Erfolgs. Don Rickles hat mich gerade mit einem Einzeiler abgesägt. Don Rickles!

»Ich wäre ja für einen Dreier zu haben, aber meine Frau ist hier.«

Er geht weiter zu Kirk Douglas und seiner Frau, die an einem Tisch mit mehr Privatsphäre sitzen.

»Der ist so witzig, dieser Don«, sagt Shauna.

Ich bin zwischen ihr und der frivolen Tippy eingequetscht und sehe mich quer über den Tisch an Tara satt. Ich fühle mich wie Paris, aber mit zwei Äpfeln. Mal im Ernst, welche würden Sie denn nehmen? Doch auf jeden Fall alle, oder?

Während der Dom Perignon ihre schlanken Kehlen hinabperlt, ihre Hemmungen löst und ihre Männer außer Reichweite rücken, plaudern sie mir ihre Erlebnisse aus.

Ich bin quasi dauerrot. Die Ladys gehen gleich ans Eingemachte. Shauna fängt mit einer langen Geschichte über ihren Freund Norm an, wie er sich mit einer Engländerin im Bett vergnügt.

»Und so, meinte er, klingt sie beim Sex«, sagt Shauna und kippt ihren Champagner hinunter. Sie legt sich einen vornehmen Akzent zurecht. »Ich denke, ich komme, ja, das denke ich. Ich komme, oh Gott, ja! Nein, doch nicht.«

Sie lachen sich halb tot. Das halbe Restaurant hat zugehört, und es gibt etwas Applaus. Sogar Mickey Rourke schmunzelt vor sich hin. Shauna erzählt, dass Norm vor diesem englischen Flittchen graut, weil sie ihn schlägt, wenn sie eifersüchtig ist, und dann muss er ihr immer eine Haarbürste reinstecken. Ich versuche derweil zu bestellen, und auch der Kellner weiß nicht, wo er hingucken soll, aber die Mädels ordern fröhlich die nächste Flasche. Shauna und Tara wundern sich darüber, wie viele Frauen grob behandelt werden wollen. Tippy nicht. Sie bringt Storys von australischen Millionären, für die Haue zum Liebesspiel dazugehört. »Einer war echt unmöglich. Er bestand darauf, dass ich im Bett geschminkt bleibe. Und dann wollte er unbedingt morgens um sechs ran. Das geht mal gar nicht.« Endgültig das Fass zum Überlaufen brachte er aber, als er meinte, ihn störe der Flaum über ihrer Lippe. Er meinte, sie habe einen Damenbart.

»Als er schlief, habe ich ihm die Eier blau angemalt und bin gegangen.«

Shauna erzählt von Mona, einem Fashion-Model und Möchtegerngroupie von Norm. Man merkt, wie sehr sie Mona hasst. Mona und sie haben sich auf einem Fotoshooting in New York kennengelernt, und Mona wollte gleich alles über Norms Schwanz wissen. Dummerweise tat Shauna ihr den Gefallen und heizte sie mit Kommentaren wie »Norms Schwanz schmeckt einfach nur göttlich« nur noch weiter an. Sie schwärmte Mona vor, wie riesig er sei. Das brachte Mona natürlich auf den Geschmack und sie beschloss, das Ding selbst in die Hand zu nehmen. Als sie es schaffte, war Shauna stinksauer, weil Mona die Affäre natürlich gleich überall herumposaunte. Aber sie war nur auf Mona sauer. Kein bisschen auf Norm. Norm wurde behandelt, als sei er völlig unschuldig. Als sei es selbstverständlich, dass er nicht in der Lage sei, irgendein Mädchen von der Bettkante zu stoßen. Also kaufte Shauna sich eine Waffe, einen winzigen Revolver mit Perlenbesatz am Griff, rief Mona an und sagte: »Dich knall ich übern Haufen.« Na ja, Mona machte sich vor Angst in die Hose, weil Shauna aus Oklahoma kommt und man bei ihr nie weiß. Zum Glück fand Norm die Waffe. Daraufhin zwang Shauna ihn, Mona anzurufen, während sie am andern Telefon mithören konnte, und Norm musste Mona sagen, dass sie sich nicht nur nie wieder blicken lassen solle, sondern dass sie im Bett wie ein toter Fisch gewesen sei. Das arme Ding am anderen Ende der Leitung heulte. »Wie kannst du nur so was Gemeines sagen, Norm?« Und Shauna lachte sich ins Fäustchen. Tara erzählt, dass sie die Nummer mit Jason auch schon durch hat. Scheint eine stilvolle Art weiblicher Rache zu sein. Mitzuhören, wie die andere Frau gedemütigt wird …

Stunden später beäuge ich nervös die Rechnung, die plötzlich vor mir aufgetaucht ist.

»Mach dich nicht lächerlich«, sagt Shauna und gibt mir eins auf die Finger. »Denk gar nicht dran. Du bist mein Autor. Das soll schön irgendein anderer bezahlen.« Sie sieht sich nach einem Opfer um. »Du zahlst mein Essen ganz bestimmt nicht. Ich will nämlich in dein Buch.«

Du meine Güte.

»Ich auch«, meldet sich Tara.

»Obwohl du lieber meinen Namen ändern solltest, sonst bringt Norm mich um.«

Was sie nicht sagt. Man sieht ihn ständig mit irgendwelchen Messern in der Öffentlichkeit rumlaufen. Lieber bin ich der Aufschneider als er.

»Also meinen Namen kannst du ruhig nehmen«, sagt Tippy. »Vielleicht wird mein Kerl dann eifersüchtig und zieht endlich mal meine Furche nach.«

Oh Gott, too much information.

Als ich in Richtung Ausgang torkle, sehe ich zu meiner Überraschung Tish an einem Tisch auf der Terrasse mit Sam und David Giler. Ich winke, aber sie bemerken mich nicht. Tish ignoriert mich sowieso. Scheiße. Ich würde es so richtig auskosten, wenn sie mich mit diesen drei Göttinnen sähe, aber als sie endlich rüberguckt, haben sich die drei an andere Tische verteilt, umarmen irgendwelche Männer, verteilen Luftküsse an Produzenten und schlingen die Arme um irgendwelche Mogule. Ich lächle, aber Tish guckt weg. Verdammt, der Champagner hat aus meinem Johnny einen Walker gemacht.

+++

Als ich nach Hause komme, bin ich so notgeil und high von der Egomassage und Augenweide, dass ich mich tatsächlich hinsetze und etwas schreibe. Die Story ist erste Sahne. Über die Welt der Sitcoms. Das alles ist mir vergangenes Jahr auf einer Halloween-Party passiert, in einem der riesigen Häuser ganz oben in Beachwood Canyon.

Es ist viel los. Die Gäste sind jung, attraktiv und verkleidet, trinken, rauchen Joints und lassen die Sau raus. Irgendwo läuft Jazz. Die Gastgeberin, eine große, auffällige Rothaarige, die die Welt Woche für Woche in einer extrem erfolgreichen Sitcom zum Lachen bringt, ist als Cruella De Vil verkleidet. Die rotbraunen Haare, ihr Markenzeichen, hat sie unter einer schwarzweißen Perücke versteckt. Die Party ist in vollem Gange. Ich kenne viele Leute hier. Die Frauen sind zum Anbeißen und willig obendrein. Nach etwa einer Stunde und ein paar Martinis kommt Cruella auf mich zu und sieht mir tief in die Augen.

»Hallo, Stanley«, sagt sie. »Ich habe ein kleines Geschenk für dich.«

Ich bin kurz verwirrt, aber sie scheint umso entschlossener zu sein.

»Es ist draußen«, sagt sie verführerisch. »Komm mit, mein kleiner Matrose.«

Ich habe irgend so ein Marinekostüm an. Sie lächelt und stößt als unmissverständliches Signal mit der Zunge innen gegen ihre Wange. Ihre Hand streift meine Hose und ich merke, wie sich mein Sack spannt und mir der Atem stockt.

»Eine Lady soll man nicht warten lassen«, sagt sie. »Komm mit.«

Ich frage mich erst gar nicht, wo ihr Freund ist. Sie führt mich nach draußen. Die Lust überkommt mich, und ich drücke sie hart gegen eine Wand und küsse sie.

»Nicht hier«, sagt sie und führt mich am Schwanz auf eine kleine Freifläche mitten in ihrem großen Garten hinterm Haus. Ich kann die Party noch von Weitem hören, als sie langsam vor mir niederkniet, den Reißverschluss öffnet und ihren Mund zum Einsatz bringt.

Oh wow.

Sie ist eine Göttin. Wenn es Oscars für Fellatio gäbe, und vielleicht sollte es das geben, wäre sie eine todsichere Kandidatin.

Ich lehne mich zurück und strecke die Arme zur Milchstraße hinauf, die über uns kreist. Cruella bläst wie ein Profi, sieht mich dabei an und unterbricht nur, um mich hin und wieder ermunternd anzulächeln.

»Oh ja«, haucht sie. »Komm in meinen Mund. Ich liebe das.«

Ich dachte, es hört gar nicht mehr auf.

»Danke, Stanley«, sagt sie und leckt sich mit der Zunge über die Lippen. »Es war mir ein Vergnügen.«

Ich kann nicht reden. Völlig benommen kehre ich zur Party zurück.

Später fand ich heraus, dass sie ein Fenster direkt zum Garten hatte, an dem ausgewählte Freunde standen und sie beobachteten. Sie war vor Publikum aufgetreten. Die ganze Zeit, das alles war eine Performance gewesen, und sie hatte die Blicke der verborgenen Beobachter genossen, während sie dort kniete und mich mit Hand und Mund zum Höhepunkt führte.

Mich törnte dieses Wissen an. Wer waren die Beobachter? Wechselten sie sich auf der Gartenbühne ab? Erregte es sie zu sehen, wie ich mit zu den Sternen ausgestreckten Armen in ihrem Mund explodierte? Später nutzte ich diese Erinnerung, wenn ich beim Sex schneller kommen wollte.

Was glauben Sie?

Wurde ich benutzt, oder habe ich sie benutzt?

Sie hat jedenfalls kein Tröpfchen übrig gelassen. Und es war ihre Party. Sollte ich noch mehr Hinweise auf ihren Namen geben? Das kommt mir etwas unhöflich vor. Schließlich hatte ich eine Menge Spaß. Aber ich habe Richard Hume auch versprochen, dass ein paar große Namen fallen werden. Ich beschließe, dass es sich eindeutig um ein moralisches Problem handelt. Sollen das die Anwälte klären.

Ich schaffe das, denke ich. Ich bin mit diesem Buch in null Komma nichts fertig. Aber dann ignoriere ich meinen eigenen Rat. Ich gehe ans Telefon.

Richard Hume ist dran.

»Störe ich?«, fragt er.

»Um ehrlich zu sein, ja, Mr Deus.«

»Tut mir leid, ich dachte nur, Sie sollten das wissen. Es gab einen riesigen Run auf Amazon, und Sie haben gerade Deepak Chopra hinter sich gelassen«, sagt er.

Das will offensichtlich was heißen. Jetzt nehme ich Kurs auf Martha Stewart. Bei Pangloss ist man im siebten Himmel. Sie haben die Erstauflage auf eine Million Exemplare hochgeschraubt, und die Buchläden drehen durch. *The Writer's Cut* ist ein Megavorabseller. Überall hängen riesige Scheren. Dicke Bücherstapel auf Tischen sind in Planung.

Sie basteln ihre eigenen Aufsteller für die Kassenzone und werben für Vorbestellungen signierter Exemplare. Auf mich wartet eine gigantische Lesereise.

»Und dann gibt es ja auch noch den Rest der Welt«, sagt Richard Hume hungrig. »Vielleicht sollten wir nie Manuskripte kriegen«, witzelt er. »So lassen sich Bücher viel besser verkaufen.«

Sehr witzig, Richard. Er ist so gut drauf, dass er sogar vergisst, wegen der Abgabe zu drängeln.

+ + +

Jetzt, wo ich einer der Wortführer für die Redefreiheit bin, komme ich erst recht nicht mehr dazu. Ich habe zu viel um die Ohren, um zu schreiben. Natürlich habe ich die besten Absichten, aber ich bin nun mal der neue Stern am Promihimmel. Andauernd bin ich in den Lokalnachrichten. Die kriegen gar nicht genug von mir. Die Medien wollen alles über mich wissen. Ich flimmere auf 10, 9, 7, 4, MSNBC, Fox, E und sogar auf VH-1 über die Mattscheibe und kämpfe für die Freiheit. Das hat schon was. Leute bleiben stehen und sagen »Hey, das sind doch SIE! Ich werd verrückt.« Normalerweise verwechseln sie mich. Innerhalb von einer Woche hat man mich für Matt Lauer, Scott Hamilton und Kevon Nealon gehalten. Langsam mache ich mir Sorgen. Was ist da los? Passiert das allen Stars? Ist die amerikanische Fernsehlandschaft nur ein Sammelsurium halb bekannter Gesichter, die zwischen den Werbeunterbrechungen bunt durcheinandergewürfelt werden? Werde ich mir gar noch wünschen, wieder ein Nobody zu sein? Irgendjemand war felsenfest davon überzeugt, ich sei mit Jennifer Aniston verheiratet, und als ich erwiderte, »Sehe ich aus wie Brad

Pitt?«, meinten sie nur: »Kein Grund, sich gleich aufzuregen, Conan.«

Mein Kampf für die Redefreiheit hat eine ziemliche Debatte losgetreten. Das Recht, uneingeschränkt seine Meinung zu äußern, beschäftigt jeden hier in Hollywood. Es gibt mittlerweile ein Banner, ein Plakat und Flyer mit einem unvergesslichen Bild von meinem Gesicht, das von einer Schere zerteilt wird. *Kein Schnitt in unsere Freiheit!*, heißt der Slogan. Clever, was?

Ich bin Mister Freiheit. Der, den sich Schriftsteller übers Bett hängen.

Plötzlich tauchen überall Trittbrettfahrer auf. Alle möglichen schrägen Vögel und Liberalfanatiker wollen mitmischen. Ich werde mit Angeboten von Rockstars überschüttet, die alle meiner Sache einen Song widmen wollen. Liz Taylor ruft an. Michael Jacksons Leute wollen einsteigen. Sting findet die Sache gut. Paul McCartney schickt ein Hemd. Die Liste ist endlos.

Es wird ein Benefiz-Dinner geben. Natürlich in der Writer's Guild. Nachdem ich mir die Gästeliste angeguckt habe, schlage ich vor, sie »Schauspieler, die dringend Publicity brauchen« zu überschreiben, aber niemand findet das lustig. Die A-List, die B-List und die Wannabe-List, sie alle sollen mit der Aussicht auf ein kostenloses Essen und die Gelegenheit, vor die Kameras zu treten, angelockt werden. Janey, meine Presseagentin mit eingebautem Schimpfwörterbuch, versichert mir, dass sie alle kommen werden. Sie erklärt es mir wie einem Kind. Was ich in diesen Dingen ja auch noch bin.

Oder wie sie es ausdrückt: »Stanley, Sie sind das Schärfste seit Erfindung der Vagina.«

Wussten Sie, dass es mehrere Preisverleihungen gibt, die

einen nur fürs Erscheinen auszeichnen? Das war mir neu. Ich dachte immer, man müsste irgendwas tun für so einen Award. Man lernt ja immer dazu. Schon jetzt sehe ich anders aus als früher. Und das liegt nicht nur an der smarten Frisur, die mir Luke von Lukaro verpasst hat. Es ist, als hätte ich ein komplettes Umstyling gehabt, aber von innen. Ich strotze nur so vor Selbstbewusstsein. Allmählich finde ich es ganz selbstverständlich, dass die Leute mich auf der Straße erkennen, selbst wenn sie mich verwechseln. Das ist cool. Als wäre ich total beliebt auf der Highschool. Was ich nicht war.

Ich werde in einer Limousine von einem Interview zum nächsten kutschiert, von einem Meeting zum nächsten, durch das ganze Inland Empire und bis nach San Francisco. Ich bin Gastredner auf einer Veranstaltung an der Uni in Berkeley, kriege gleich noch einen akademischen Ehrentitel und einen Blowjob von einer VWL-Studentin auf einem Parkplatz mit Blick auf die Bucht. Sie bedankt sich so überschwänglich, nachdem sie mich eifrig im Mietwagen befriedigt hat, dass ich mir Sorgen um sie mache. Wird ihr Leben nach meinem Höhepunkt eine einzige Talfahrt sein?

Sogar Andy Rooney klinkt sich ein. Er äußert sich in *60 Minutes* in einem Kommentar. »Es beunruhigt mich«, sagt er, »dass ein Schriftsteller wegen eines Schauspielers gezwungen werden soll, sein Werk zu ändern. Unser Auftrag als Autoren ist, die Wahrheit zu sagen. Wenn jeder zweitklassige Mime in Hollywood nur vor Gericht ziehen muss, damit die Wahrheit nicht herauskommt, frage ich mich, wo wir als Gesellschaft stehen?«

Die Actors Guild ist empört. Sie sind furchtbar sauer auf ihn. Seine Äußerungen hätten Schauspieler insgesamt verunglimpft. George Lucas gießt noch Öl ins Feuer, als er öffentlich verlautbaren lässt, Schauspieler seien im Grunde Tiere. Bei NBC sind sie überhaupt nicht glücklich. Es gibt Gerüchte, dass die Actors Guild Leno boykottieren will. Nach ein paar Tagen hitziger Debatte in den Medien muss Andy zurückrudern.

»Ich hatte niemals die Absicht, Schauspieler zu verunglimpfen«, sagt er aufrichtig, »zu denen ich mich im Übrigen mit Stolz zählen darf.«

George Lucas bleibt bei seiner Aussage. Kein Tier zieht ihn vor den Kadi.

Aber für mich ist das Kind in den Brunnen gefallen. Borders bestellt noch einmal 40.000 Bücher.

\+ + +

Mein Writers' Guild-Award schafft es bis in die Nachrichten. Die Lunchtime Achievements Awards werden im Beverly Hilton abgehalten, und überall wimmelt es wegen des kostenlosen Mittagessens vor Autoren. Salman Rushdie schickt eine Videobotschaft, in der er über die Bedeutung der Redefreiheit spricht und mich würdigt. Schade, dass er nicht seine scharfe Freundin geschickt hat. Der Preis selbst ist eine nackte Frau aus Glas, die die Arme weit ausstreckt, entweder vor Ekstase oder als Block beim Basketball. Der Spruch ist auf Latein. Irgendein Witzbold übersetzt ihn als »Erstens: ruhig schaden«. Ich ernte in meiner Dankesrede einige Lacher, weil ich Gott danke, der heute nicht da sein kann, weil er ein neues Buch schreibt, und weil ich das Lateinische als »Beiße die Hand, die dich füttert« übersetze. Das Komitee ist nicht begeistert. Aber das Publikum liebt mich, und außerdem sehe ich in meinem neuen Armani-Smoking zum Anbeißen aus. Diverse große Namen umarmen mich backstage für die Fotografen. Janey lächelt mich an und schiebt die Zunge in die Wange.

Ich glaube, ich werde gerade zum Gott.

So berühmt bin ich mittlerweile, dass ein Polizist vom LAPD den Strafzettel prompt wieder zerreißt, als er sieht, dass ich es bin, der da auf dem Ventura gewendet hat. Er bittet um ein Autogramm und klatscht mich ab. Was passiert nur mit mir? Im Playboy werde ich zum Mann des Monats ernannt und fotografiert, wie ich das Cover in der Hand halte und dabei auf dem blanken Hintern von Miss Oktober sitze. Das Board of Jews verleiht mir die Ehrenmedaille für Nichtjuden. Sogar Victoria's Secret will eine Werbekampagne mit mir machen. Ich am Strand mit Bikini-Models. Irgendwas mit innerer Freiheit. Richard Hume ist natürlich schwer begeistert. Das ist die ultimative Werbung für ein Sommerbuch. Ich hetze von Greta van Susteren auf CNN zu Arianna Huffington und weiter zu Warren Olney und seinem *Which Way, L.A.?*. Ich bin eine Person des öffentlichen Lebens. Wo auch immer ich hinkomme, werde ich erkannt und bejubelt. Ich kriege jederzeit einen Tisch bei Morton's, junge Schauspielerinnen wollen mich anfassen. Ganz Amerika, so scheint es, ist sich einig, dass eine so offensichtlich mächtige und manipulative Zensur eine Schande ist, antiamerikanisch und vor Gericht scheitern muss.

Ja, das liebe Gericht …

10

Ich bin im Book Soup, nackt, und renne zwischen den Regalen umher, verfolgt von Joan Collins, die Bücher nach mir wirft, und ich schreie: »Lass mich am Leben, Joanie, lass mich am Leben!« Überall auf dem Boden liegen Bücher, und ich stolpere immer wieder, während Hände aus den Regalen versuchen, mich zu packen. Joanie kommt immer näher, und ich renne um die Ecke und stehe vor Jackie Collins, die kreischt: »Sie sind überhaupt kein Autor!« Und als ich mich abwende, stehe ich vor einer gigantischen Bücherwand, die wie ein Wasserfall droht, mich unter sich zu begraben, und es gibt keinen Ausweg. Ich sitze in der Falle und komme um vor Angst, und es gibt ein gewaltiges Donnern und Pochen, und da wache ich auf, völlig verschwitzt, und merke, dass jemand vor der Tür steht und herumbrüllt.

»Hier ist das Gesetz!«, ruft jemand. »Aufmachen!« Und ich denke nur *Ach du Scheiße, jetzt wirst du verhaftet.* Immer noch halb im Tran stolpere ich zur Tür und öffne und sehe drei Männer in Anzügen.

»Wer seid ihr Arschlöcher?«, sage ich.

Es ist zehn Uhr morgens, und ich zittere immer noch von meinem erneuten Book-Soup-Albtraum.

Einer von ihnen greift in seine Aktentasche, und ich denke *Oh Gott, jetzt knallen sie dich ab.* Unnötigerweise rufe ich »Ihr seid gar keine Polizisten!« und versuche, die Tür zuzudrücken, aber der eine hat seinen Fuß schon drin und mein Herz pocht so schnell, dass meine Ohren einige Zeit brauchen, um überhaupt mitzukriegen, was er sagt.

»Wir sind Ihre Anwälte«, sagt er.

»Was?«

»Wir sind Ihre Anwälte, Sie Trottel«, sagt der Blasse neben ihm. »Wenn Sie Ihren knochigen weißen Arsch nicht im Gefängnis wiedersehen wollen, sollten Sie besser mit uns reden.«

Wow, und so redet ein Anwalt.

»Ich bin Jed Olson. Wir sind von Holstein, Olsen, Garment und Mann, und wenn Sie nicht für den Rest des Jahrzehnts die Duschseife in San Pedro aufheben wollen, dann hören Sie lieber zu.«

Hübsche Ansprache.

Wir gehen ins Wohnzimmer. Olsen schüttelt den Kopf. »Scheiße, echt, hier wohnen Sie?«

Er zieht eine dicke Akte mit Zeitungsartikeln heraus.

»Zuallererst wollen wir mal eins klarstellen: Es gibt keine einstweiligen Verfügungen, richtig?«

Ich muss schlucken. Sogar ich habe kapiert, dass es wenig Sinn hat, Anwälte anzulügen.

»Nein.«

»Das ist alles gequirlte Scheiße, oder?«

Ich nicke.

»Sie haben sich diesen ganzen Mist ausgedacht, richtig?«

»Ja.«

Sie schauen mich alle vielsagend an.

»Na und? Wo ist das Problem?«, sage ich.

»Wo das Problem ist? Sag's ihm, Jed.«

»Das Problem ist«, sagt Jed, »dass Sie ungefähr gegen acht Landes- und siebzehn Bundesgesetze verstoßen haben.«

»Ist Ihnen klar, dass Sie mit einer Haftstrafe rechnen müssen?«, fragt Olsen.

Jetzt bin ich ganz Ohr.

»Es war doch nur ein Spaß«, sage ich kleinlaut, aber mein

Herz setzt aus, und ich habe auf einmal Riesenangst. Wegen des Worts *Haft*.

»Sie halten das für einen Spaß, ja? Glauben Sie im Ernst, wir würden hierherkommen und Sie dazu bringen, Ihren jämmerlichen Arsch aus dem Bett zu bewegen, damit wir sehen, wie Ihre Morgenlatte aus dem Nachtzeug raussteht, anstatt in unseren eleganten Büros zu sitzen und fünf Prozent Ihrer Einkünfte einzustreichen? Das ist Betrug, Freundchen.«

Es kommt mir vor, als hätte er seine Dialoge aus billigen Detektivromanen geklaut, aber ich sage nichts. Ich bin zu beschäftigt damit, auszurechnen, wie viel fünf Prozent meines Einkommens sind.

»Es gibt nur ein Gesetz«, sagt Holstein. »Und das heißt ›Leg dich nicht mit dem Gesetz an‹. Sonst ist die Kacke nämlich richtig am Dampfen. Todd, lies ihm vor, was er verzapft hat.«

»Unterschlagung und Irreführung, verschiedentlich und oftmalig, sowohl in stillschweigender als auch ausdrücklicher betrügerischer Absicht, bla bla bla, vertragswidrig zu Paragraph A, laber laber laber …« Ich steige aus. Aber es klingt schlimm. Nein, schlimmer: Es klingt teuer.

»Wenn Sie meine professionelle Meinung hören wollen, Sie stecken bis zum Hals in Aa.«

»Ist das ein Fachausdruck?«, frage ich.

Er übergeht meinen Kommentar.

»Pangloss kann Sie verklagen, deren neue Muttergesellschaft kann Sie verklagen, Paramount kann Sie verklagen, Ihre Agenten können Sie verklagen und wir, wir vielleicht auch.«

Das finden sie natürlich super.

Meine eigenen Anwälte verklagen mich.

Sie halten überhaupt meinen ganzen Fall für saukomisch.

Olsen erklärt mir meine rechtlichen Möglichkeiten. Toll sind sie nicht gerade, aber was mir am allermeisten Angst macht, ist, dass ich ins Gefängnis kommen könnte. Ich bin Schriftsteller und paranoid, und ich mache mir vor Angst in die Hose.

»Warum haben Sie sich diesen ganzen Müll überhaupt ausgedacht?«

»Ich brauchte Zeit.«

»Bald haben Sie mehr Zeit, als Ihnen lieb ist«, sagt Jed.

Die drei halten das für einen Brüller.

»Wo haben Sie den Schrott überhaupt?«, fragt Holstein und sieht sich in meinem winzigen Zimmer um.

Er meint meinen Roman.

»Auf meinem Computer.«

»Ist er fertig?«

»Ja.«

Ich lüge aus Gewohnheit. Warum? Ich weiß nicht. Was ist los mit mir?

»Also können Sie liefern?«

»Natürlich.«

Hakt nach! Glaubt mir nicht! Bitte! Ihr seid meine Anwälte! Kauft mir das nicht ab! Sagt lieber: »Ist es nicht allseits bekannt, dass Sie ein Dummschwätzer sind und in Wirklichkeit einen Scheißdreck geschrieben haben?«

Aber nein. Sie glauben mir.

»Also, meine Herren, wie retten wir unseren Klienten aus den Fängen des Strafvollzugs und verdienen gleichzeitig eine Menge Schotter?«, fragt Holstein.

»Gegenklage einreichen?«

»Kann man gegen jemanden Gegenklage einreichen, der einen nicht verklagt hat? Ich glaube nicht.«

Holstein lacht. Er findet den Gedanken sehr lustig. Es ist total unwirklich. Sie diskutieren über mich, als wäre ich gar nicht da.

»Das Problem ist, dass dieser Idiot, Entschuldigung, unser Klient, überall im Fernsehen rumkrakeelt hat, Hinz und Kunz hätten seine Redefreiheit verletzt. Es ist ein Wunder, dass die Medien so faul sind und noch nicht recherchiert haben, wo eigentlich diese Klagen eingereicht worden sind. Aber das ist nur eine Frage der Zeit. Oder glaubt ihr etwa, dass die bei der Fallreportage nicht merken, dass es gar keinen Fall gibt?«

Ich sage nichts. Ich bin Drehbuchautor. Mit der Realität habe ich nichts zu tun.

»Oberster Gerichtshof?«

»Zu riskant. Die mögen keine Redefreiheitsfälle.«

»Außerdem können wir nicht das oberste Gericht anrufen, wenn es überhaupt keinen Fall gibt«, sagt Jed.

»Und wenn wir eine einstweilige Verfügung erwirken?«

»Gegen wen denn?«

»Und wenn wir kapitulieren?«

»Das ist gut.«

»Wir einigen uns außergerichtlich. Ein gütlicher Vergleich. Wir lassen verlautbaren, dass eine Einigung erzielt wurde. Wir sind mit was auch immer einverstanden, und dafür lassen die die Anklage fallen.«

»Könnte klappen.«

»Hört sich gut an. Solange niemand die Akten einsieht.«

»Warum sollten sie?«

»Ja, warum? Und selbst wenn, dann werden sie nicht das Geringste finden.«

Meine Anwälte halten das für eine ziemlich salomonische Lösung.

»Also, Jungs«, sagt Olsen. »Haben wir's wieder. Zigarrenzeit.«

»Lunch?«

»Und wer bezahlt?«

»Na, wer wohl. Er.«

Sie lachen mich gut gelaunt an.

Wir legen einen nicht existenten Rechtsstreit über das Recht bei, ein nicht existentes Buch veröffentlichen zu dürfen.

Und ich darf zahlen.

11

Die *Variety* berichtet über den Vergleich am nächsten Tag unter der Überschrift Vergleich. Es ist nur ein Absatz mit einem kurzen Statement von Holstein, Olsen, Garment und Mann. »Einige Schauspieler«, die am Rechtsstreit beteiligt gewesen seien, hätten ihre Forderungen gegen den aus Los Angeles stammenden Autor Stanley Hay wegen ungenannter Behauptungen in seinem Buch *The Writer's Cut* fallen gelassen. Sie seien nun beruhigt, dass im Gegenzug für gewisse Verpflichtungen, denen der Autor aus freien Stücken nachkomme, darunter die Zusicherung, ihr Privatleben in keiner Weise preiszugeben und eine große Spende an eine ungenannte Wohltätigkeitsorganisation zu tätigen, eine einvernehmliche Einigung erzielt und der Rechtsstreit beigelegt worden sei.

»Es hätte auch viel schlimmer kommen können«, sagt Ebert Holstein, der leitende Anwalt.

Die Spende ist auf Olsens Mist gewachsen. Ich finde ja, das lässt mich schuldig erscheinen. Es legt nahe, dass ich etwas verzapft hätte. Aber dann ringe ich mich doch dazu durch, es gut zu finden. Ich sehe immerhin wie ein Wohltäter aus. Und da keine Organisation benannt wurde und deswegen auch keine Spende geflossen ist, lehne ich mich zurück und sonne mich im Glanz meiner Großzügigkeit. Ich habe niemandem auch nur einen Cent gespendet und werde trotzdem in der Branche als Wohltäter gefeiert. Bleibt wirklich keine gute Tat ungestraft?

Ich bin rundum zuversichtlich und wunderbar erleichtert. Für meine Begriffe hat sich alles ziemlich genial geklärt. Endlich läuft alles einmal glatt. Mein Leben ist auf einem aufsteigenden Ast.

Von wegen.

Alles fällt zusammen wie ein Kartenhaus.

Die Sache läuft völlig aus dem Ruder.

Gott, der Schelm da oben, der alte Schadenfreudler, greift ein.

Marvin Lutwig weist den Vergleich zurück.

Allein diesen Satz zu schreiben lässt mich die Wände hochgehen. Diese Unverfrorenheit, die verfluchte Dreistigkeit, die dieser Typ an den Tag legt. Dass dieser egomanische Soziopath die Eier hat, mitten in einen erstunkenen und erlogenen Scheinprozess hineinzuplatzen und einen getürkten Vergleich zu versauen.

Ich weiß nicht, wie er das anstellt. Er ist ein Meister des Unerwarteten. Ich werde eine Waffe kaufen müssen, es gibt keinen anderen Weg. Ich träume davon, wie ich ihn erwürge, ihm eine Flasche Dom Perignon über den Kopf ziehe, ihm in der Badewanne einen Stromschlag verpasse, ihn von einer Klippe am Pacific Coast Highway schubse oder ihn einfach vor dem versammelten Freiheitsausschuss der Writer's Guild über den Haufen knalle.

Marvin Lutwig weist den Vergleich zurück.

Ich starre auf den Artikel in der *Los Angeles Times* und fasse es einfach nicht. Ich sehe, wie er sich in den Regionalnachrichten der Fox News öffentlich vor mich stellt. Lutwig ist der Meinung, ich sei von den Mächtigen in der Branche unter Druck gesetzt worden. Er möchte mich vor mir selbst retten. Deswegen lehnt er jeden Kompromiss und jede Lösung dieses Rechtsstreits, bei der ich mir selbst untreu werde, vehement ab. Eine kleine Gruppe mit Plakaten steht hinter ihm. Einige halten Scheren in der Hand.

»Keine Kompromisse! Wir zählen auf Hay!«, rufen sie und schlurfen an der Kamera vorbei.

»Redefreiheit nicht beschneiden!«, skandieren sie und winken mit den Scheren.

Diese Scheißautoren. Machen alles Mögliche, nur nicht schreiben.

Auf den zweiten Blick bin ich mir gar nicht mehr so sicher, dass das wirklich Autoren sind. Die sind viel zu unterschiedlich. Die meisten haben sogar hispanischen Einschlag. Marvin hat irgendwo in der Stadt Protestler angeheuert, wetten? Manche sehen so aus, als wären sie des Englischen nicht besonders mächtig. Um ehrlich zu sein, sehen sie etwas verwirrt aus, wie sie da hinter dem Mann mit dem geröteten Gesicht stehen und in die Kamera glotzen. *Kein Geisel Haft! Wir zälle auf Hay* steht auf einem Plakat. Schöne Autoren.

»Wir werden das nicht hinnehmen«, sagt Marvin, der sich für seinen mittäglichen Fernsehauftritt in ein nachtblaues Pannesamtsakko von Shanghai Tang geworfen hat. Seine Haare sind hochgefönt und frisch gestylt, und er war stundenlang in der Maske. Zu viel Schminke um die Augen, für meine Begriffe, und auf jeden Fall zu viel Puder für einen besorgten Drehbuchschreiber, wie er sich selbst darstellt.

»Wir werden uns gegen diese Leute wehren und wir werden für die Redefreiheit eintreten, koste es, was es wolle. Und selbst wenn …«, sagt er besonders feierlich, »*selbst wenn Stanley Hay dafür ins Gefängnis gehen muss.*«

Himmelherrgott. Ist das zu fassen? Marvin Lutwig hat gerade meinen Arsch dem Knast als Freiwilligen zur Verfügung gestellt.

Danke, Marvin. Danke für dein heldenhaftes Opfer. Danke, dass du mich live im Fernsehen als Seifenaufheber in San Pedro angemeldet hast. Schön für dich, Marv, du und dein Kampf für die Redefreiheit. Jetzt weiß ich auch was *Wir zälle auf Hay* bedeutet. Zälle auf, Hay rein.

+++

Meine PR-Leute drehen wegen des Vergleichs völlig am Rad.

»Sie haben den Rechtsstreit beigelegt?«, sagt Janey. »Was haben Sie sich dabei gedacht?«

»Ich habe gar nicht gedacht.«

»Morgen Abend steigt die große Gala gegen Zensur in der Writer's Guild, die Presse wird da sein, das volle Programm, und eine Latte von über hundert Prominenten, die alle für Ihr Recht eintreten, veröffentlicht zu werden, und Sie einigen sich mal eben außergerichtlich?!«

»Ich hatte keine Wahl.«

»Wir präsentieren Sie als bedeutenden Vertreter eines hohen moralischen Standpunkts im Kampf für die Redefreiheit, und Sie stellen kurz mal das Verfahren ein?«

»Die haben das Verfahren eingestellt.«

»Das macht es nicht besser.«

»Warum muss mir dieser Arsch von Marvin Lutwig hineinfunken …«

»Hören Sie auf mit Ihrem Marvin. Sie kriegen eine Galaveranstaltung, es gibt eine Blue-Ribbon-Protestkampagne, alles wegen Ihres noblen Kampfes, und Sie strecken die Waffen? Ist Ihnen klar, wer da alles kommt? Der Bürgermeister, Pierce Brosnan, es kommen Demokraten und Republikaner, Tom und Roseanne Arnold, ja sogar Schwarzenegger, und der macht sonst nie bei so was mit. Und was sollen wir denen bitte schön sagen? Nichts für ungut, er hat es sich überlegt und aufgegeben?«

»Das waren die Anwälte.«

»Sie wissen doch ganz genau, dass man sich in Rechtsangelegenheiten nicht auf Anwälte verlassen kann! Sie hätten zuerst zu uns kommen müssen. Dafür sind wir PR-Leute da. Das Wichtigste ist, was die Leute denken, und die Leute denken, was die Medien sagen, und die Medien sagen, Sie sind einen faulen Kompromiss eingegangen. Erst waren Sie der große Märtyrer, und jetzt sind Sie ein Verräter. Die Leute wollten auf die Straße und für Ihr Recht auf Veröffentlichung kämpfen, und jetzt verachten sie Sie nur noch.«

»Aber jetzt werde ich doch veröffentlicht.«

»Darum geht es doch gar nicht!«

Ich bin raus. Die Story ist mir zu hoch.

»Du willst mir also sagen, dass ich einen Vergleich hätte ablehnen sollen, der es mir ermöglicht, mein Buch zu veröffentlichen, um mein Recht auf Veröffentlichung zu schützen?«

»Ja.«

Da soll einer draus schlau werden. Jetzt bin ich auf einmal nicht mehr Tom, sondern Benedict Arnold.

Der Einzige, dem der Vergleich gefällt, ist Richard Hume. Er ist regelrecht euphorisch.

»Jetzt können wir die Strandsaison doch noch mitnehmen.«

Auf einmal bin ich Annette Funicello.

Richard Hume ruft aus New York an und kriegt sich gar nicht mehr ein. Morty erzählt mir, dass Hume die ganze Woche in Frankfurt war. Irgendwas bahnt sich bei Pangloss an. Man munkelt etwas von einem Verkauf an einen deutschen Riesen.

»Das muss für Sie eine große Erleichterung sein«, sagt Hume. Er klingt unbekümmert. Liegt vielleicht am Prozac.

»Oh ja, in der Tat«, lüge ich, so gut ich kann.

»Opfer von Zensur zu werden ist wie eine Verletzung«, sagt er. »Eine Form der intellektuellen Vergewaltigung.«

Krass. Jetzt bin ich ein Vergewaltigungsopfer.

»Dann können wir den Text ja direkt haben.«

Hoppla. Der Text. Da war ja noch was.

Ich verspreche ihm, ihn mit FedEx über Nacht zu schicken, aber den Trick kennt er schon.

»Ach was, FedEx«, sagt er. »Wir schicken Ihnen einen Kurier von de Becker Security, die bringen das persönlich.«

»Nach New York?«

»Das machen die andauernd.«

»Ist das nicht ein bisschen zu viel Aufwand?«, frage ich und hoffe auf ein Wunder.

»Das ist viel sicherer als FedEx.«

Und ich hatte schon mit dem Gedanken gespielt, einen Überfall auf FedEx zu türken.

»Wir dürfen jetzt kein Risiko mehr eingehen. Sie wissen gar nicht, wie viel hier auf dem Spiel steht. Die Druckerei ist drauf und dran, uns wegen verlorener Aufträge zu verklagen. Ich schicke Ihnen die Kavallerie. Für die ist das nur eine kleine Exkursion.«

Wohl eher Exekution. Die werden mich ans Kreuz nageln.

Scheiße.

Zwanzig Minuten später rufen die von de Becker an und geben Bescheid, dass in einer halben Stunde der Kurier da sein wird, ob das genügend Zeit ist?

Zeit wofür? Um zweihundert Seiten zu schreiben?

Ich glaube nicht.

Was mache ich nur?

Ich schiebe Panik und greife nach den sechs Seiten über das Essen mit Les Girls, die ich gerade erst geschrieben habe. Sieht nicht gerade nach einem Roman aus.

Mir fällt ein altes Drehbuch auf dem Regal ins Auge, echter Schrott, den Sam und ich mal auf gut Glück für einen Belgier fabriziert hatten, weil der behauptet hatte, er würde an deutsche Steuergelder für einen amerikanischen, in Kanada gedrehten Film herankommen. *Schnipp, Schnapp* war ein Film über einen Friseur mit einer verzauberten Schere. Eine Kreuzung zwischen Samson und Mozart. Ich reiße das William-Morris-Deckblatt ab und stecke die hundertzwanzig Seiten hinter meine sechs. Aber es fühlt sich immer noch nicht dick genug an. Also klemme ich noch ein paar Ausgaben *Penthouse* dahinter. Schon besser. Als ich das Ganze verpacke, sieht es genau aus wie ein Roman und fühlt sich auch so an. Ein ziemlich guter Roman sogar.

Ich wiege das Päckchen sorgfältig in der Hand und stelle mir vor, gerade ein wichtiges Werk vollendet zu haben, das ich jetzt nach New York schicke. Genau so würde sich das anfühlen. Sehr gut. Ich spüre den Glanz der Autorschaft, den Stolz, etwas geschaffen zu haben. Das Päckchen übergebe ich dem Kurier und versuche, ganz bescheiden auszusehen.

»Sieht gut aus«, sagt er.

Ich weiß nicht, ob er mich, den Tag oder das Päckchen meint.

12

Die PR-Leute rufen an. Sie haben beschlossen, die Sache mit der Gala durchzuziehen, aber an einem anderen Ort. Die Writers' Guild stellt ihre Räumlichkeiten nicht mehr zur Verfügung. Zu brisant, sagen sie. Es gab Beschwerden von Mitgliedern. Sie stehen auch nicht mehr hinter mir. Sie unterstützen jetzt Marvin Lutwig und seinen Freiheitsausschuss, damit der Vergleich abgeschmettert wird. Aber die Gala hat trotzdem grünes Licht. Das Interesse ist ungebrochen. Pangloss hat zweihundert Scheren und eintausend Buchcover geschickt. Die soll ich dann anstelle von Büchern signieren. Die Originalvorlage inklusive meiner imitierten Unterschrift wird auf eBay angeboten und steht auf fünfhundert Dollar. Warum sich mit einem Buch abquälen, frage ich mich. Warum signiere ich nicht einfach nur Cover und fertig?

Die schlechte Nachricht ist, der neue Veranstaltungsort ist Book Soup. Dabei habe ich mich immer noch nicht von meinen Albträumen erholt. Ich habe Angst, an Bibliophobie zu leiden.

Bibliophobie: hochgradige Angst vor Büchern.

Den ganzen Tag merke ich, wie es schlimmer wird.

+++

Der nächste Tag ist die reinste Hölle. Den würde ich meinem ärgsten Feind nicht wünschen. Morgens weckt mich ein extrem aufgebrachter Richard Hume. Die von Pangloss haben mein Päckchen bekommen.

»Was ist das?«, fragt er.

»Was ist was?«

»Die Sendung.«

»Ist sie gut angekommen?« Ich versuche, unschuldig zu klingen.

Er zählt mir den Inhalt einzeln auf.

»Ach du Schreck«, sagte ich. »Da muss ich das falsche Manuskript gegriffen haben.«

»Und die *Penthouse*-Hefte?«

»Haben druntergelegen.«

Noch nicht mal ich kaufe mir das ab.

Richard Hume klingt sehr ernst.

»Stanley, überlegen Sie bitte genau, was Sie jetzt sagen. Gibt es überhaupt einen Roman?«

Ich versuche die Laut-lachen-Nummer. Habe ich mal bei einer englischen Schauspielerin in einer schlechten Noel-Coward-Produktion gesehen.

»Hahahahaha.« Von hoch nach tief. Das üben die bestimmt bei der RADA. Aber auch das zieht nicht.

»Es tut mir leid, dass ich das sagen muss, Stanley«, setzt Richard Hume an, »aber ich werde jetzt unsere Anwälte einschalten. Ich schlage vor, Sie wenden sich an Ihre.«

Scheiße.

Der Tag geht fröhlich weiter. Ich bin die dicke Schlagzeile in den großen Branchenblättern. Beide berichten über den sich ausweitenden Skandal wegen der Redefreiheitsgala heute Abend. In der *Variety* steht, dass die Writers' Guild den Stecker gezogen hat, weil sich Mitglieder beschwert haben. Marvin Lutwig, der Autor des Drehbuchs – so wird er bezeichnet –, wird mit den Worten zitiert, er wolle, dass meine einzigartige Stimme Gehör bekommt.

»Stanley Hay hat das Recht verdient, seine Geschichte zu

erzählen. Unerschrocken, unbefangen und gänzlich unzensiert.«

Und deswegen verklagt er mich.

Ja, Sie haben richtig gehört.

Marvin Lutwig verklagt mich, um mein Recht auf Redefreiheit zu schützen.

Die Anwälte bestätigen mir das.

»Was ist das für ein Bullshit, Stanley?«

»Wer ist dieser Vogel?«

Sie sind fuchsteufelswild. Gerade haben sie eine einstweilige Verfügung von Marvin Lutwig bekommen, die ihnen untersagt, mit »nicht zu nennenden Schauspielerinnen« einen außergerichtlichen Vergleich zu erzielen.

Sie haben auf laut gestellt. Ich kann alle drei hören, und ihre Stimmen gellen vor Beunruhigung.

»Wer ist dieser Clown? Er sagt, er sei ein Freund von Ihnen.«

»Ist er nicht. Er ist ein beschissener Selbstdarsteller.«

»Können Sie ihn nicht zurückpfeifen?«

Ich versuche zu erklären, dass das wohl nichts wird.

»Der Vergleich war doch eure Idee«, sage ich kleinlaut.

»Aber dass das so läuft, hätte sich niemand vorstellen können«, sagt Holstein. Er klingt ängstlich.

»Warum macht ihr euch so einen Kopf? Es gibt doch gar keinen Vergleich, wie soll er den mit einer Verfügung aushebeln?«

»Haben Sie schon mal das Wort Verschwörung gehört?«

Na, wenigstens werde ich nicht allein einsitzen. Ich kann zugucken, wie Holstein mit seinem knochigen Hintern in San Pedro zum Seifenaufheber vom Dienst wird.

Ich sehe die Meldung bei CNN schon vor mir. *Anale Ver-*

gewaltigung im Gefängnis. Brutale Strafe oder gelebte Redefreiheit? Die Videos zum Beitrag ab 23 Uhr.

Wenigstens kann es jetzt nicht mehr schlimmer kommen.

Von wegen.

Es kommt schlimmer, und zwar schlagartig.

Morty ruft an. Die Chefetage von Pangloss hat sich mit den Geschäftsführern von William Morris in Verbindung gesetzt. Es stehen ernsthafte Betrugsanschuldigungen im Raum.

»Was ist los, Kumpel? Wo ist der Text? Sag es Onkel Morty. Ich kann dich beschützen.«

Sag es Onkel Morty? Dass es gar keinen Roman gibt? Niemals. Ich höre doch jetzt nicht auf mit lügen. Stein und Bein schwöre ich, dass es einen Text gibt und ich nur das falsche Päckchen nach New York geschickt habe. Ich lüge wie ein Weltmeister. Morty glaubt mir aufs Wort.

»Dann sollen die Arschgeigen sich ins Knie ficken«, sagt er.

Ich hätte Schauspieler bleiben sollen.

Dass ich das noch so draufhabe, gibt mir einen richtigen Kick, bis mir klar wird, dass Morty gerade meine letzte Chance war, reinen Tisch zu machen. Ich fange an, meinen Reisepass zu suchen. Cabo San Lucas hört sich auf einmal sehr verlockend an. Ein paar Margaritas, eine neue Identität, vielleicht sogar ein neues Gesicht.

Ach ja, und wovon? Ich bin pleite und am Arsch. In meinem Zustand würde ich es nicht einmal bis zum Flughafen schaffen. Ich bin ein Millionär ohne Kohle. Es gibt keinen Ausweg. Und die Limousine ist da. Was jetzt?

Ich bin das Aschenputtel. Und ich muss zum Ball.

+++

Vorsichtshalber setze ich meine dunkle Sonnenbrille auf und sehe aus wie Marcello Mastroianni, als ich in den langen weißen Straßenkreuzer steige. Janey, meine PR-Biene, sitzt schon drin. Sie ist ungewöhnlich still, was bei ihr ein sehr schlechtes Zeichen ist. Wir fahren den Sunset Plaza Drive hinunter. Ihr Schweigen fängt an, mich richtig zu wurmen.

»Ein Blowjob ist wohl grad nicht drin, was?«, frage ich.

Großer Fehler. Janey ist angespannt. Sogar aggressiv.

»Wie ich gehört habe, gibt es ein Problem mit Pangloss«, sagt sie.

Ich versuche, es abzustreiten.

»Nur ein blödes Missverständnis, mehr nicht.«

»Das hoffe ich, Stanley«, sagt sie, »denn die schulden mir eine Menge Geld. Die ganze PR für Sie hat ein Vermögen gekostet.«

»Du warst ein Traum, Janey.«

»Natürlich haften letzten Endes Sie für die Kosten.«

»Ich verstehe.«

Et tu, Janey?

»Nehmen Sie es nicht persönlich. Ich finde Sie hinreißend, vielleicht ein bisschen egozentrisch, aber ich muss Ihnen einfach sagen, wo Sie stehen.«

Was soll das heißen, ich bin egozentrisch? Egozentrisch. Moi?

Ich habe die ganze Fahrt daran zu knabbern. Wir biegen gerade auf den Sunset Boulevard ab, als ich Demonstranten höre. Ungefähr ein Dutzend von ihnen sind da und machen mächtig Lärm. Sie sind genau zwischen uns und Book Soup.

»Keine Kompromisse! Kein linker Vergleich! Für Schweigen als Redefreiheit!«

Was auch immer das bedeuten soll.

»Halten Sie an«, sagt Janey. »Ich versuche, sie abzufangen.«

Sie ist zwar klein, aber sehr resolut.

»Machen Sie sich keine Sorgen«, sagt sie, steigt aus und lässt mich im Stich.

Was, ich? Sorgen? Was habe ich schon für Sorgen? Ich bin doch nur der Autor eines nicht existenten Bestsellers, werde von der Writers' Guild als Judas hingestellt, gehe auf eine Gala für Redefreiheit, die nur meinetwegen abgehalten wird, in einer Buchhandlung, die mir mittlerweile Albträume beschert.

Was denn für Sorgen?

+ + +

Es ist der reinste Zoo. Noch viel schlimmer, als ich es mir ausgemalt habe. Der ganze Sunset Boulevard ist voller Leute. Jupiterlampen. Absperrungen. Polizeiwagen. Es gibt eine Autoschlange für den Parkservice, Tische zum Abholen der Tickets und sogar einen roten Teppich. Das ganze Hollywood-Pressekorps ist da. Eine ganze Wand von Fotografen wartet. Und das sind nur die Fotoapparate. Dahinter warten Rotten von Kameracrews mit Interviewern, die mit ihren haarigen Mikrofonen alle schon erwartungsvoll in meine Richtung blicken.

Blitz, blitz. »Hier drüben, Stanley«, rufen die Fotografen. »Und einmal hier. Rechts, bitte! Hier oben. Genau in die Kamera.« Sogar hinter meiner dunklen Brille muss ich blinzeln.

Ein scharfes Ding in einem tollen Kleid hakt sich bei mir unter. »Hallo Darling«, sagt sie, und das Blitzlichtgewitter setzt ein.

»Ich blase dir einen, wenn du mich reinschleust«, raunt sie mir ins Ohr.

Janey erscheint wie von Zauberhand und zieht sie fort.

»Hast du das gehört?«, frage ich. Ich bin schockiert.

Janey zuckt mit den Schultern. »Sie ist sowieso lesbisch.«

»Woher willst du das wissen?«

Janey guckt mich nur vielsagend an.

»Welcome to Hollywood«, sagt sie.

»Was?«

»*Welcome to Hollywood.*«

Sie sieht mich an, als wäre ich doof.

»Was?«

»Das ist aus Ihrem Buch.«

»Oh. Natürlich.«

»Stanley«, sagt sie, »Sie haben Ihr Buch aber gelesen, oder?«

»Ich verstehe nicht …«

»Bitte sagen Sie mir, dass Sie es geschrieben haben. Es war doch nicht etwa ein Ghostwriter?«

»Was? Jetzt bin ich also ein Romanschreiber, der einen Romanschreiber anheuert, damit er ihm einen Roman schreibt?«

Janey lacht.

»Kommen Sie. Wir haben Bücher zu verkaufen.«

Das Buch, vor dem sich Hollywood fürchtet.

Das steht auf einem Drei-Meter-Banner über dem Eingang zu Book Soup. Die Schlange der Pressevertreter ist endlos. Janeys Gesicht hellt sich merklich auf.

»Lauter gute Publicity für Sie.«

Ich sehe echte Berühmtheiten den Limousinen entsteigen. Auf der anderen Straßenseite bei Tower Records ist eine mobile Tribüne aufgebaut, und die Menge wird von unseren Freunden und Helfern in Schach gehalten. Jede Ankunft sorgt für großes Jubelgeschrei.

Bruce Willis steigt aus dem Wagen und winkt der Menge zu, die völlig durchdreht.

Bruce Willis ist gekommen! Meinetwegen!

Zwei mächtige junge Männer in identischen Armani-Anzügen stellen sich neben mir auf. Sie haben Knöpfe im Ohr.

»Security«, sagt Janey. »Es gab die eine oder andere Morddrohung.«

Das finde ich ungeheuer beruhigend. Ich habe dermaßen Fracksausen davor, gleich in Book Soup zu gehen, dass ich mich danach sehne, erschossen zu werden. Ich habe die Hoden gestrichen voll.

Der rote Teppich. Das Wehr aus Kameras ragt bedrohlich vor mir auf. Ich sehe noch mehr Prominente in ihren teuren Smokings und wunderschönen Kleidern. Mir ist, als hätte ich Brad Pitt und Jennifer erspäht. Ist sie eigentlich im Buch?

Habe ich sie noch alle?

Es gibt kein Buch.

Allmählich glaube ich meiner eigenen Publicity. Gut, ich muss ja auch überzeugend sein, wenn ich die Fragen beantworten will, die gleich kommen werden. Ich muss mein ganzes schauspielerisches Können auffahren, aber das ist doch sogar erfreulich, wenn man es als Zen-Übung betrachtet. Es ist gar nicht so schwer sich einzubilden, ein potenziell preisgekrönter Autor zu sein, der von der Gesellschaft mundtot gemacht wird. Meine Zwillingswächter bugsieren mich von Kamera zu Kamera. Ich bleibe immer in Bewegung; ein kleiner Stopp hier, ein kleiner Stopp da.

Ein Schwätzchen, ein Lächeln, ein Achselzucken und ab zum Nächsten. Die unbequemen Fragen lasse ich einfach an mir abprallen. Ich spreche über Freiheit. Ich bestreite, dass ich mich habe manipulieren lassen, bestreite, dass ich einen faulen Kompromiss eingegangen bin, und gehe energisch gegen die Unterstellung vor, man hätte mein Schweigen gekauft. Im Gegenteil, sage ich, die große Aufmerksamkeit, die das Buch erhalte, freue mich ungemein. Ich lege guten Gewissens die Hand aufs Herz und schwöre, dass ich nichts getan habe, was einer Selbstzensur gleichkäme. (Post-Ironie.) *The Writer's Cut* nimmt kein Blatt vor den Mund, versichere ich den Interviewern. Nein, ich werde hier keine Schauspielernamen nennen. Nein, ich werde nicht sagen, ob Jennifer im Buch vorkommt oder nicht. Nein, ich werde nicht verraten, wer sonst. Sie werden das Buch kaufen müssen, plappere ich in einem fort.

Ich schlage mich ziemlich gut, bis ich ungefähr nach der Hälfte der Schlange die Demonstranten entdecke. Sie haben sich bei den großen Fernsehsendern zusammengerottet und versuchen, ihre Plakate in die Kameras zu halten.

Keine faulen Deals!

Geldgier zahlt sich nicht aus!

Hay, wehr dich!

»Ich dachte, du wolltest die loswerden?«, raune ich Janey zu.

»Hier geht es um Redefreiheit, schon vergessen?«, raunt sie zurück.

So ein Zwerg mit altmodischem Porkpie-Hut krakeelt lauthals irgendwas über Jesus.

»Keine Angst«, sage ich. »Der kommt nicht im Roman vor.«

Er wird noch röter im Gesicht. Seine Augen quellen hervor. Er sieht aus, als würde er sich jeden Augenblick auf mich stürzen.

»Bete für deine Seele, Sünder!«

Danke, Kumpel.

»Die Liberalen sind der einzige Fehler Gottes!«

»Ihretwegen kommt Abtreibung noch in Verruf«, sage ich laut.

Erstaunlich, wie mutig man wird, wenn zwei Schränke von de Becker neben einem stehen.

Zu meinem Entsetzen entdecke ich Marvin Lutwig vor mir auf dem roten Teppich. Dieser Vollidiot! Wie ist der denn hier reingekommen? Das ist meine Gala! Er hat mich verklagt. Lutwig trägt eine grüne samtene Smokingjacke, gibt gerade ein Interview und plappert fröhlich in eine ABC-Kamera. Er ist ganz in seinem Element: spricht langsam, doziert, gestikuliert, fuchtelt mit den Armen und lacht laut. Er benimmt sich wie ein beschissener Fernsehprediger. Dass er die Dreistigkeit besitzt, meine Presseveranstaltung für seine Publicity zu missbrauchen! Ich möchte ihn vor die Tür setzen lassen, aber Janey ist im Durcheinander aus Hollywoodstars verschwunden. Als er mich schließlich bemerkt, holt er zu einer theatralischen Geste aus, wie Charlton Heston, der die Zehn Gebote hält, und kommt breit lächelnd auf mich zu. Wie er den Nerv haben kann, ist mir ein Rätsel, aber er tut, als wären wir die dicksten Freunde. Als müsste ich begeistert sein, ihn zu sehen. Der Kerl hat nicht alle Latten am Zaun.

»Hallo, Stanley!«, sagt er voller Hingabe und versucht mich zu umarmen.

»Du Wichser«, zische ich und schiebe ihn weg.

Er lacht, als hätte ich etwas Witziges gesagt.

»Wie schön, dich zu sehen, Stanley, alter Freund«, sagt er

laut für die Kameras und strahlt bis über beide Ohren. Mir fällt auf, wie sehr er in seinem Samtsakko schwitzt. Und stinkt. Grauenvoller Körpermief. Er hat Angst vor mir. Und dazu hat er auch allen Grund. Ich koche vor Wut.

»Tschuldigung, ich muss«, sagt er. »Die Pflicht ruft. Tolles Buch übrigens.«

Und weg ist er. Lässt mich im Regen stehen, wie ein Anhängsel auf meiner eigenen Party. Ich sehe ihn noch in der Menge, wie er einen Plausch mit dem Gouverneur hält, wie er lacht, als wären sie alte Kumpel, und ihm sogar eine Hand auf die Schulter legt.

Ich werde von einer warmen Hand auf dem Hosenstall aus meinen Gedanken gerissen. Als ich mich umdrehe, hält man mir eine Kamera genau vors Gesicht. Die helle Kameraleuchte scheint mir unbarmherzig in die Augen, und das Handmikro habe ich fast im Mund. Es ist Dharma. Sie hat ihre Kameracrew dabei. Ich merke, wie ihre Hand gegen mich streift und nach meinem besten Stück greift.

»Hallo Stanley«, sagt sie übertrieben freundlich; wer weiß, was sie genommen hat. »Ich arbeite jetzt dank dir für Z.«

Aber hallo. Wie passend, dass die Reporterin, die mich verführt und das alles losgetreten hat, hier anwesend ist.

»Du gibst tolle Interviews, Darling«, sagt Dharma und krault mir liebevoll die Eier. Wir werden im Gemenge so aneinandergedrückt, dass niemand es sieht. Ich stehe nur da und grinse wie ein Idiot. Dharma weiß wirklich, wie der Hase läuft. Sie hält mir das Mikro vors Gesicht und fühlt mit ein, zwei sanften Fragen vor. Ich versuche, ihre Hand von meinem Schwanz zu schieben, aber dabei möglichst charmant und unbekümmert auszusehen. Interviews hat sie wirklich drauf. Dieses Mädchen wird es in Hollywood noch richtig weit bringen.

»Bis gleich«, sagt sie lustvoll, und ich glaube, sie meint nicht nur die Veranstaltung.

Zum ersten Mal seit meinen Albträumen Book Soup zu betreten ist gar nicht so schlimm, wie ich befürchtet habe. Ich kann sowieso kaum Bücher sehen, so voll ist es. Das Gedränge ist so groß, dass ich von meinen beiden Anzugträgern hineingetragen werde. Sie heben mich am Ellbogen hoch und steigen mit mir in die Menge, die sich wie von Zauberhand teilt.

Auf einem Tisch mit weißer Tischdecke liegt ein Stapel mit fast A4-großen Hochglanzfotos. Mein zehn Jahre jüngeres Selbst starrt mich an. Mit Strähnchen und zu viel Make-up. Ich sehe tatsächlich sowohl maskulin als auch hinreißend aus. Ein Stapel mit Buchcovern zum Signieren liegt bereit, und ein Podium ist aufgebaut. Offenbar werde ich einige Worte sagen.

Das Publikum ist jünger und attraktiver, als ich gedacht hatte.

»Mhm, es duftet nach Pussy«, sagt Janey und gesellt sich strahlend zu mir. Sie ist wirklich unmöglich. Was alles schon aus diesem zarten, blassen Mund gekommen ist.

»Schauen Sie sich die nur an. Die können es kaum erwarten, Ihnen an die Wäsche zu gehen.«

Sie hat recht. Im Publikum sitzen lauter begierige junge Frauen. Am begierigsten ist natürlich Dharma, die es irgendwie geschafft hat, einen Platz in der ersten Reihe zu ergattern. Sie hat einen superkurzen Minirock an. Als ich vorbeigehe, gibt sie mir einen erstklassigen Einblick. Öffnet die Beine und macht mir die Sharon Stone.

Janey, der das natürlich nicht entgeht, schenkt mir ein

verruchtes Lächeln. Die Armani-Jungs tun so, als wäre nichts passiert, als würde ihnen jeden Tag eine Fernsehreporterin ihr Pelzchen zeigen. Ich frage mich, ob sie dafür ausgebildet werden. *Heute machen wir Muschiblitzer und wie man den Klienten trotz einer überraschenden Pussy-Attacke schützt, ohne sich ablenken zu lassen.*

Sie bringen mich zu einem kleinen Wartebereich hinter einem Bücherregal. Eine elegante Dame in einem roten Mantelkleid mit Blume im Revers wartet schon auf mich. Sie sagt mir, wie sehr sich das Team von Book Soup freue, Gastgeber für diese Veranstaltung sein zu dürfen. Ein derartiges Echo auf ein Buch habe es noch nie gegeben. Die Vorbestellungen seien durch die Decke gegangen. Sie hat offensichtlich noch nichts von Richard Hume oder Pangloss gehört. Allmählich frage ich mich, ob ich vielleicht doch lebend hier rauskomme.

Sie erklärt mir, wie die Veranstaltung vonstattengehen werde, aber ich kann mich kaum auf das konzentrieren, was sie sagt. Ich stehe neben einem Bücherregal.

»Alles in Ordnung?«

Ich muss kurz die Augen schließen und halte mich am Regal fest. Sie beäugt mich besorgt.

»Alles bestens«, sage ich. »Nur eine kleine Panikattacke.«

»Ja, die Autoren werden oft schrecklich nervös«, sagt sie. »Ich weiß noch, wie Mr Rushdie …«

Aber ich höre nicht mehr, was sie sagt, weil mein Herz donnert wie die Basslinie bei einem Rave. Ich schwitze. Mein Mund ist trocken. Vor meinen Augen tanzen Punkte. Die ältere Dame reicht mir einen kleinen Plastikbecher.

»Showtime«, sagt sie fröhlich. »Der Gastredner ist da.«

Ich kippe das Wasser hinunter und begreife erst dann. Sie meint nicht mich.

»Nein«, sage ich. »Oh nein, nein.«

Oh doch. Es ist Marvin Lutwig.

»Wir sind so froh, dass wir ihn gewinnen konnten«, sagt sie und missversteht mein Entsetzen. »Wir wollten unbedingt ihn haben, weil Sie doch so gute Freunde sind.«

Arrrgh.

»Obwohl ich sagen muss, dass es uns ein hübsches Sümmchen gekostet hat, ihn zu locken.«

Ein Sümmchen!

»Hallo Stanley«, sagt das Scheusal. »Ist das nicht wonnig?«

Ich ziehe eine Grimasse wie ein verrückter Samurai.

»Sehen Sie nur«, sagt Marvin. »Er ist so witzig. Immer albert er herum.«

Seine Fähigkeit, Ablehnung abzulehnen, ist Weltklasse.

»Schön, wollen wir?«, sagt er fröhlich, springt hinter dem Bücherregal hervor und ans Mikrofon.

Ein Chor aus Pschts ertönt, und die Scheinwerfer gehen an.

Von irgendwo schreit eine Stimme: »Nein, nein, nein!«

Es ist meine.

Janey wirft mir einen ernsten, warnenden Blick zu. Die Atmosphäre ist irreal, all diese zwischen die Regale gequetschten Leute und schon jetzt fast keine Luft mehr zum Atmen. Marvin sonnt sich in der Aufmerksamkeit. In seinem grünen Samtsakko und dem Binder sieht er aus wie eine absurde Parodie von Mike Meyers. Das scheint Absicht zu sein, denn seine ersten Worte sind: »Hello, baby!«

Er erntet kaum eine Reaktion. Das Publikum ist verwirrt, aber höflich.

»Meine Damen und Herren, Sie werden mich nicht kennen. Ich bin kein berühmter Mensch. Ich bin nur der Salat vor dem Hauptgang.«

Unglaublicherweise wartet er auf Lacher.

Nur eine Person lacht. Ich. Ein sehr bitteres Lachen.

»Humor ist nicht meine Stärke«, poltert er. »Obwohl Stanley ständig über mich lacht. Aber was ich heute Abend sagen will, ist ernst.«

»Runter da, du Schweinepriester!«

»Danke, Stanley«, erwidert er mit einem Lächeln. »Sie sind gleich dran.«

»Du elender Schmarotzer!«

Die Leute sehen sich erstaunt um und suchen den Störenfried. Sie verstehen nicht, was hier läuft. Ist das so geplant? Soll das eine Art Sketch sein?

»Du verdammtes Arschloch!«

Marvin grinst, als hätten wir das eingeübt.

»Meine Damen und Herren, Stanley Hay«, sagt er, zeigt in meine Richtung und erntet Beifall.

»Was kann ich über diesen außergewöhnlichen Mann sagen?«

»Nichts, du Bastard. Jetzt stopf ihm doch endlich einer das Maul.«

»Das ist hier eine Gala für Redefreiheit, Stanley«, sagt Marvin. »Da darf sogar ich reden.«

Das gefällt den Leuten. Sie lachen. Sie applaudieren, und das ist der Tropfen, der das Fass zum Überlaufen bringt. Meinetwegen halten die Leute Marvin Lutwig für witzig.

»Reißen Sie sich gefälligst zusammen«, sagt Janey. »Was ist los mit Ihnen? Wissen Sie nicht, dass die verfluchten Kameras die ganze Zeit laufen? Hier, nehmen Sie das.« Sie reicht mir einen Whisky und ein paar Pillen.

»Was ist das?«

»Runter damit.«

Ich wehre mich nicht.

Marvin betet weiter seinen Text runter, und seine wichtigtuerische Stimme erfüllt den Buchladen.

»Ich bin heute hier, um Stanley Hay gegen einige ernsthafte Vorwürfe zu verteidigen, die gegen ihn gerichtet wurden. Manche sagen, er habe Schwäche und mangelnde Charakterstärke gezeigt. Er hätte den Versuchen, ihn mundtot zu machen, die Stirn bieten sollen. Er hätte mehr Vertrauen in Menschen wie mich haben sollen, Menschen, die bereit sind, aufzustehen und öffentlich für ihn einzutreten. Dass er in einem so wichtigen Thema klein beigegeben hat, sei schwach und feige.«

Oh, danke, Marvin. Das meinst du mit öffentlich für mich eintreten? Das soll verteidigen sein?

»Manche sagen, dass er sich für sein Verhalten schämen solle. Dass er kein Rückgrat habe und unter Druck feige und kleinmütig geworden sei. Andere meinten zu mir, er sei ein Mitläufer, der einfach nur Glück gehabt habe, eine Hure Hollywoods, die ihre Bettgeschichten verkauft, ein Mann mit einem dicken Buchdeal, den er nicht verdient hat, während talentiertere Autoren noch nicht einmal einen Verleger finden. Dass er seine Freunde ausgenutzt hat, sagen sie. Dass er seine Liebhaberinnen bloßgestellt hat. Dass er all die unschuldigen Schauspielerinnen zum Gespött gemacht hat, die nicht ahnen konnten, dass ihre intimen Momente in seinen billigen Memoiren breitgetreten werden, wo alle sie lesen können.«

Das muss das erste Mal sein, dass die Wörter *unschuldig* und *Schauspielerin* in einem Satz gebraucht werden. Ich hasse ihn. Aber er ist noch nicht fertig. Er verteidigt mich weiter.

»Manche sagen, Stanley sei ein Heuchler. Und die Redefreiheit schere ihn einen feuchten Kehricht. Für sie ist er der

Benedict Arnold des Schlafzimmers. Der Judas des Boudoirs. Der Verräter von Victoria's Secret.«

Wie er sich daran weidet. Er muss die ganze Nacht wach geblieben und diesen Schrott geschrieben haben.

»Sie halten ihn für einen feigen Arschkriecher, einen Parasiten, einen Schandfleck im Abschaum der Menschheit. Und vielleicht ist er das auch. Aber ich, ich sage das nicht. Nicht, weil er mein Freund ist, sondern weil ich es für grundfalsch halte, jemanden zu verurteilen, bevor man ihn angehört hat. Und das ist der Grund, meine Damen und Herren, warum wir heute Abend hier sind. Dies ist seine Chance, die vielen schweren Anschuldigungen zu widerlegen. Und daher: *Will the real Stanley Hay please stand up?* Meine Damen und Herren, Stanley Hay!«

Wow. Er hat mich gerade den Wölfen zum Fraß vorgeworfen. Das Publikum sieht mich an wie ein Rudel hungriger Löwen, denen gerade ein Christ vor die Pfoten gepfeffert wurde. Marvin löst den Beifall aus. Dieses selbstgefällige Arschloch hat auch noch ein fettes Grinsen auf den Lippen. Was soll ich jetzt sagen? Wie zum Henker soll ich mich verteidigen? Unmöglich. Ich muss ihn umbringen. Jetzt sofort. Ich stürme auf seine Kehle zu. Und tatsächlich kriege ich die Finger um seinen Hals und drücke zu, aber Marvin tut so, als wäre es ein Gag.

»Immer ganz der Liebevolle«, krächzt er.

Ich kann seine Panik spüren.

Rums. Ich werde von einer gewaltigen Kraft zur Seite befördert. Die Armani-Zwillinge sind auf die Bühne gesprungen. Ich befürchte, dass sie mich jetzt umbringen werden, aber nein, sie wollen mich retten. Vor Marvin. Er wird hochgehoben und entfernt. Es sieht aus, als wäre er ein Fliegengewicht. Vorsichtig, aber bestimmt wird er an den

Ellbogen zum Ausgang getragen. Dabei verliert er keine Sekunde lang sein Grinsen. Er winkt sogar noch dem Publikum zu. Es gibt Applaus, als hätten wir gerade einen gut geprobten Sketch zu Ende gebracht.

Erst da bemerke ich die Pistole. Sie zeigt genau auf mich, und die Augen des abgebrochenen Zwergs mit dem Porkpie-Hut glänzen, als er den Abzug drückt.

»Auf Wiedersehen, du Schmarotzer«, sagt er. Ich bin so nah, dass ich spüre, wie das Schießpulver verbrennt. Die Hölle bricht los.

Er verschwindet unter einem Haufen von Körpern. Aber es ist zu spät. Ich falle um. Scheiße. Mich hat's erwischt.

Alle großen amerikanischen Romane enden mit einem Tod.

\+ + +

Ich krepiere nicht. Natürlich nicht. Ich liege seltsamerweise sogar ziemlich ruhig auf dem Boden und warte auf den Krankenwagen. Bald darauf bin ich im Cedars, und sie prüfen meine Vitalwerte. Alles in Ordnung. Die Kreditkarten sind intakt.

Ja, das Cedars. Das legendäre Krankenhaus. Hier kommen sie alle her, um zu sterben, Babys zu kriegen oder sich die Überdosis aus dem Bauch pumpen zu lassen. Frank Sinatra hat hier das Zeitliche gesegnet. Ein Flügel ist nach Steven Spielberg benannt. Wer hier reinkommt, hat die Schlagzeile in der *Variety* schon sicher. Die Ärzte hier haben sicher Journalismus im Hauptfach studiert. Ich liege in der Notaufnahme, und ein Bereitschaftsarzt hat gerade mein Portemonnaie untersucht. Ich werde angenommen, dank der Writer's Guild. Meine Suite wird gerade vorbereitet. Nicht übel. Die versuchen einem hier einzureden, man sei in einem großen Hotel, damit man später keinen Herzkasper kriegt, wenn die Rechnung kommt.

»Es ist nur eine leichte Schusswunde«, sagt der Arzt. Als wäre er von mir enttäuscht. Ich kann ihn jetzt schon nicht mehr ausstehen.

»Kennen Sie die häufigste Todesursache in diesem Land?«, frage ich unschuldig.

»Nein?«

»Ärzte«, sage ich.

Ich werde in eins der oberen Stockwerke gerollt. Den Rest des Tages verbringe ich damit, untersucht, zerstochen, durchgecheckt, ausgehungert und geröntgt zu werden. Dann werde ich in einem Zimmer mit Tropf und TV abgestellt. An beide werde ich angestöpselt.

Ich bade in Selbstmitleid, als Sams Kopf im Türspalt auftaucht.

»Bist du verreckt?«

»Noch nicht«, sage ich. »Aber ich habe morgen einen Termin.«

»Oh, gut, ich habe nämlich was mitgebracht«, sagt er und winkt mit einer Flasche Schampus. Auch noch Louis Cristal Vintage.

»Kipp ihn direkt oben in den Tropf, danke«, sage ich.

»Der ist nicht für dich.«

»Er ist für uns«, sagt Tish und kommt ins Zimmer.

Wieso weiß ich sofort, dass mit »uns« Tish und Sam gemeint sind? Woher sagt mir meine Intuition noch in der Sekunde, in der ich bemerke, wie toll sie aussieht, dass sie mit Sam hier ist? Dass sie ein Paar sind. Und dass sie mich besuchen, um mir das zu sagen. Es entsteht eine peinliche Stille.

»Also«, sagt Sam schließlich. »Abgesehen davon, dass du

dir eine Kugel eingefangen hast und ich dir die Freundin ausgespannt habe, ist es doch eigentlich ganz gut gelaufen.«

Sam, der Teufelskerl, bringt mich immer wieder zum Lachen.

»Hasst du uns jetzt?«, fragt Tish.

»Nein«, antworte ich. Und meine es auch so.

»Ich warne dich. Wenn du darüber nachdenkst, mich umzubringen, drehe ich dir den Saft ab«, sagt Sam.

»Sehr fair.«

»Tish hat übrigens das Exposé für dein Buch geschrieben.«

Also sie war das. Ich hätte es mir denken können.

»Ich habe versucht, es ihr auszureden, aber sie meinte, du hättest es verdient.«

»Ich bin schon so gespannt darauf, es zu lesen«, sagt sie.

»Und wenn man den Gerüchten Glauben schenken darf, hast du dir mit den Filmrechten eine goldene Nase verdient«, sagt Sam.

»O ja, habe ich. Danke.«

»Also spürst du keine Rachegelüste?«

»Ich spüre gar nichts, Sam«, sage ich. »Die haben mir starke Schmerzmittel gegeben.«

»Sehr gut. Wir haben nämlich gehofft, dass du unser Trauzeuge wirst.«

»Ich glaube nicht, dass sie mich dafür rauslassen.«

»Übermorgen darfst du bestimmt raus«, sagt Tish. »Es ist doch nur eine leichte Schusswunde.«

Ich wünschte, die Leute würden aufhören, das ständig zu sagen. Das ist doch ein beschissenes Oxymoron.

»Ich meine nicht aus dem Krankenhaus. Sondern aus dem Knast.«

»Für ein schlechtes Buch kommst du doch nicht in den Bau«, sagt Sam.

»Es gibt aber kein Buch«, sage ich.

Er begreift nicht. Also erkläre ich es ihm. Vielleicht ist es der Schock, nah am Tod vorbeigeschrammt zu sein oder vielleicht habe ich das Gefühl, sowieso nichts mehr verlieren zu können, jedenfalls breche ich mit meiner ältesten Gewohnheit und sage zur Abwechslung die Wahrheit.

»Ich habe nie ein Buch geschrieben. Es existiert kein Buch.«

Sam fängt an zu lachen. Er lacht und lacht und lacht. Er kringelt sich fünf Minuten am Stück. Ich befürchte schon, dass er sich totlachen wird. Irgendwann kommt eine Krankenschwester rein und gibt ihm etwas Wasser. Und selbst dann noch verschluckt er sich daran, weil er so lachen muss. Immer, wenn es aussieht, als wäre er fertig, fängt er wieder an.

»So witzig ist es auch wieder nicht«, sage ich.

Aber da fängt es bei ihm nur wieder von vorn an.

»Das ist der Hammer, Stanley. Der Jahrtausendbrüller!«

Er bekommt den nächsten Lachflash.

»Und ich habe mich noch gewundert, wie du einen ganzen Roman schreiben kannst, wenn du noch nicht mal die Zeit für eine einzige Szene mit mir hast.«

»Jetzt kapiere ich«, sagt Tish. »Deswegen hast du ihn mir nie gezeigt.«

»Nun wisst ihr, warum ich nicht zu eurer Hochzeit kommen kann. Ich werde in San Pedro einsitzen.«

»Bullshit«, sagt Sam.

»Leider ja. Dieses Mal stecke ich bis zum Hals in Aa.«

»Das sehe ich anders«, sagt Sam und schaltet den Fernseher ein.

Gewaltige Explosionen erhellen eine gespenstisch beleuchtete Stadt. Es sieht aus wie bei uns im Valley. Riesige

Schlagzeilen verkünden »Schock und Entsetzen«. Bush bombardiert Bagdad.

Ich bin raus aus den Nachrichten. Die Karawane ist weitergezogen.

Ein Blitzangriff gegen Bagdad, zwei Tage vor der Oscarverleihung. Bisschen geschmackloses Timing. Aber glücklicherweise wird die Show nicht abgesagt. Steve Martin moderiert und macht das sehr gut. Ich gucke mir den Spaß von meinem Zimmer im Cedars-Sinai aus im Fernsehen an. Den Cristal haben sie mir dagelassen.

+ + +

Als ich entlassen wurde, war ich noch kälterer Kaffee als Kato Kaelin.

Den Schützen hatten sie noch vor Ort verhaftet. Er war ziemlich durchgeknallt. Wer ihn angeheuert hatte, fragten sie nicht. Sie gingen wohl davon aus, dass er ein religiöser Fanatiker war. Aber ich habe diesen einen Ehemann im Verdacht.

Marvin ist derjenige, der mich aus meinem Elend erlöst hat. Denn anders als elendig kann man es nicht beschreiben, dieses Warten darauf, dass die Decke auf einen einstürzt. In *Das Buch, das niemals existierte*, einer Kolumne in der *Huffington Post*, aus der später ein viel längerer Artikel im New Yorker wurde, enthüllte Marvin endgültig, dass es gar kein Buch gab. Er musste das wissen. Schließlich sollte er das Drehbuch schreiben. Ich schätze, er hatte letztendlich nicht den Arsch in der Hose, die Nummer durchzuziehen. Oder nicht die Fähigkeit, sich was aus den Finger zu saugen. Also packte er aus. Als es einmal im Internet stand, war das Spiel aus.

Der Filmdeal fiel in sich zusammen wie ein Stern, der es nicht ganz bis zum schwarzen Loch schafft. Dem gehypten Event-Movie geht die Energie aus, und er kollabiert wie ein weißer Zwerg. Die ganze Hitze verflüchtigt sich in die weite Leere Hollywoods. Eine Weile sah es aus, als würde Barry Levinson etwas daraus machen wollen, aber dann sagte er: »Ich weiß nicht, was soll daran witzig sein? Wer interessiert sich einen Scheißdreck dafür, wenn ein Autor irgendeine Filmtussi pudert?«

Pangloss verklagte mich. Richard Hume wurde abgesägt. Vorübergehende Abwesenheit aufgrund von Krankheit, was eine nette Umschreibung für einen ausgewachsenen Nervenzusammenbruch war. Er glaubte immer noch, dass das Buch existierte. Wahrscheinlich glaubt er auch, dass Truman Capotes finale Abrechnung irgendwo herumschwirrt.

Ich musste nicht in den Knast. Der Richter war gütig. Schließlich war ich angeschossen worden. Ich konnte entweder Pangloss die (erheblichen) Kosten ersetzen, oder, und da entfuhr mir ein erleichterter Seufzer, das Buch schreiben, das ich ihnen schuldete. Der Richter gab mir sechs Monate. Und erinnerte mich daran, was die Alternative wäre. Also doch kein Rosettenmarathon in San Pedro. Weder bestätigte noch bestritt ich eine ganze Latte von Vergehen und durfte nach Hause gehen.

Der Vorschuss war fast aufgebraucht. Wenn man angesagt ist, lebt man oft auf so großem Fuß, als wäre man für immer en vogue, aber Berühmtheit ist in Hollywood ein notorisch vergängliches Gut. Sie schmilzt schneller dahin als der Schnee auf den Santa Monica Mountains. Fünfzehn Minuten, mehr ist nicht drin. Sobald ich nicht mehr berühmt war, hatte ich natürlich jede Menge Zeit zum Schreiben. Das Ergebnis halten Sie in den Händen. Mein Geständnis. Ich hoffe auf endgültige Absolution. Das war eine der Bedingungen des Richters, als er mich mit einer Verwarnung gehen ließ.

Natürlich wollte mich niemand mehr einstellen.

Und natürlich wollte niemand das Buch haben. Noch nicht mal Pangloss, die mittlerweile einem riesigen deutschen Mischkonzern angehören. Zu blamabel, sagten sie, als Morty es versuchte, der Gute.

Oprah wollte mich nicht mal für ein Geständnis vor die Kamera lassen.

Das tat weh.

Aber das ist nun mal ihre Rolle.

Sie meinte, ich sei nicht bekannt genug.

Sam hat seine eigene Serie auf HBO, in der er einen Autor für Trash-Fernsehen spielt, der angeblich mir nachempfunden sein soll. Er wohnt mit Tish im Valley. Wie ich gehört habe, ist sie schwanger. Mit uns hätte es sowieso nicht funktioniert. Wir wissen beide zu viel über mich.

Natürlich gab es Leute, die sagten, sie hätten die ganze Zeit gewusst, ich würde lügen. Und seltsamerweise auch ein paar Mädels (danke, Ladys!), die Stein und Bein schworen, dass zwischen uns etwas gelaufen sei, obwohl das natürlich nicht stimmt. Dank ihnen war ich eine Zeit lang bei einem bestimmten Typ Singlefrau ziemlich hoch im Kurs. Aber ich war nicht wirklich mit dem Herzen dabei. Vielleicht war ich auf eine Art erwachsen geworden. Wenn man älter wird, hat man andere Sorgen und andere Freuden. Ich finde, wir sind eine interessante Gattung. Erlösung ist sozusagen unser Evangelium.

Erlösung durch Leid.

Erlösung durch Sünde.

Erlösung durch Sex?

Warum nicht?

Die Gene verarschen uns sowieso alle. Wir begehren unsere Meister oder meistern unser Begehren. Wir werden alt und Genießer oder alt und ungenießbar. Wofür werden Sie sich entscheiden? Eigentlich können wir nur auf eins hoffen: eine mordsmäßige Jugend und ein dankbares Abgleiten ins Alter. Ich jedenfalls sitze nicht in der Falle irgendeiner ausgleichenden Gerechtigkeit und darf im südamerikanischen Urwald einem Häuptling Charles Dickens vorlesen. Ich halte nicht quer übers Wasser in East Egg Ausschau nach dem grünen Licht. Ich lebe von Tag zu Tag.

Und das ist mein Buch, Euer Ehren.

Es gibt ja immer noch Gerüchte, dass es eines Tages verfilmt würde …

English Edition
The Writer's Cut

Beware of what you wish for.

Chateau Marmont
Sunset Boulevard
West Hollywood
November 12th 2003

Your Honor,
The events described below really happened.
I can only apologize and throw myself on the mercy of the Court.
I'm sorry.
I am very grateful you gave me the chance to clear the air with my story.
In my world we would call this a flashback.

Stanley Hay

1

Los Angeles. January 2003

My name is Stanley Hay and I'm a professional writer. I write movies, I write sitcoms, and I write gags for TV shows. You may have heard some of them. "I believe in the separation of Church and Planet." That was mine. Caused quite a stir. I don't mean to cause trouble. It just seems to be what I do best. I make a pretty decent living writing and rewriting, but I have always wanted to write a novel, and this year, in January 2003, I decided it was time.

It didn't quite turn out the way I'd planned.

Steve Martin says that the problem with fiction is you'll be happily reading a book, and all of a sudden it turns into a novel. You should hear the way he says that. "It goes all novelly." He's a hoot, Steve. He cracks me up. It's the way he says things. "Alllll novelly." But it's true isn't it? That *is* the problem with novels. They are so palpably *fiction*. Maybe we're a bit sick of plots with stories and characters, the usual bull. Oh she's going to end up in bed with him. He's going to do it with her. They're all going to run away and join the navy… After all we've been reading books for centuries and watching movies and TV for years, and we've sat through hundreds and thousands of tales by the time we're adults, so we know all about plot twists, and sudden reversals of fortune, and peripeteia and all that Aristotelian shit they cram into you at college. But real life doesn't have a plot, does it? It just kinda rambles on.

So that's what I set out to write. A reality novel. A novel

about a Hollywood writer who is writing a novel about a Hollywood writer writing a novel about Hollywood.

Wait, it's more than that. I did that just to make you laugh. I *am* a gag writer. I can never resist a cheap laugh. It has cost me dearly.

I'm calling my novel *The Writer's Cut*. It's a Post Ironic title, because it's something you're never going to see. No one ever releases a movie that is the Writer's cut. They'd sooner put out the Caterers' cut or the Craft Services' cut, or the Valet Parkers' cut. We're in the Post Ironic age. With Reality TV we have gone way beyond irony. Same with politics. We've got a clown in the White House and nobody laughs.

The Writer's Cut is going to be very contemporary, in structure, in style and in content, with heavy sex scenes, natch, because that's what sells today. I am going to put myself in my novel of course. That's what people do these days. Like everyone else I want to be a star. I want to be on television and hold up the cover of my book. Why not? Some people want to climb Mount Everest, some people want to dress up as chickens and wrestle. It's all good in the Post Ironic age.

It isn't going to be a long book. Long books are over. Long books don't sell. We live in the age of the sound bite. Short, sharp, bittersweet. It's a tittle-tattle tale of life on the streets and between the sheets of Hollywood, with lots of sex and stars. Quite scandalous in fact. I'm taking one or two liberties with the truth, of course, because a writer's life isn't that interesting.

Got up. Wrote. Had a crap. Wrote. Went back to bed. Got up. Wrote. Had a headache. Couldn't think of anything. Drank.

Actually a writer's life isn't at all interesting, though I did once get my girlfriend Tish to pose naked for me while I was writing. Why should only painters have nude models, right? I figured a writer's model might help me write something extraordinary. So Tish slipped off all her clothes and laid her long beautiful body back on a sofa while I turned on my laptop.

I got nothing written.

I guess painters have more discipline.

I've always found writing a very erotic experience.

That and sex.

Sorry, couldn't resist. Gag writer, right?

"You have a gag reflex," Tish said to me once and I made a rude joke about *her* gag reflex when she was giving me head.

"One swallow does not a summer make."

She was very pissed off at me. Tish hates comedy. Well mine anyway. She just can't laugh at herself. I didn't get sex for days.

My English College Professor taught me everything I know about writing. That, and how to successfully manipulate the clitoris. Obviously she wasn't your classic English College Professor. She was blonde and built like a Playboy model and lectured in Shakespeare and Yoga at the University of Santa Barbara. During my Senior year she taught me one or two things about writing, and a hell of a lot more about the clitoris. She gave me an A, but I think it was more for effort than for my skills at love or literature. She was very funny though and we used to share literary jokes in bed.

"What do you call intellectuals who write porn?"

"The Cliterati."

"Did you hear about the dyslexic English professor?"

"Yes, she had a Yeats infection."

"What do you call Beethoven's 69th?"

"The Past Oral symphony."

You can see why I drifted into comedy writing.

By the way is it just me or have you noticed just how much sex there is all around us these days? TV, advertising, movies, magazines. It's a pornucopia. The Victoria's Secret catalogue that comes through my door each month is virtually sexual harassment. I should probably cancel it. I don't use that much women's underwear.

I sit in the hairdresser's and read women's magazines that make me blush.

How to find the perineum. (I thought that was a London Club.)

Where to put your tongue to drive him wild. (How about in your cheek?)

Anal Sex: when should you let him try the back door? (When he forgets his key?)

Yipes.

All this between totally pornographic ads for underwear and samples of exciting new scents. I get a boner at the hairdressers just reading all this shit. And yet we're so used to it. Nobody turns a pubic hair.

The main thrust of my book (sadly the pun is intended) will be the sexual confessions of a Hollywood writer. It's a thinly disguised attack on myself, penile warts and all. A male kiss-and-tell book, with a strong emphasis on innuendo, lubricious tales from the Hollywood hills, garnered from the boastful anecdotes of my friends, spruced up with highly exaggerated scenes from the years I spent bonking actresses. I aim to name as many of these famous ladies as the lawyers will permit, with strong hints as to the identity of several others. For example I can suggest I spent a weekend in bed with Jennifer, Kate, Kirsten, Cameron and Darryl without ever having to assert it directly. It's all totally deniable gossip. And totally commercial. Pretty low, I know, but, hey, fame is the new novel.

I think it's a killer idea.

I got it while driving to the Valley for a meeting about meeting someone about setting a meeting. They have an idea for a concept and they need a writer (me) to tell them what that idea is. That's what we do here in Hollywood. We go to meetings and listen to people yelling. If you ask me everyone's angry all the time in Hollywood. A mixture of repressed rage, thwarted ambition and too much caffeine. You see them in their cars, waving their arms around, screaming and shouting into their cell phones.

"Screw him. Asshole. Fuck him!" It's a wonder anyone gets to work alive.

Today I'm driving to a pitch meeting at Mercy Champion.

Mercy Champion own several of the nicest dressed and highest grossing comedies on television.

I have no idea what I'm pitching.

\+ + +

I was supposed to meet Sam at ten at The Office, which is what we call the deli in West Hollywood where we meet for breakfast to bullshit for an hour before we start writing bullshit professionally. Sam is my partner, a carrot-haired comic who looks like a woolly lollipop. His hair is shaggy like a rusty sheep. He has so much hair he could give Donald Trump a transplant and still have enough left over to knit a nasty sweater. He affects trendy horn-rimmed glasses (Tom Ford knockoffs) and is slight of build, but funny as hell. We are currently working on a highly paid rewrite of a truly awful screenplay for Mickey Mikado at Disney, which is due in, like, yesterday. *Frog Me* is a piece of shit about a couple of kids on campus who accidentally get turned into frogs in the science lab. They have to find a Jewish American Princess who will kiss them to turn back into… well you get the picture. It's yuk-making crap but hey it starts shooting in ten days and it pays real well. Unfortunately Morty calls at nine to say he has set a meeting at Mercy Champion and I had better be there or start looking for new representation.

That's harsh.

Morty is my agent. He lives in a box at the William Morris agency. On the phone day and night. SuperJew, he calls himself. I'm pretty sure he stole that line from Lenny Bruce. He's always on at me to work in shit com, but I want him to sell my novel.

"Your novel? Jesus H. Kerist you're writing a novel? What the fuck for?"

I tell him my idea for *The Writer's Cut.*

Morty hates it.

"A *Hollywood* novel. We need another one of those like Wolfgang Puck needs another pizza. Who's gonna read a fuckin book about writers? Nobody. Who gives a fuck about writers? Nobody. Let me tell you about writers. They're a dime a dozen."

Morty is a writers' agent.

Post Ironic eh?

I call him Agent Orange because he ruins so many lives. Though not to his face.

I need him.

"The guy who parks my car is more use than a frigging

writer. Why? I tell you why? Because nobody in this town reads. When they say they've read your script they're lying. They don't have time. They've read the coverage. If you're lucky."

Coverage is the local term for précis, short summaries of movie scripts written by people who can't even get jobs as writers, and are paid to read the endless tsunami of scripts that flood on to the desks of movie executives. People get coverage on a treatment. A guy I know at Disney gets coverage on his e-mail.

"A novel? Don't pull my schlong. It's a big fucking waste of time. Develop the sit com. That's where the money is. Fucking books," he says.

I tell him I think it would make a great movie and amazingly he doesn't hang up. He grumbles a bit about how books are on their way out and how this is 2003 and there won't even be any bookshops left in ten years. But I can tell he likes the idea of selling the movie.

"Is it finished?"

"You want to read it?"

"Hell no. Send me coverage."

I promise he'll have it by tomorrow.

"I'll make a few calls." says Morty. "And the sitcom?"

I promise him I'll be at the meeting.

"And be nice, Stanley. Mercy Champion actually like your idea. It's in the Valley. At ten. Don't be late."

Morty makes it sound like the Valley of the Shadow of Death. The Valley of the Shadow of Debt is more accurate, since I have just spent five grand on repairs to my beautiful Corvette.

I forget to ask him what I am supposed to be pitching.

Mercy Brent and Dennis Champion are the self-proclaimed “Kings of Komedy.” It says so on the door of their influential bungalow on the CBS Radford lot from where they control an empire of sitcoms filled with nice people being nice to each other. Yuck. But I am scared of losing Morty. And definitely more scared of him than Sam. I’m scared of Micky Mikado too because he is a notoriously intemperate man. When he gets mad he beats his leather armchair with a riding crop. Plus his brother owns a hotel in Vegas which tells you more than enough about his family. Bent noses. Know what I mean? You definitely don’t want to keep him waiting. Not if you fancy keeping your legs. He wanted the rewrite by yesterday, but I have to blow Sam off to take this meeting at Mercy Champion. I can’t afford to try and find another agent.

My partner is not pleased to hear I’m not going to make it to work today because I have to go to the dentist.

“Are you lying?” he says.

“Sam…” I say in a hurt tone, “would I lie to you?”

“Mickey Mikado wants to come over and see how we’re doing.”

“Tell him hi,” I say.

“Can’t it wait?”

“Sam, it hurts me to speak.”

“Not as much as it hurts me to listen,” says Sam. He has an acute built-in bullshit detector.

“Mickey Mikado is going to be really pissed if you’re not here,” he says. “We promised him the polish Tuesday and it’s Friday already.”

“Screw him,” I say, which is LA talk for “Please call him and apologize.”

“I’ll see if I can get them to push the deadline,” he says. “But they’re shooting this sucker in ten days.”

"Tell the actors to just make up the words."
"That's what they do anyway."
This is a ritual writers joke. We use it to end phone conversations.
It's a slow ride over Laurel Canyon. It's only a short distance, but all the executives from the Studios in the Valley are going to meetings in Beverly Hills and all the agents from Beverly Hills are going for meetings at the Studios in the Valley, so traffic is at a standstill. I take a shortcut over Mount Olympus. It's a beautiful day in L. A. It's early January and the Santa Anas are blowing. The light is vibrant, the atmosphere sparkling and the sky is a crystal clear cobalt. No wonder people move here.
The mountains have a light sprinkling of snow. You can only see them at this time of year when the winds blow all the car shit out past Pasadena. Climbing over Mount Olympus I can see the graph of downtown L. A. sparkling in the sunlight. Once over Mulholland you can see for miles, endless ridges of receding hills leading towards Santa Barbara, and it's clearer than I've ever seen it. That's what I love about L. A. The weather and the dress code. I'm wearing sneakers and a tee shirt to an important pitch meeting.
It's at this meeting on the CBS Radford lot that I have my brilliant idea. It's nothing to do with the sitcom I'm supposed to be meeting about. It's so brilliant and so simple that I panic for a minute that it must have been done already. But I don't think it has. I'm practically certain it's a genuine A1 original idea.
I get my drive-on and am waved by a uniformed guard into an impressive slot next to some seriously expensive vehicles. These shiny symbols belong to the cast of a really high paying sitcom that shoots on the lot. Some of their

owners are pulling in more than a million dollars a week, and they're given these cars for nothing. Sickening.

I can hardly wait to join them.

The people I'm meeting with have rented a small but beautiful bungalow which sits alongside an enormous concrete bunker. Everything about the bungalow screams art director, from its wooden steps, to its fresh yellow paintwork, its flapping canary curtains and its bright red geraniums in painted pots. The bunker next door calls itself Studio Ten and there is a sad poster for *Survivor Two* clinging to its faded exterior.

Mercy Champion are running late of course. If you're not running late in Hollywood it means nobody wants you. This gives me a chance to catch up on the trades and ogle the secretaries. There's a real humdinger in a tight white dress playing Free Cell on a computer. She looks bored. From time to time she looks up and tells me they're still running late.

I don't mind. I could stare at her all morning.

"Can I get you something?" she asks.

I can think of about a hundred and fifty things, but settle for a small Perrier.

After another thirty minutes the door opens and Ellen DeGeneres comes out. She doesn't look at me, but she has a nice little confident smile on her face.

I can tell right away they are pleased to have had her and they are very pleased I saw her leaving. They are all incredibly cheerful. I'm getting a second hand celebrity glow.

The interior office looks like somebody's living room with way too much furniture. Half a dozen people are perched on the sides of couches or have scrunched together on thick leather chairs. We're here to discuss my sitcom but we talk about Ellen for a while and how well respected she is, and how well liked. Nobody seems very keen to bring up my project.

I am what is technically called "in development", which is like "writing" except you don't do any actual writing. You attend meetings and listen to people who don't write tell you what it will be like when you have written it.

"It will be hard edged, and yet with a soft touch."

"It is going to be very funny without ever losing the sympathy of the audience."

"It will be engaging, and modern, and yet tender under the surface, but at the same time, hilarious." That sort of thing.

I keep smiling while their lips move. I'm not an angry guy but there is only so much I can take of "the studio are looking for a very hip, original, series" while realizing they are defining a very dumb, second-hand, show.

"We believe in *Sitcom dot com,*" says Mercy with all the conviction of a nun.

Ding. Of course. Now I remember. I came up with a "concept" provisionally titled *Sitcom dot com* about a group of young cappuccino drinking twenty year olds trying to create a sitcom on the Internet.

"It's very new and very hip," says Mercy.

"It'll be positioned for the new young," says Champion.

"Did the old young die already?" I say before I even think.

They stare at me.

"Sorry," I say. "Joke."

Oh. They begin to laugh immoderately. Like Woody Allen just said something. It's embarrassing. But they need to believe I'm funny so I look suitably modest as they roll around the couches reassuring themselves I am really hilarious.

"You are so in tune with us," says Mercy.

"So *today,*" says Champion.

Mercy nods enthusiastically. "*Sitcom* is about young people exchanging smart one-liners."

Actually they and I know full well it's about advertising; keeping the suckers tuned in between commercials. That's all. Dousing them with nice girls with nice tits saying nice lines to dumb guys in tight jeans.

They show me pictures of some girls they have lined up to test for the Pilot they are anxious for me to write, the minute we have a deal. They might as well call it *Titcom*. Or *Thanks for the Mammaries*. They assure me that all the girls, as well as being drop-dead gorgeous, are also very funny. They tell me how keen they are on this project, how much they are looking forward to working with me, how we are all going to make an incredible amount of money, and how it's going to be "a lot of fun." This is my cue to leave, so I rise and shake hands and thank them as sincerely as I can. I'm hoping to God someone will steal the idea before I have to write it. Not an unrealistic hope by the way, Hollywood being as leaky as a cheap tent. It's the agents, and the lawyers. They lunch, they talk, they swap tales of concepts in development. Next thing you know some other schmuck announces it as his idea. It doesn't matter. They only steal shit.

It's while I'm driving off the lot that it suddenly hits me. My brilliant idea.

Ellen should be in my book.

And not just Ellen.

Lots of celebrities. Real people.

My novel is going to have stars.

After my super good really brilliant idea I'm feeling so happy I'm singing in my car. I'm driving straight home to start work on my book, the first novel with Stars.

I live in a tiny house wedged on a hill at the back of Sunset and I'm coming down Laurel Canyon singing Joni Mitchell when Sam calls. I'm feeling so pleased with myself I forget I was supposed to be at the dentist and tell him I just had a very successful pitch meeting with Mercy Champion.

He's not happy.

"You can't even lie well," he says.

"I got the gig," I say. "That's incontrovertible evidence I can lie well."

"You told me you were in pain."

"I was. You should have seen the receptionist."

"This isn't funny, Stanley. Micky Mikado is furious. He's going ballistic. He's threatening not to pay for the rewrite!"

That's low. Not paying for the rewrite we haven't done yet. I offer to bring Sam into the Mercy Champion deal but I can tell he's not happy with that.

I can tell he's not happy with that because he hangs up.

Unfortunate. But I have a book to write and nothing will stand in my way. Not even a nice glass of Chablis at Dominick's, which I am very tempted to sample as a reward for a successful pitch. Dominick's is my spiritual home. It's a private bar opposite Cedars Sinai, the gigantic Hospital where the stars get their scars. It's a low structure with two rooms, the main room wooden with lots of retro booths and a bar, and across the yard a Games room where people take cocaine, solicit blowjobs and get totally hammered.

The house signature gag is: What's the difference between Dominick's and the Titanic? More people went down in Dominick's…

It's been a legendary center of bad behavior since the Forties. It was a favorite watering hole of Frank Sinatra and the Rat Pack. Only friends of friends can drink and dine at this exclusive Hollywood hideout. A lot of Rotters hang out there. That's what they call themselves. Bad boys all. And of course they attract the sort of girls who like Bad Boys. Surely a quick drink with Giler or Tiny Naylor won't hurt. But no, I must be disciplined. Tolstoy didn't get where he was by popping off for a glass of Chablis instead of writing. Nothing good was ever done without discipline, so home is the hero, and on with the writing.

I'm half way along Sunset when Morty calls.

"So what did you do, blow them?"

"What?"

"Mercy Champion love you. You made them hot. Did you slip Viagra in their coffee? Stanley they are so hot for you it was like phone sex."

Did I blush? No. Hollywood is a shame free zone.

"They want to make a deal for a pilot. And by the way, kiddo, Pangloss are interested in your book."

"My book? You're kidding."

"I made a couple of calls. Pangloss are very interested. A little bird told me they're in trouble. They have a big hole in their summer list. Some asshole writer failed to deliver and they're desperately looking for a Beach book."

"What's that?"

"You know… a Beach book. The book that everyone in the Hamptons is seen reading in the summer. A vacation read. It is ready, right?"

"Absolutely. Do you want to read it?"

"Fuck no. I already told them I have Sonny Mehta desperate to buy it. But I said they could have first shot if they move quickly."

Wow.

"Richard Hume will meet you for lunch tomorrow at Le Dome. He's in from New York for a screening. They think you're the answer to their prayers. Better clinch this now, Stanley."

Dear God. I'm going to be a novelist.

+++

I'm driving along Sunset when a perfect parking slot opens up in front of Book Soup. I'm still intending to go home and start work immediately on my novel, but I'm high from the conversation with Morty and you should never look a gift parking slot in the mouth. So I decide to give myself a reward. I make a U turn and take it.

I'm an inkoholic you see.

I love books. And I *really* love bookshops. I find them sexy places. Warm. Comfortable. Filled with intimate thoughts. I love the way everyone tilts their heads as they scan the shelves. That's how I think of us book readers: we're head tilters. Magazine readers don't do that. They tilt the magazine, or flick through them backwards. You don't do that with a book. Book Soup is my closest, but Dutton's in Brentwood is very good, and there's another Dutton's in the Valley which has second hand books as well.

One book, and then I'm home all night writing. I've got to be prepared for tomorrow.

I'm feeding the meter when I see her.

It's Joanie Collins.

I can see her clearly through the window. She's by the counter. In those dark glasses I could tell her anywhere.

It is a sign from God.

My novel is meant to be.

And she is meant to be in it.

I mean *Joan Collins* for heaven sake. She's legendary.

I am standing on the pavement outside Book Soup staring through the window, and I want to go in and say "Hi Joanie" because you can do that with celebrities and they will assume they have met you and forgotten who you are, so it's a great way to meet them. You just say something like "Hey Joanie, Stanley Hay, remember we met at Morty's thing for Goldie at CAA?" and they go "Oh yes, how are you?"

But I can't bring myself to move.

This moment is too good.

I want to remember it forever.

Somewhere I can hear a heavenly choir. It's coming from inside her limo. The chauffeur has opened the door and Joanie walks out of the bookshop with her dark glasses on and slides into the waiting limo and I'm still rooted to the spot as she pulls away with a slight wave.

Did I imagine that wave?

Never mind, there'll be a slight wave when I write it.

I turn back. The window of Book Soup is filled with copies of a new book. Floor to ceiling, hundreds of copies of a brand new book.

It's mine.

My new novel. Starring Joan Collins.

My face is all over the window on the back jacket.

The front cover is clear and simple. A pair of scissors, open, cutting through the words

The Writer's Cut.

Underneath *Kiss and Sell*, by Stanley Hay.

OMG. It's meant to be.

I'm hyperventilating.

I go straight home and work very hard all evening.

Well I go straight home and *start* to work very hard all evening but of course I have to stop and watch *American Idol*. I'm rooting for Clay Aitken. He's adorable. My girlfriend Tish prefers Reuben, but I like Clay. Tish is Chinese-American, her grandparents from Singapore, which means she has great genes, jet black hair, long legs and a terrific body. She's an actress waitress.

"I'm waiting to act," she says.

It's her little joke, but she is always busy with auditions and taking yoga classes, Pilates, acting classes and modern dance and whatever else those classes are that take all her time. She occasionally writes coverage for the studios too. It means she is absent a lot and works nights waitressing at Little Dom's, which means she comes home very late. This suits me fine as I write my book at night. Or I will. And I shall dedicate it to Tish.

Probably.

Tish or Philip Roth.

Tish changed her name from Trish, but I think that's Philip Roth's real name. We've been going out for six months now—me and Tish obviously, not Philip Roth.

Six months is a little scary. In this town it is some kind of big deal. I think it might even be a legal thing, six months.

Nobody I know is married. There's a whole generation of men approaching forty who are not gay, who have never been married and who are not even in a serious relationship. No kids, no alimony, no commitment. Oddly enough most of my gay friends are married and have kids. I think we've all swapped roles. Anyway six months is a kind of crucial date in a Hollywood relationship and I think I am becoming anxious about the whole commitment thing. Hell, I'm only 26, well 29 if you go by birthdays, but nobody in this town does, and I already know you have to lie about your age to survive, even as a writer.

I want my book to be very modern, and I'm wondering just how many sex scenes to include. After *American Idol* I contemplate the smut question for a while. We all assume the modern novel is smutty, and yet the sexually obsessed modern novel is only fifty years old, born in 1959 with the publication in Britain of D. H. Lawrence's *Lady Chatterley's Lover*. It was considered the most scandalous book of all time. It was supposed to deprave and corrupt servants and expose the working classes to irreversible moral danger. Have you read it? I was shocked. It's a virginal tract compared to most books today. There's hardly an epithet out of place. No bestseller can hope to get by without more pages of smut in the first few chapters than Lawrence's book has in its entirety. It's hard to know what all the fuss was about. The original publishers were sued in the British courts. I forget what for, precisely. Offending the Eyeballs of the Queen or Frightening the Middle Classes or some such stupid British law. Personally I quite like Brits. As individuals. And writers too, of course. But the rest of them seem to have a stick up their ass.

This is the lawyer Mervyn Griffith-Jones in his opening

address to the jury in London, 20 Oct. 1961, during the prosecution of Penguin Books.

"Would you approve of your young sons, young daughters—because girls can read as well as boys—reading this book? Is it a book that you would have lying around in your own house? Is it a book that you would even wish your wife or your servants to read?"

I love that. Don't let the servants read it. Particularly your gamekeeper. They may try to screw your wife.

So my book will have smut. And lots of it.

I have some good stories from the front line. My friend H actually fell asleep on top of a major actress. He compounded his mistake by sending her flowers the next day and apologizing for not turning up.

"But you *were* here," she said.

She was almost more insulted he forgot he was there than that he fell asleep on top of her.

Rotters. They have great tales.

I get distracted from my smut thoughts by a documentary on Frontline about Iraq, which is quite interesting. Apparently they have tons of weapons of mass destruction. Cheney says the evidence is completely convincing. I switch it off and dig out a piece called *The Perfumed Vagina* which I wrote for Roley Esmic, the king of soft porn and owner of *Stroke Magazine*. Roley, whose dick is in his brain, and who has hair implants to encourage his cock to grow, has a corporate motto which, I kid you not, says "The penis: mightier than the sword."

I like Roley but he always looks like he just got up, which is probably true, since he's always in his fucking pajamas. I mean, that went out with Heff. I suspect Roley's mainlining Viagra. He has weird hair and a comb-over to cover his incipient baldness and he pretends he's a regular guy who just happens to have a private jet while living with three or four young women. Still he is paying me well enough to write high class porn. My problem is I can't show it to Tish. She may think I've done some of this stuff. Which is Post Ironic because I have.

Occasionally I'm asked to do punch ups, touch ups, polishes, what Producers like to call "inserting humor." Sounds vaguely sexual. And as a matter of fact, it is. For instance a few years ago, when I was a new boy in town working as an AD on a yucky comedy Paramount were making, I was given a ride home to the Chateau Marmont by the female star of the movie. She saw me hanging around by the Paramount gate, pulled up and offered me a ride. How could I turn it down? This gorgeous girl in a tiny red sports car. You'd recognize her name, no question. She's blonde with trademark lips you could carve a sofa out of. She had just appeared stark naked with a cigarette between those fabulous pillow lips in an award winning European film. Now she is in my hotel room. Instead of dropping me off she insisted on coming up to see where I live. Just for nostalgia, she says. She lived here for five years, before husband number one. That's long before current husband, number two, who is an above the title action star who is rumored to be more than a little fond of his fellow actors.

I dodge around between her and the bed in the narrow space of my tiny room, trying not to bump into her. She is the most gorgeous creature I have ever seen. I swear that not even in my most erotic dreams would I dare jump her, she is so far out of my league. Not to mention that heavily buffed husband of hers. She is looking out of the window now and sighs. Her mind is far away.

"I was so young," she says, "and I had so much fun here."

She turns suddenly.

"How old are you, Jake?"

"That's Stanley," I say. "And I'm 21."

I'm old enough at least to lie about my age in Hollywood.

"Twenty-one and never been kissed," she says, pouting.

There is simply no answer to that, so I gawk at her. I find her closeness extraordinarily arousing. She notices of course.

"Uhm look at you," she says. "Is that for me? How flattering. Perhaps I can do something about that." And I swear to God she pushes me backwards on to the bed. I sit up and try and kiss her but she impatiently pushes me back, undoes my belt and begins tugging at my jeans. I raise my hips and she slides off my pants.

She smiles, gives my dick a little look of appreciation, says "Well hello there," flicks her hair behind her ears and suddenly that famous mouth, those fabulous lips that I have watched 80 feet wide across my local screen, are wrapped firmly around me, and with deft fingers, this multi-million dollar screen goddess is pleasuring me, her red-nailed fingers expertly drawing me into her. I'm being mouthed by a Hollywood legend. Her golden head is bobbing in my mirror and I can see her fabulous ass moving up and down reflected in the dark gray of the TV screen. And with that I explode.

"Welcome to Hollywood," she says.

That actually happened.

I'm definitely going to use it in my novel. I might hint at her name but frankly I'm a little scared of the husband. He looks a vindictive shit to me.

As I say I wrote that piece originally for Roley Esmic the owner of *Stroke* Magazine, but it turned out to be an unfortunate name, because that's what Roley died from. A stroke. Having a hand job from one of his "assistants." Stone dead in his ivy covered mansion in Bel Air. One of the top members of the Pornocracy, keeled over on the imported marble and gasping like a fish. Another victim of Viagra. When Sam heard what happened to Roley he said "If symptoms persist for more than four hours call a mortician."

I was never paid for the piece.

I got so horny re-reading it I had to call Tish at the restaurant and ask her to come over. It was tricky because I had to tell her it was all pure fiction and of course she didn't believe me. She wouldn't come straight back because it was a busy night and they were shorthanded. She ended up giving me phone sex, and it took me a while and she said she was getting strange looks at Little Dom's, which put me off my stroke.

I mean good grief that's not the first phone sex at Little Dom's.

The Writer's Cut
by Stanley Hay

A blow by blowjob exposé of what goes on behind the scenes and between the sheets in tinsel town.

A Reality Novel.

I'm very good at bullshit.

It's what I do best.

And that's not just me speaking, that's what Tish says, and Sam says I have dropped more bull than a Spanish matador. That's not insulting here by the way. Bullshit is the art of Hollywood. I'm really good at it. If you can't pitch you're dead. That's what they do all day, all night, on the phone, in their cars, at the office, in the bedroom. After you've been to a hundred Hollywood pitches you can do it in your sleep. It's akin to advertising. Or stripping. I call it laptop dancing. You have to tease the customer into paying something without showing anything. You lure. You tempt. You paint a dream they can't possibly imagine living without, which they need to own right now. It's a hooker's art, but Richard Hume is a New Yorker and a publisher and they're very smart and not so easily sold. So you have to play on their weaknesses. New Yorkers hate L. A. They pride themselves on it. But they can never resist a bit of slumming.

They're tempted by all that flesh and all that power. And of course the weather, which they pretend to hate. So out they come to stay in friends' beach houses, to drive around getting lost and hating it all.

New Yorkers are basically dysfunctional outside of Manhattan. They have to take their city with them. They travel in packs. They all go to Wimpleton together, or to Paris with a group of other New Yorkers. They go on exotic vacations in enormous yachts so they don't really have to go ashore. The Mediterranean is packed with them on private jets, or squished together in rented Palazzos. Even here in LA they wear too much clothing and go out in groups looking for pizza places just like the ones in NY.

Richard Hume is wearing tweeds and a bowtie at lunch. He has elegantly manicured hands and big blues eyes. He looks like Robert Redford. Morty says he's a Wasp in sheep's clothing.

"Go get him, kiddo," is his advice.

\+ + +

Le Dome on Sunset is packed. It's *the* place to lunch. Anyone who is anyone is looking hopefully at Eddie to see if he can squeeze them in. I can see Joanie Collins hiding conspicuously in a corner with sister Jackie. Warren Beatty is beaming his short-sighted smile waiting for his lunch date. Bruce Willis sits across from him with Demi. There are several head-turning high-class hookers, clusters of Armani-clad agents, the odd disheveled Director, drop-dead beautiful actresses, the occasional studio head, A-list screenwriters sprinkled with a frosting of rock royalty. The room is abuzz with bullshit.

As I say Richard Hume is very bright. When I told him I was writing a Reality novel he almost choked on his asparagus.

"A *reality* novel?"

"There'll be real people in it. I'm in it."

"*You* are?"

"Yes. It's a novel posing as a memoir disguised as a novel."

"What?"

"Every book is now a celebrity book. Authors have become more important than their creations. Novelists have become stars in their own novels."

"Ye-es..." he concedes.

"When Truman Capote wrote *La Cote Basque*, he betrayed his friends and was cast into social hell, some people say deservedly. I don't agree. I think the very job of a writer is to betray what's happening in the world. *What other point is there?* Who cares Truman couldn't go to the Hamptons anymore? With *In Cold Blood* he actually became the star of his own book. You can see the novel right there saying ›fuck fiction‹ and taking a giant leap out of the 19th century and into the 20th century where celebrity reigns. Dickens was a celebrity, reading his own works to vast crowds on tour, so was Oscar Wilde, *but they never thought of putting themselves into their own books!*"

"Philip Roth is in several of his books."

"Yes, but as Zuckerman. This will be me, Stanley Hay writing as Stanley Hay. Reports from the frontline, the wenches in the trenches."

He looks unsure. I need to go upmarket.

"Maybe it was Norman Mailer who did it first, but he did it kinda archly, calling himself Aquarius or some such, or perhaps, come to think of it, it was Martin Amis who was the first to put himself into his own novel by name, but the point is the novel has taken on the documentary aspect of television, stolen the stardom factor from the movies, added the celebrity cult of *People* magazine and voila, it is not dead: it has simply mutated. Pure intellectual Darwinism."

"And this is *The Writer's Cut*?"

"This is *The Writer's Cut*."

"When can I see some pages?"

"The minute it's finished. I'm white hot at the moment."

"How far have you got?"

"I'm almost at the end." Which is what we in Hollywood call a creative stretch. A lie to the rest of you. "Almost at the beginning" would have covered it.

"I'm just doing a final rewrite."

"Can we read it soon?"

"No problem."

"We may want to rush release this. I'll call Morty."

And with that he picked up the check, stood up and left the restaurant, leaving me speechless.

Dear sweet Jesus, can I bullshit or what?

2

"Start the fucking ticking clock fucking ticking."

That's what Mickey Mikado says.

Sam and I are in an early morning meeting at the Disney Executive block. Execution block more like. Over the main doorway, wide enough for a football band to march through, Seven Dwarves bend, holding the weight of the world on their shoulders. Sam and I are in imminent danger of joining them. It feels like being back in High School.

Mickey Mikado sits in front of a large picture of his brother's hotel in the Desert. It's called *The Mikado* in case you don't get the picture, and is sort of Japanese Vegas, with Geisha strippers and Samurai waiters and, oh horror... cooked sushi.

In order to make up for what we promised to deliver by last week, Sam and I have just agreed to write all weekend, and all night if need be, which is something of a problem for me, since I now have a novel to write.

That's right.

Richard Hume bought it!

He bought my fucking novel.

Morty called to tell me the good news.

"So, kiddo, now you're a novelist."

It's music to my ears. He bought my book. From my pitch.

"He loves it," said Morty. "It *is* finished right?"

"Virtually" I said. Compounding the problem. Lying to agents may be common in the executive class but lying to your own agent can lead to trouble.

Rest assured. It will.

It's fair to say that I misled Richard Hume by underestimating how much of the book was left to write.

All of it.

I regret this now.

But it might be also said that Richard Hume misled himself. So desperate was he to buy the brilliant and beautiful bestselling book I outlined to him at lunch that he allowed himself to be taken in by his own dreams of glory. Pangloss is about to be swallowed by a giant German conglomerate. Richard Hume suddenly saw himself as a white knight fighting off a hostile takeover. Saving Pangloss from bankruptcy. For Pangloss was in trouble. Too many writers. Too few books. Way too few sales. My Kiss-and-Sell Hollywood memoir seemed to him an unexpected gift from the gods.

But gifts from the gods sometimes come at a high price.

The weekend rewrite for Mickey Mikado started badly. That is to say it didn't start. My mistake was to celebrate the successful sale of my novel. Dominick's was packed Friday night with all the usual suspects: David Giler, Tiny Naylor, Bobby Woods, Kiefer Sutherland. They always need very little excuse to celebrate and my book deal was greeted with genuine joy. The celebrations were loud and long and ended up in a drunken Jacuzzi schmooze somewhere in the Hollywood hills. The alcohol flowed like wine, the women flowed like water, the coke flowed like finely sifted salt and I couldn't speak until Monday.

Which is when we get the bad news. Mickey Mikado has fired us from the rewrite. He won't even pay for the work we did. The rumor is Carrie Fisher has been brought in at three times the amount we were making. Fuck. Sam won't even speak to me. Blames me I guess.

I feel shame and guilt. For about thirty seconds. And then

relief. Now I'll have plenty of time to write my book. Well, not *plenty* of time, but a couple of months, and I've nothing else to do which is a pity as I don't really feel like starting the book today. What I feel like doing is lying in bed being overpaid for not doing a rewrite for Mickey Mikado that gets me access to the Disney lot and keeps up my Health Insurance payments.

Novels are a lot of work.

Just reading them can take weeks.

I call Sam again and he pretends he isn't there. But I know better and reach him on his cell phone. He's still pissed at me.

"I knew this would happen."

"So why didn't you finish it yourself if you knew this would happen?"

"Because you kept insisting I wait for you."

"No need to yell, Sam."

"Oh really. How about this?" He hangs up.

What's with Sam? It's just a gig. The movie's crap anyway. Most movies are crap. I'm sorry but they are. Total crap. Which is why I always preferred books.

I'm so glad I've made the switch into novel writing.

It's official. It's in the trades. A huge puff piece in *Variety*, and an announcement in *The Hollywood Reporter* from Pangloss about how excited they are to buy *The Writer's Cut*, the hot new novel from Stanley Hay. There's even a quote from Morty Mortenson at William Morris. "This has everything. It's going to be very big. It's a monster."

It's almost a shame to start.

"They're going with 30,000."

"Dollars?"

"Copies."

Shit. That's huge.

"That's huge," I say.

"And I got you a quarter of a mill on delivery."

Fuck me.

Richard Hume calls.

"How's it going?"

"Brilliant," I lie.

"I'm happy we're in business. We're very excited. Can't wait to read it."

Me either.

"If we're publishing in June," says Richard Hume, "we'll need finished copies for the stores by May. Allow for proof reading, that means the latest we must have the finished text is by early March."

"What?"

"In a month."

"A *month*?"

I'm gulping in shock, which somehow he takes for assent.

"Is that okay then… enough time for you… won't leave long for proofs and… sure you are… confident you can deliver…?"

I'm passing out in panic. I hear every other phrase.

"No problem," I hear myself saying.

Why must I lie? Why now?

"That's great," he says. "We're all very excited."

I can hardly stand from the excitement. In fact I take the last of the call lying on the floor.

"Oh," he adds, "how do you feel about pre-publicity?"

"What?"

"Marketing would like you to start right away. I take it you really want to get behind this book?"

"Oh yes, Richard, I'm really going to get behind this book."

I couldn't get much further fucking behind if I tried.

"That's great" he says. "I'll have Stephanie call and set up some interviews."

"Interviews?"

"If you have time?"

Sure. I'm not doing anything. I'm sure as hell not writing.

"Kiss-and-Sell," says Richard. "We love it. A Reality Novel. It's very timely."

Timely. Hold still my beating heart.

Is this Post Ironic or what?

Marketing are already in love with the slogan. Pangloss have begun printing samples of the cover which they are going to circulate to their sales reps immediately. They have printed up my piece from *Stroke* magazine, which I let Richard Hume take from the lunch. Marketing want to run a competition to find out who the actress is! They want to do it on a website, sort of unofficial, but starting a groundswell buzz going. Am I comfortable with that?

Frankly, I'm a little worried. I am a bit unfamiliar with the protocol in the sexual name-dropping stakes. Have I disguised the actress sufficiently? Can I be sued? Might I be subject to physical attack? What about that fucking husband?

"I know we can make this a bestseller," says Richard.

There he said it. A bestseller. I'm not just a Hollywood writer any more. I'm going to be a celebrity author.

Visions of Leno dance before my eyes.

Did I manage to explain my dilemma?

I had four weeks to deliver a novel to my publisher. Now I have dicked away a whole week and done nothing. And that's not the dilemma. The dilemma is I just accepted a job in Europe. It's a quick rewrite on a mini-series being shot in London, and Russia. The work is easy, the money is good. They only need me for a month. A month, dear Reader. What must you think of me? A month is when my book is due. For printing. What am I thinking?

I'm not thinking. I'm grieving.

Tish left me.

My fault entirely. She left me because I told her to fuck off. I never meant for her to fuck off completely, it was just a thing you say instead of "don't be ridiculous", but when I came back from the Office from a sad and angry meeting with Sam, filled with totally unnecessary recriminations on his part, she had removed all her clothes. And not in a good way. She had removed all her clothes in a suitcase.

OK she had left some of her underwear, but I think she did that just to remind me exactly what I was going to miss. It was her little way of saying "face up to it, sucker, no more of this for you." And I really was going to miss her, though not just because of the sex, which by the way was great, but because we shared a lot of reading together. Anyway, as I said, six months is a kind of crucial date in a Hollywood relationship and I think I was becoming anxious about the commitment thing and of course I ploughed that terribly by asking Tish to fuck off.

The worst thing was, she did.

She was already mad at me for not coming home Friday night. And since I couldn't speak till Monday I hadn't had a chance to explain that it was a celebration of my book deal and no, of course I hadn't been in a Jacuzzi with strange women, and that the various bruises on my body were due to innocently falling over when shit-faced with alcohol and not from falling off actresses.

Tish was a very passionate woman. I guess she still is, but sadly no longer in my direction. She was always very generous and giving sexually and on the night in question we'd had traditional Jewish Sunday dinner, take out Chinese, and then gone to bed at my place to fool around. As I've said, I live in a tiny house wedged on a hill at the back of Sunset, and this particular night we roll around on the bed for a while and then she says she is just going to eat me because she has a script to finish. (She's got coverage or a synopsis of something to write.) Anyway she's going down on me and it's very pleasant, when suddenly I think of a really great gag. Now, I hate losing good jokes and I really don't want to forget this one as it's particularly funny, and I think if I can just reach back across my bed for a notepad I can jot it down without interrupting. Tish interprets this movement as wild delirium on my part, so I try and encourage her in this, moaning and saying "Oh yes, Tish. Oh God, nobody does it like you." Luckily she has her eyes closed and I'm scrabbling around with my fingers looking for a fucking pencil on the night table. I finally find it and I begin writing upside down while Tish continues very pleasantly working on me. I'm scrabbling down the joke as fast as I can when suddenly she stops.

"What are you doing?" she says, withdrawing her mouth.

"Oh I'm er… just…"

"Are you *writing*?"

"Well, there was something I didn't want to forget…" I say, lamely.

She's off the bed.

"Wait. Tish."

I hear the screen door slam.

I'm lying with a collapsing boner and an unfinished BJ,

but I do have a very good gag, which I email to Leno. I can't remember whether he used it or not.

Later, Tish returns and she's still mad and we have this ridiculous quarrel, and when I say "fuck off" I don't mean "fuck off out of my life" I mean simply "don't be ridiculous." She has accused me of being disrespectful and I'm trying to say I was attempting not to be disrespectful by stopping the blowjob, while at the same time honoring my commitment to my own writing in not wanting to lose something that came into my head at the time. This only made it worse since I had to admit that it was a joke that came into my head and she's really pissed at that. Apparently there are some things a girl can't take, and this is clearly one of them because Tish fucks off completely, returning to take her clothes the next day and leave some of her underwear so I'll feel bad.

Bummer.

I did feel really bad.

It made me unaccountably depressed.

I think I had some kind of crisis because I took to my bed for five days playing Randy Newman CD's and feeling very sorry for myself. Normally I'll snap out of a bad mood. I bounce back fairly quickly. If things are bleak I'll pick up a book and lose myself in somebody else's problems. So about five days after Tish left I thought *I'll go grab a book at Book Soup.* I'm feeling a little weak and I have about six days' stubble and I haven't been doing too much bathing because I'm depressed so I must look a sight. Anyway, I park round the back, go through the door, and suddenly all these books are staring at me in the face. Thousands of them. And it's like they are all speaking to me, saying "Come on in then, Mister Hot Shot Writer. Read any good books lately? Think yours will be here soon?" And I freeze. I totally freeze. Normally I get right in there and start hauling books off the shelves, but today I can not move. I'm rooted to the floor. I'm beginning to sweat. I can hear myself reading the sections out loud: New Fiction, New Hardcover, Recent Paperback, Bestsellers, Literature, History, Biography, Lesbian Fiction and so on. People are starting to look at me. I want to run away but I can't move my feet. I'm beginning to shake, my palms are sweaty, my heart is pounding and I'm having a full on panic attack. Just then, this sixteen year old high school kid, several pounds overweight, with nasty glasses and total disdain for anyone older than twenty, comes up to me and says, real chirpy, "Can I help you make a decision today?"

"Fuck you," I say, and leave.

That's how it starts.

I think I have Thinkers Block.

I can't seem to think of anything. I keep counting the number of pages I haven't written.

I've got anxiety symptoms: sweaty palms, piercing headache, spots before the eyes, feelings of panic. Every time I get near my computer I start to shake. I can't even open my outline.

So yeah, Thinker's Block.

The trouble is you can't go around saying you have Thinker's Block. People just laugh. Sam laughed for five minutes.

"Thinker's Block?" he said. "That's hysterical. I love it. Who ever heard of Thinker's Block? Do you think you're becoming Jewish?"

"It's no joke, Sam," I said. "I feel terribly anxious."

"That's how I feel all the time."

"Sam," I said, "this is a real problem."

"So's Judaism," he said.

He's a funny guy, but Thinker's Block isn't funny. I can't think of anything. I'm totally blocked. I miss Tish.

So I accepted a job in London.

Crazy. Mad. Stupid. Dumb. Go ahead, pile on the epithets, bring on the barbs. *What could have possessed me?* Well, panic. Richard Hume has just got off the phone. I'm sitting on the floor fantasizing about Leno when it hits me. He actually said *one month*. I haven't written *anything*. That is totally, utterly and completely impossible. I am so disturbed by the thought that I have so little time to turn in my book that *I immediately take another job*. In London. Why? Because I can. I want to escape. I get an offer. I take it. That's how I deal with my problems. I run. Or in this case I take a limo to LAX and get on a First Class sleeper to London.

I told Morty I was free to do this.

It's a very highly paid job—a quick punch-up on a mini-series shooting in St. Petersburg. Rumors are that it's in deep trouble—well it must be if they want me. The Producers want some humor injected into a very long adaptation of an extremely long Henry James novel. Everyone and his brother has had a go at some stage because the script is a kaleidoscope of different color pages, a sure sign that many a hack has had a hand in it. Pure shit is not so easily achieved, and I might have spared a sympathetic thought for Henry James if I had ever been able to finish one of his novels, but for me he was always Edith Wharton in drag.

Putting humor into Henry James is like inserting salami into a vegan sandwich, but when you're keen to get away you'll take anything. In my case a Virgin Atlantic Upper Class round trip ticket and a few nights staring at the fancy wallpaper in Earl's Hotel. Fortunately there was no need to read Henry James. Even the Producers didn't ask that—they just wanted something by yesterday and they were apparently desperate and grateful for my tired and pallid one-liners.

+++

The plane is empty. If I ever read the newspapers I might have been aware of heightened security concerns, but I only read the trades. On the plane I see that we may be about to bomb Baghdad. Now I know why I got the gig. No one else wanted to fly.

Do I work all night? Or do I drink a fine bottle of Chablis and take a sleeping pill?

Right.

When I wake up we're sliding over Scotland. Broad masses of ancient hills deeply scarred by streams look like sea lions lying in the sun. The countryside is crumpled and strained, the muscles of old mountains broken by long shaded valleys marking the course of vanished glaciers. Fluffy white clouds float by, mirrored by dark parodies of their shapes on the waters beneath. Soon the swirl of hills gives way to purple uplands and whale-shaped reservoirs, and then fall away to the green and brown patchwork eiderdown of England. Black lakes and railway lines and the occasional odd geometric pattern of an unidentified airport. Studded crescents of houses, and the white lines of football fields herald our arrival over the outskirts of the metropolis. The steeply angled morning sunlight highlights the city streets beneath, like a satellite photo. A stowing of tray tables, a fastening of seat belts and a handing over of headphones, and we are rewarded with a breathtaking view of London spread out below us; its roadways all higgledy-piggledy, its soggy green meadows with the Thames coiling and snaking and shining in the morning sun. We bank over Richmond and the plane seems to accelerate towards Heathrow. I feel inspired. This is the land of Shakespeare, Chaucer and Keats. I could write any novel here.

Unfortunately I have to re-write an NBC mini-series.

A shiny black leathery British vehicle picks me up and takes me through Knightsbridge and along Piccadilly. The sunny day has already turned into light grey rain.

"Welcome to Earls, sir," says a South African voice.

Earls turns out to be a quiet little backwater hotel off St James's, an elegant street filled with fine British establishments, where shops call themselves purveyors and sell only one item at a time: Hatters, Gun Makers by Royal Appointment, Shoe Makers since the 17th Century, Fine Wines and Sherries Shipped in Oak, all that kind of quietly snobbish but cool tradition that makes the Brits the envy of the world.

A quick stroll downhill leads to the park past St James's Palace where a picture postcard sentry in a scarlet uniform and a tall bearskin hat holds a very real Belgian FN. Security is tight. A couple of armed policemen at the corner of the palace eye me cautiously as I cross on the light. Black taxis tick in a line. Everyone is very quiet. Is it just the normal English reserve? I walk around the tarmac paths in the park, wet black between bursts of sunlight. An enormous white crane with a three foot wingspan waddles toward me. Its narrow black eyes stare at me and as I approach it stands up and flaps its wings warningly. I carefully avoid it. The sky is black over Horse Guards Parade but the declining sun is sending golden shafts over Buckingham Palace along the tree-lined paths. I get an eerie feeling of calm. I circumnavigate the park, breathing deeply, then head up the steps to Waterloo Place and along Lower Regent Street to Piccadilly. I venture into Hatchards. Holy shit. The English must read more than anybody. I suppose it's so god damn soggy all the time they have to do something with all those hours indoors. It's not as though they talk to each other. "Shush" should be the motto of the country. That and "Sorry." That's what they say all day when they shove into you. "Fuck off" would be more honest. Everyone in this country seems to be writing a book. It must be fucking compulsory to write them because the entire store is packed from floor to ceiling with books. Five floors of totally alien books. I recognize none of the titles. They have whole categories of books I have never even heard of: Historical Gardening. Landscape shopping. Geographical novels. Australiana. Royal Dog Books. That kind of thing. There are scores of announcements of celebrity signings and readings by authors everywhere.

I take one look and flee.

The rest of the three days I spend holed up in a hotel room with Jeremy Goldsmith, a bearded mini-mogul, dark-eyed with curly black hair, who eyes me with the suspicious look of someone deliberately withholding his Emmy. He feeds me the gist of the scene and I give him improvised gag lines. It's like a bad TV show.

A pale-faced English woman with straw hair and freckles glares at me over her tinted granny glasses and writes down everything I say. I could feel contempt oozing out of her Marks and Spencer frocks, her little print bras that could not quite conceal her little pink breasts. At the end of the second day when I leaned in to ask her out for a drink she said with total sweetness "Mr. Hay, do they really pay you for this crap?"

Crushed. That's what I was. They're good at crushing, those English dames. I suppose they have to be, since their males spend half their lives in pubs getting completely plastered, pausing only to cram excruciatingly hot curry into their swelling bellies before lurching home in search of instant sexual satiety before the soccer starts. Their women must need something to defend themselves. It's Jane Austen's irony that does it. Irony, iron ladies and iron knickers. I think I'll write an article about it. Once I finish the novel.

Part of the kicker on the NBC deal is that I get to go to Russia. Only for three nights but hey, I've never been there before. It's my reward for spending days holed up in a hotel room with Jeremy Goldsmith and it's well worth every excruciating hour I spent desperately straining to shovel comedy into the dry Jamesian world of this epic bomb. Henry set his novel in Paris but for reasons known only to the studio we are shooting in St. Petersburg. That's fine by me. I've never been there before.

As I'm checking out of Earls there is a call for me. It's Morty. Something about Pangloss and urgent. I tell the concierge to tell him I'll call from Russia.

St. Petersburg amazes me. I had no idea the place was so beautiful. I had vaguely anticipated a heavy Russian metropolis with onion domes and Stalinist buildings so I was ill-prepared for an 18th Century water city with ice-cream colored palaces in improbable pinks and greens, floating between thousands of canals. A city of light and air and wide stretches of choppy river spread out under a clear blue Baltic sky. Our location is in one of the many Tutti Frutti Palazzi with their schizophrenic interiors ranging between the ornate gilt baroque period of Tsarina Elizabeth—"Rococo 'n Roll" says Jeremy, admiringly—and the more classically restrained ivory moldings of Catherine the Great.

"Ya gotta admit the bitch had kitsch," he breathes in my ear through his thick black beard.

It's a heritage movie. That is to say it's heavy on sets and costumes and desperately light on drama. The hairdos do most of the acting. It's a four-parter, to be spread across a sweeps week. Major names look bored as they hang around in the grounds of a pale pistachio summer palace. The lesser actors, in their fine costumes in their chairs, glance up guardedly from their English newspapers, then turn away, disinterested.

"The Rewriter's here," I overhear at lunch, in a tent.

"Another one?"

"Perhaps they get them by the Yard."

Brits can be quite cutting.

"Which one is he?" asks a red haired young thing in an Anna Karenina dress. "The thin one with the glasses?"

"No, silly, that's Boris's boyfriend. He's the one in the Bruce Willis sandals."

And I thought it was cool now to wear socks with sandals.

The sexual mores of Catherine the Great are the subject of today's lunch time gossip. Everyone is intrigued by the stimulating detail, indelicately dropped by the tight-skirted interpreter, that the Tsarina Catherine had three ladies in waiting test her lovers first.

"Like wine waiters."

"Food tasters."

"Dick tasters," says a gay wag. And there are shrieks.

"Only the finest men of her regiment were chosen," persists our Cultural Guide. "All of her lovers were tested for stamina, finesse and intelligence."

"And what was the nature of the reports?"

"Oral?" someone shrieks and there is high fiving.

The questions keep coming.

"Did the men know they were auditioning?"

"Yes."

"What kind of women had the job of testing?"

"Aristocratic ladies in waiting."

"What kind of a job is that?" a young actress inquires.

"A blow job ducky," shrieks the wag to more ribald laughter.

I wonder what kind of a reward it is to fuck your way through three ladies in waiting only to face a forty-five year old German nymphomaniac.

The consensus is that it's exactly like Hollywood.

Speculation lasts until the end of lunch when I am led away. I'm being sent back.

Morty has called and spoken with Jeremy. I'm urgently needed back in LA.

"Lucky beggar!" shout the extras when they hear of my departure.

"Blimey, he didn't last long."

"Sorry," says Jeremy. "But, well, you're done aren't you?"

It's true. I'm well done.

3

I get home without incident. The plane is half empty. Bush has been in the news threatening Baghdad.

Bad Dad, bad gag. (Must be something in there for Leno.)

He has delivered a final warning about Saddam Hussein. Colin Powell has presented some evidence of something or other at the UN. He holds up what looks like a vial of cocaine. It all looks very serious.

I'm just happy they haven't cancelled the Oscars.

Ok it's true the Academy Award Show is totally tedious TV. A fashion parade followed by a funeral, with an endless succession of bearded men thanking their mothers, but I like the parties. I can usually get into one. This year, as a novelist, I might even get into the Vanity Fair Party. And the Awards should be funny this year as Steve Martin is hosting.

Still jetlagged, fumbling through a pile of mail I come across a package from Pangloss Publishing.

Is it a personalized invitation from Graydon Carter to get out my little black tux and party on with the rich and famous?

No. It's a clipping from *USA Today*.

With my photo on the front page trailering my interview on page four.

Holy shit.

My initial feelings of pride are suddenly submerged in shameful memories of that lunch. That girl. That interview. That shag.

It all came back to me. The reasons I had fled the US of A.

Oh fuck. Oh hell. Oh crap.

I'm in shock. I'm jetlagged and I've just waded through the junk mail in my doorway. I'm staring at a copy of *USA Today*, and reading my own words.

"*A novel is a series of words posing as reality.*"

A picture of me on a bad hair day, looking palpably guilty stares back.

"*I do have an addiction to fiction. But some things you don't need to make up.*"

The interview is so ambivalently written that even I can't tell if I'm a nice person. It describes itself as a candid talk with the man behind the most legally interesting book of the year. All this under the headline:

Screw You's Who's Who.

Stars outed in screen writer's tell-all confessions.

If you think The Wind Done Gone *was contentious, wait till Hollywood hears what's heading for them in* The Writer's Cut. *Watch out for fireworks when this one hits the stands. It's liable to be sued before you can read it.*

"Yes I'm expecting trouble," says Hollywood screenwriter Stanley Hay. "Some people won't like it. *The Writer's Cut* is an honest statement about excess and after all nothing exceeds like excess."

He is given to paradoxical epithets and snappy one-liners. Not always original, by the way, but that doesn't seem to bother him.

"Theft," as he says, "is the art form of Hollywood."

> "My book is Psycho-Therapy, half Hitchcock and half Freud," he tells me over lunch at The Grill, ordering another bottle of their finest Montrachet.
>
> "It's healing, he claims, perhaps to counter accusations of sexploitation.
>
> "It's more than a book, it's a self-help guide to living in the fast lane," says the movie writer turned author. "It's very modern in concept. Part confession, part rant, part recipe book for the soul."
>
> You can bet it will be the confessional part that will set the fur flying when various Hollywood Mses read all about themselves in Stanley's sizzling new blockbuster. There'll be lines around the block, buster, for this one. Some cats have been well and truly let out of the bag. Is it Gwyneth, Sarah, Selma, Nicole, Gina or Mary Kate and Ashley? Stanley won't say, but his publicist has given this gal some pretty big hints and let me tell you someone is going to be blushing pretty pink.

Someone must have shown her my article from *Stroke* magazine. The brief celebrity BJ in the Chateau Marmont.

> "I got the idea from Rousseau," says LA born Stanley, 26. "Confession is good for the soul." Maybe, but it's probably better for the wallet. Watch out for the you-know-what hitting the cinema fan when this one hits the stands. My advice is to grab it soon before it opens in a Courtroom near you.

Rousseau? What bullshit. I never read him in my life. Oh brother. I can feel myself going hot and cold. I begin to recall how much I had to drink when I gave this interview and the dreadful events afterwards are beginning to swim back into my head. I have been in denial for three weeks. Oh no. I didn't.

Richard Hume calls.

Pangloss are in a panic.

"We're a week past the deadline."

They are panicking that they won't have enough time. But they have the printer on hold. And they really love the piece in *USA Today*. He puts on Stephanie Sharp, head of their PR department.

"We *love* that piece," she says. "Dharma Coleman seemed to really like you. Where the hell have you been?"

"Writing. Hiding away."

"Well we're thrilled with her piece. You seem to have made quite an impression on her. What did you do to her Stanley?"

What didn't I do? I can remember hours on my orange shag carpet, rug burn on my knees and I was pulling pubic hair out of my teeth for days… oh God. Oh no.

"She thinks you're wonderful, Stanley. She called to say she's selling a longer version of the interview to *Book Magazine* and they'll probably give you the cover. And she's trying to interest Graydon Carter in a spread on your book. It's got everything he loves, sex, power, fame and vulgarity—perfect for *Vanity Fair*. We're all over the moon about it and we're going to double the print run on the strength of it. Congratulations."

Quadruple it, quintuple it, maxi-google it, doesn't make any difference; there still ain't no it.

I'm in total shock.

Why did I open my big mouth?

It had been a day beyond any other. On such a day Michelangelo took up his chisel, Mozart sat down at the clavichord, Damian Hirst cut up cows and dumped them in formaldehyde. It was a day when I believed I might write anything. I was filled with unbridled optimism. I was full of liquid eloquence. I believed myself artistically invincible. I could feel the creative power surging through my every pore. Or was it the cocaine?

I can remember lying naked underneath a young woman with a tape recorder in my face, seriously discussing my book.

"Is your book a spoof?"

This was her opening line at lunch.

She was a very pale young lady with sparkling orange lips and flecks of red highlights in her hair. Her ears were triple pierced, giving her an exotic Arabian appeal. She had a single stud in her left nostril and I wondered vaguely if that meant something, in the current sub culture. Our meeting had been set by Stephanie Sharp.

We were lunching at The Grill in Beverly Hills. In a back booth, no less. Dharma, for that she claims is her name, must have laid some serious green on Michael the Maitre D, for this is above the title seating only. Unless you run a studio. I can see Mike Medavoy working on his Crab Louie. He glances at me as I pass, trying to place me. Michael leads us to the booth with a flourish.

"Enjoy," he says, winking at Dharma.

I decide she has something on him, as during lunch he keeps glancing over and smiling nervously at her. She carefully ignores him. Her attention is solely on me. Her victim.

Her prey. It's flattering and a little scary. I wonder about the sexual possibilities in the situation. This is not a date, and yet she is an attractive young woman, and we are lunching together and, as we know, I haven't had anything for a while now. Not since Tish left her underwear so provocatively on my bed and fucked off.

A tiny silver Sony tape recorder is picking up the rattle of cutlery, its red eye flashing at us, as we order from the large menus. She glances at the publisher's handout. She hasn't read the book yet, she confesses.

How could she? I haven't written it yet.

I would like to tell her the truth but it's going to be fun lying anyway. I order a cocktail and then some wine and determine to enjoy this new game. Screenwriter's don't get interviewed. But I'm a celebrity author.

James Woods is shown into a booth across the way. He nods at me. I'm happy to see Dharma notices this.

"Hi Jimmy," I say. He hasn't a clue what my name is, but it doesn't matter. What matters is I Jimmied him.

"Let's get to the famous names," she segues.

"If we must," I answer coyly.

She is looking at me frankly, open eyed. I think she has already decided what is going to happen.

"I hear there are a lot of famous names dropped in this book in some pretty compromising sexual positions?"

"Compromising, but not pretty," I joke.

She ignores this. My habit for humor she finds tedious, she tells me later. Much later, after she has squeezed everything else out of me. Right now she is laying bait. She is after some big fish.

"You confess to having sex with some major stars."

"I would say I boast about it."

"Is it true?"
"Largely."
"You have had sex with these stars?"
"The character in my book has," I say carefully.
This is the line Legal Affairs at Pangloss have directed me to take. Good name for a sexy book that, by the way *Legal Affairs.* Kinda Grishamy. I made a note of it. I love writing titles. I have hordes of them. *Slender is the Knight. A Tsar is Born. Unexpectedly Available.* I've got hundreds.
"So who are these famous people?"
Pangloss are very aware of potential legal complications, but I feel completely safe in the knowledge that I haven't written anything yet, and, when I do, I intend to lie anyway. So what's to worry?
"Well, that would be telling."
"But you invite us to speculate." She holds up the handout.
"Pangloss Press invites you to speculate. I'm merely the author."
"Can you give me a hint?" she says.
"You know, if you read the book it's pretty evident."
"I can't wait to read the book." She sounds genuinely enthused. Of course by now she has utterly decided my fate. I *am* prey. She is going to fuck me ragged. But I don't know this yet. Indeed, as so often with women, I actually think it is my idea. She looks intently at me, like she's going to guess my Star sign.
"I'm an Aries," I say.
I think I catch her there.
"I knew it," she says.
I can't believe I'm doing this *at my very first interview* but

I reach under the table and squeeze her knee. She smiles, and moves her knees open.

Is this possibly happening to me?

"I'm very compatible with Aries," she says.

Turns out she's compatible with the entire fucking horoscope, but I won't learn that for a while.

Cut to: My house. Later.

I'm lying on my back on my orange shag floor carpet and I'm inside her. She is squatting on me, holding the tape recorder to my face, occasionally moving her hips. She squeezes me deliciously from time to time with her vaginal muscles. Keeping me interested. She has great muscle control. I am still high as a kite from the tiny joint she produced from her red plastic bag and which, now I come to think of it, I smoked largely alone.

"Tell me those names then."

She pulls out a tiny bottle and places a pinch of glittering white powder under my nose. I defy anyone in my position, in all the honey traps of the world, with all the CIA truth serums, to do better.

What could I do?

What could I say?

Dear Reader, I lied.

I kissed and told. Beyond my wildest dreams. Beyond your wildest dreams. And well beyond the borders of veracity. Spread-eagled below her with a Sony recorder in my mouth and cocaine up my nose I lay underneath her and lied through my teeth.

Oh it was glorious. I fucked and told, while she the recording angel poised above me, encircling me, giving me the warmth and comfort of her gloriou lower body, occasionally encouraging me with her hands and mouth on my secret places, she sat on me, taping everything for posterity on her little silver Sony. In full clear digital audio. In broadcast quality. In stereo. Interminably.

You could almost hear her pubic hairs caressing mine. Oh dear God, dear Reader, it was shameful, it was horrendous, it was fucking magnificent. A fuckfest afternoon filled with fun, with feeling and on into the evening with Ecstasy, and even, yes, with Irony, for with a shudder of total recall I remember lying naked inside her, seriously answering questions on comedy. Oh no. Oh no no no.

I spilled the beans, I spilled the brandy, I spilled my seed. She kept me happy, horny and constantly improvising on the sexual habits of some very famous names. It was incredible. It was inspirational. I was well and truly fucked.

When I woke next day to the incessant ringing of the phone, with my face on the rug and a growing hangover of monstrous proportions and Morty offering me an immediate flight to London, that is when I panicked. And fled. To London. I was going to hell anyway. I might as well go First Class.

"Dharma is raving about you," says Stephanie. "She feeds things to Marilyn Beck's column, and now she's on to Jann Wenner about a piece for *Rolling Stone*. Oh, by the way, did you do a radio interview with her?"

"Sort of."

Sort of? I gave a serious in depth interview on comedy while porking the interviewer.

"Well they want to run it on NPR."

I'm too shocked to say anything.

"They have the tape recording."

At least it's not television!

OMG.

"We have doubled the print order again, and I think I can get you lunch with Liz Smith."

Dear God, will I have to sleep with everyone?

9

How much should a man reveal of his sexual history? Are there boundaries for men, but not for women? Is there anything that ought not to be revealed about the intimate acts between consenting adults in the world of today's publishing? Is there any limit to what we consider off-limits, or *Have we gone too far?*

These are not my thoughts, dear long-suffering Reader.

These are the thoughts of the *LA Times*.

On their Op Ed page, no less.

In a long and vituperative editorial headed

Shame Dropping

When freedom of speech flies in the face of good taste.

In which I am well and truly roasted.

By name. And by picture.

"*The Writer's Cut is probably the most shameless book ever to emerge from American publishing.*"

Pangloss are delighted.

Thrilled.

"Such a public outing has undoubtedly assured the success of the book," says Richard Hume. "We are increasing the print run. We're sending out a new Press Release and we're leading with the *LA Times* quote."

Shameless.

"But they are incredibly rude about me."

"Who cares what they say, Stanley, they mention the book

eight times. We have been inundated by requests for interviews."

"But they haven't read the book."

"Of course they haven't read the book. No one in the media reads books. They haven't time. You will be interviewed by a hundred people, and not a single one of whom will have read anything except the short blurb we send them and *some of them not even that.* These are professional interviewers. That's what they do all day. The only point for them is if they can make a story from it. And for them, this one has everything. They're lapping it up. Sex and fame, Stanley, the twin carburettors of American publicity. We have quadrupled our print run. We're currently at 120,000 and we have ordered new paper from Sweden. It's being shipped today."

Wow Swedish paper. Perhaps the ship will sink.

I'm proud and insulted in equal parts.

The fact that I'm pissed at the *LA Times* for condemning me without reading my book is somewhat mitigated by my appreciation of the irony that there is no book for them to read.

And at least the book I haven't yet written for them not to have read is going to be a Bestseller. It says so in the papers.

I think it is high time to get down to writing my novel, now that everyone wants to read it, and I actually get to my desk before I am interrupted by a barrage of phone calls. My friends all want to know if I have mentioned them. Some remind me of stories I may have forgotten and ask me if I've included them. Especially the girls. I get the distinct impression some are actually *hoping* to be included.

Am I missing something here? People *want* to be outed?

An old flame, Willow, reminds me of a time in Cannes

where I took her to a hotel on the coast and fucked her out of the window.

"Do you remember?" she says. "The beach was crowded with tourists and I leaned forward with my hands on the sill, looking at the view, stretching my legs and backing into you, moving my ass, grinding you."

I swear this never happened but Willow is giving me a boner with her phoner.

"Do you remember what happened next?" she whispers wickedly.

"No." How could I? I'm fairly certain this didn't happen.

"Chloe came in, and seduced us both, with a strong joint and a bottle of wine. I remember your face Stanley, just looking up in disbelief to see her kissing me with one hand on your cock. Then we tumbled around on the bed for hours in a delicious tangle of lips and limbs. And afterwards you watched us take a bath together, staring deeply into each other's eyes, with just a slight movement beneath the water where we touched."

Willow swears this is true but it never happened. She must have me confused with some other writer, but it gives me a pleasant buzz to hear her talking dirty on the phone. Like all writers I am easily and gratefully distracted and the fact of my sudden celebrity is a pleasant novelty for me to savor. What with one thing and another all I have managed to write by the end of the morning is: Gina Davis? Daryll Hannah?? Meg Ryan???

I'm going to have to work a lot harder.

Or stop having phone sex with ex-girlfriends.

My after lunch nap is interrupted by a phone call from the PR lady of a very famous female rock singer. She is blonde with great tits and that's all I dare say here. I swear to

God this is true: her PR woman offers me cash and oral sex if I will include her client in the book.

Can you beat that? I am being bribed to lie about having sex with a celebrity.

Morty is thrilled. His phone is ringing off the hook. The film rights are being hotly disputed by half the industry. Jeffrey Katzenburg has been on personally. Only Disney has abstained.

"You can't put Michael Eisner in there somehow can you?" says Morty.

"Morty I am not going to pretend to have had sex with Michael Eisner."

"Pretend? I thought this shit was true?"

He's sharp, that Morty.

"Of course it's true. But not the Michael Eisner thing."

"How about Sex at Disneyland?"

"That's a great angle, Morty."

"Can you have been boffing Christina Aguilerra in the car park?"

"Why don't you write it Morty?"

"Hey, kiddo, just trying to help. Don't get shitty."

Shitty? I was being serious.

+++

The *USA Today* article was fine. Dharma's radio interview, with my carefully phrased answers (carefully phrased because I was inside my interviewer at the time) was good, but the denunciation in the *LA Times* is the capper. It has secured me my fifteen minutes of fame.

I am due on Leno in half an hour.

I am sitting in my dressing room with Luke from Lucaro

doing my hair and telling me all about Brooke Shields and the cast from Will and Grace, when Jay himself pops his beaming face round the door and wishes me well.

"Heard it's a great book. Can't wait to read it. I'm not in it, am I? Just kidding. Have a great show. You're on after Tom Hanks."

Oh. My. God.

"My next guest," says Jay, "is a great writer here in LA, who has just ripped the roof right off Hollywood. This book is so hot Wolfgang Puck is using it to cook on."

Laughter

"This book is *so* hot—the jacket's by Armani."

Hoots. He smiles his sideways smile.

"Let me tell you," says Jay "this book is *so* hot, even the writer's getting laid!"

Bu-bum goes the drummer, in that way they have.

"Thank you. And here he is, my good friend Stanley Hart!"

Tremendous applause and I'm on. Tom Hanks leans across and shakes my hand. I've never met him but he says "Hello, Stanley" like we're old buddies.

"You're looking good," says Leno.

Indeed I am good tonight. Tom laughs at everything I say. The audience laugh. Jay is laughing, and there's a nice big close up of the book jacket, specially printed by Pangloss. At the commercial break Tom says he and Steven have discussed how to option my novel. He is referring to Spielberg.

"I think it could go to a series" he says. "Steven wants it for a movie but I like the HBO thing. Stanley Tucci could be you."

Stanley Tucci? Sure he's funny, but is he good looking enough to be me?

"What about Cruise?" I ask, careful to use only his second name.

"I don't think he does television," says Tom.

+++

Richard Hume just called and told me my book is now officially a Best Seller. Amazon have taken advance orders of 120,000 for *The Writer's Cut.*

I didn't even know it was listed on the internet. *How can they be selling it*?

I haven't written it yet.

"After Leno, advance orders have gone through the roof. The initial print order," he says, "is now at 250,000."

Can you beat that? Not even published and it's a flat out genuine run-away hit.

I am seriously considering flight.

Richard Hume is so overjoyed he doesn't hassle me for delivery, which he has been doing on a daily basis for two weeks now. I have completely run out of excuses. I'm amazed he believes anything I say.

Today he is hyper.

"Our reps came back after your Leno show and told us the retailers are lapping it up, what with the *LA Times* scandal and all the publicity. They said we aren't printing nearly enough."

Wow. That is serious. Normally publishers' reps come back and moan and mutter that they can't get *Barnes and Noble* to take more than a dozen of any particular title, but here they were ordering my book by the box load and asking for displays and guaranteeing windows as if it were a Grisham or Le Carré. This is music to a publisher's ear.

Loud music at that. Richard Hume says Pangloss are worried that with the Beach market approaching, if this book "goes through the roof," as they all expect, they won't be able to reprint in time. Publishers hate running out of books more than anything. Worse to them than unsold books are unprinted books that they might have sold. So to make sure they have enough copies, they are toying with the idea of doubling the current order. That would be half a million books. Even though they don't yet have the text. What do I think?

What do I think? I can't think. I'm completely paralyzed. I think nothing. None of it matters. What matters is that I don't have a book to give them. They are selling something that doesn't exist. I have a Ponzi novel on my hands. Even I can see there's going to have to be a crunch. Someone is going to have to tell them. But dear Lord, not me. Not now. I'm too busy. *I'm too busy because my book is so successful.* I'm too busy being famous. I'm too busy giving interviews and being photographed for fancy magazines.

"Hold up the jacket and smile."

Apparently you *can* judge a book by the cover. You can certainly sell it, because everyone wants mine. I'm rushed from studio to studio with a hastily knocked-up mock-up of the cover of my unwritten epic.

It's a pair of scissors.

Perfect metaphor, don't you think? If my balls were included. But everyone loves the image, a pair of orange scissors on a plain white background with in very elegant type *The Writer's Cut.* Then underneath it says *A Stanley Hay Novel.*

I have a possessory credit on a novel! That was my lawyers doing, apparently. It's a first for a first time writer.

They all love it. The lawyers are pumped, the publishers are pumped and my agent is on Cloud Nine. I'm everywhere. Even Mickey Mikado wants to option it.

I'm holding the jacket up on Larry King and Larry, in his red suspenders, is joshing me.

"Doesn't it scare you that some of these gals will come after you?" He smiles at his own question. We can both understand how terrifying that would be.

"You mean legally or sexually?"

Larry thinks that's hilarious.

"Either way you're in trouble. I mean Gwyneth and Gina and Julia… these are pretty heavy names."

"But they're not in my book."

"By name you mean?"

"Precisely."

"But we can read between the lines."

"If you must," I say. "As long as you read the lines. I don't write what's between 'em."

"Just what's between the sheets."

"What?"

"It's all over the internet."

Ah yes, dear Reader, the internet. There's the rub. The simple website about me started by some horny eighteen year-old college kid has escalated, has spawned, has multiplied. There are now at least forty websites all purporting to have the scoop on who's who in my book and who's screwed who. One even offers a key to the pseudonyms that I use. These people have some balls, I can tell you. Didn't we all hail the internet as the shining face of the future, the democratization of communication? We did, didn't we? Well, let me tell you about the Information Superhighway, it's filled with bums lying all over the road, conspiracy theorists, mischief makers, con men, pornographers, hitch hikers from hell and cunts of all nations. It's where the paranoid meet the vainglorious. It provides a perfect platform for those who wish to be published but who have nothing to say. If you want to know where the ape is at this moment in its evolution just check out the internet. You may not be so worried then that we stand on the brink of self-destruction. Maybe this would be a good thing for the Universe. If we blew ourselves to bits arguing over the nature of God, that might be a fucking relief for any intelligent life left in the Universe.

Four web sites list in detail who I have slept with. By a strange co-incidence this coincides almost exactly with the top ten box office stars in the world. Women, at least. There is a gay version which makes me blush to even think of. I mean I simply would not go to bed with Captain Kirk. Is there no shame?

According to these websites—called variously StanleyHay.com, Blabbermouth.com, The WritersCock.com, and some which are too filthy even for me to mention—according to these sites I have had exotic sex in abstruse and sometimes downright uncomfortable positions with Julia, Cameron, Drew, Angelina, Selma, Sadie and Gwyneth. According to the internet I have done it with Britney, had it with Whitney, sipped on Brandy, dined on Spice Girls and muff dived Madonna. I have rumpy pumpied with Roseanne, gently genitaled Gina, and even had head from Hilary. I am a walking fantasy, the power tool of America. The subconscious longings of showbiz sexual fantasy all meet in me. For those who dream of fucking the famous, I am the Avatar.

And of course I am now tremendously popular. Fame *is* an aphrodisiac. Even Henry Kissinger got laid. My phone has been ringing off the hook. Women are calling me. Jane Seymour calls and wonders why we haven't met. Joan Collins, get this, Joan Collins calls. She gets my number from Morty.

"Are you going to tell?"

"About what?" "About what happened at Morty's party."

"What happened?"

"Shall we just keep it our little secret?"

"Of course, Joanie."

"It won't be in the book?"

"No Joanie."

"Oh."

She sounds almost disappointed.

"Of course you could just hint that we…."

"Would you like that?"

"I think I would be OK with that."

"Alright."

"It would certainly piss off Jackie. She's been lunching for years with the gals and gets all the hot goss about who's good in bed and who're the studs and she says *she's never even heard of you.*"

I'm busted. By Joanie. She's about to expose me.

But no.

"Well done," says Joan. "Good for you."

I'm on *Politically Incorrect*. Bill Maher gets me to sign my book jacket.

"Big fan" he says with a grin.

But don't I spare a thought about how all this will end? Aren't I concerned that one day this whole fucking bubble will burst, collapse in on itself and I shall become a black hole? Of course I am. I am obsessed with it. Night and day.

Now Howard Rosenberg has turned on me.

The slime that operates in the fame of others.

He is quite particular in his scorn. I am excoriated by name on the front page of Monday's *LA Times*. Well, the Calendar section. No one in Hollywood reads the news. Just the grosses. There is some major concern that Bush will shanghai the Academy Awards by bombing Bagdad. Steve Martin says they will be ready but they are planning to go ahead anyway.

I have always enjoyed Howard's pieces. He is always funny and fair. The worst of it is I totally agree with him. I too am outraged that some jumped-up Hollywood writer dare expose a few actresses he has been lucky enough to go to bed with. It *is* low. It *is* despicable. To parade your private life in print, profiting from the fame of others. He is absolutely bang on correct.

Even more so when the writer is lying through his molars and hasn't done any of the unmentioned acts, let alone written about them.

It certainly doesn't make it any easier for me to begin writing.

+++

The Tabloids have taken to me in a big way. I'm the new Kato. They are using old eight by ten glossies I had shot when I was an actor. I look pretty good in them. My younger self stares out at me in *The Star*, my wistful innocent looks contrasting strongly with the lurid tales the tabloids have no trouble inventing for me. Here's one person who is not going to sue them! According to them I am screwing everybody left right and centerfold. One of the tabloids even commends me on my truthfulness. I am, apparently, a fighter for free speech. A sexual whistleblower.

This hitherto underexposed crusading element in my character gets a big boost when Jerry Falwell goes out of his way to attack me. I have the blessing of a curse from Jerry. I am apparently a special representative of the Evil Forces assaulting American Purity. I feel honored and pleased to be leading this charge. I almost want to confess that there is no book, just to make Jerry look ridiculous. Almost. But not quite. Because I would look ridiculous too. And I can't afford that.

I have already earned a million dollars.

I am going to end up a very rich man.

My new Business Manager has been outlining some tax precautions I should take.

"No need to let Uncle Sam take it all," he says.

This is what gives me pause when I feel like coming clean about the whole business. Saying look, there is no book. There never was a book. My sex life is a closed book. A locked door. A shut gate. A dropped portcullis. A barred portal. A bridge too far. A path unchosen.

I don't want to come clean.

I want the money.

What am I to do?

5

What I decide to do is go to the Fox Lot to see Sam. He is still pissed at me and won't return my calls, so I figure I'll go visit him in his office. As I'm driving in I'm surprised to see Tish driving out. She doesn't see me and by the time I'm out of my car yelling "Tish, Tish, it's me!" she's driven off. She is looking great. Security treats me like an idiot and yell at me to move my car. Really. Get a life. Don't they know who I am?

Sam works over at the back of the Lot on an animated sitcom. He's an Associate Producer, which is what they call writers when a TV show becomes so successful they need to bribe them to stay on. There are about fifteen Associate Producers on this show. They have a great bungalow with an upstairs and everything, pool table, kitchen, sauna, fruit machines, ping pong, exercise room… they really don't want these people to go home. I know most of the writers and about half the cast. It's a great show, consistently funnier than any live action show on the air. Executives are banned from the bungalow. They are not allowed to give notes. That's the deal. Great, eh? They get all this just as long as they keep the Emmies coming.

Sam looks startled when I show up. I have brought him some flowers and a bottle of Cristal. He doesn't drink, but I tell him he can give it to his mother. She can use it to put roses in or something.

"How did you know my mother was an alcoholic gardener?" he asks.

He's too nice to hold a grudge for very long.

We lunch in the Commissary and he fidgets nervously

through his Sylvester Stallone Ham Sandwich Special. I have the Oysters Rock Hudson and the Don Simpson Salad.

"It's how Sly would want to be remembered," says Sam, looking at the chopped ham. "That or a baked Alaska."

That's as close as we get to our old familiarity. Something's bothering him, I can tell. Maybe it's my new-found fame. Several people come over and shake my hand during lunch. One very pretty redhead gives me her card and invites me to discuss a project with her.

"That's new and different," says Sam.

Is he jealous?

After lunch we visit the set of *Don't Make Me Laugh,* Fox's latest comedy. It certainly lives up to its name.

"Is something bothering you, Sam?" I finally ask. My shrink encourages forthright confrontation. I like it too. It puts people at a disadvantage.

"What?" he says, unconvincingly.

"Have you forgiven me for the Mickey Mikado rewrite?"

"Of course," he says. "I hear it's already headed for the toilet."

"So we're friends again?"

"Who says we were friends?"

I laugh, but I can see he means it. Friends in Hollywood are a useful commodity. The producer Joel Silver was once accused of having no friends. "*Friend*s?" he said. "I have friends I haven't even used yet."

+ + +

I have to leave in a hurry as I see Marvin Lutwig coming my way; I cannot stand Marvin Lutwig at any price. Marvin Lutwig is a creepy guy who hangs around comedy people.

Sam says he's like God—he's not funny and he's everywhere. He's always pushing himself forward for projects he's completely unsuitable for and is famous for attending the opening of absolutely everything. He'd attend the opening of a tin of salmon if it was free. Sam once said that Marvin Lutwig gives anti-Semitism a good name, but Sam's a far more polite guy than me and, sadly, unlike me he can't pretend that he hasn't seen Marvin. He waves.

"Oh no," I say.

"Too late," says Sam. "He already saw us."

Marvin has eyes in the back of his head. He rubbernecks the crowd at galas, searching for someone more famous to stand next to. He's legendary for hosting tributes for recently deceased celebrities. It doesn't matter whether he knew them in life, he simply invites other celebrities to come along and mourn their passing, and then gets himself photographed with them. He's an operator all right. He gets sponsors to pay for these events and then sells the whole thing off to the Internet or the less discerning cable networks. It's rumored he takes a fee for this, and I wouldn't be in the least surprised because the guy has moxie. I once told him to fuck off and he laughed and said "Very witty, Stanley!" as if I had just made a joke. He's insult-proof. Now he's fixed his beady black eyes on us and is loping towards us. He has a stud in one ear. His hair is a greasy mess and he is several pounds overweight. He comes puffing up, sweating and beaming broadly.

"Hello, Stanley," he says in his creepy, grating voice. "Congratulations on the book. I hear it's a monster."

He talks and dresses like a sixties rock promoter. He comes up with these weird phrases. Monster. Vibe. Nifty pickings. Fab. He thinks it's cool but it's sad.

"Bet the ladies love you now Stanley, eh?" he says, managing to be both ingratiating and insulting. I want to vomit.

6

I'm hot.

That's what I'm told.

And getting hotter by the day.

Heat in Hollywood is the square of the interest in you multiplied by the power of PR.

I now have a very beautiful pale-faced publicist who works the phone night and day. I think she would kill for me. Janey looks like an angel child but talks like the devil's spawn.

"You're hotter than a bitch on heat," she says. "Lots of pussy for Stanley. Your dick'll be licked from here to breakfast time."

I can't believe such things come out of her sweet mouth.

"Nothing the girls love more than fucking for a cause. You are going to be *so* screwed. I hear Dharma already had a taste."

Now how did she know that?

"How about you?"

"Say what?"

"Are you seeing anyone?"

She puts her lovely head back and laughs.

"Honey, I'm off your shelf."

I'm blank.

Am I not good enough for her, is that what she means?

She sees my confusion, which makes her laugh even more.

"Dear child, I'm not on your shopping list. I'm with the other team."

I still don't get it. She finally has pity on me and stops laughing.

"Stanley, what planet are you from? I'm gay, you chump."

I'm shocked to learn she is a lesbo.

"Oh. you look disappointed. Well, that is sweet."

I feel ten years old.

"Tell you what, hon, if I get a sudden change of hormones I'll be sure to moan on your horn. But don't wait up. Meanwhile we got books to sell, so let's do some phoners."

I hate phoners.

I've been doing publicity for a week and already I hate them.

Phoners are a bore. Phoners, in case you haven't guessed, are phone interviews. They come in two sizes, the long and dull phone conversation with the print journalist from Milwaukee, who asks you about everything in your entire life for an hour and a half and then reduces this to a single line of newsprint, and the live phone interview with the jocks on the radio. I just did 28 of these. I have another 30 to go. Live phoners work like this: you get up before dawn and slog over to a grungy studio in Hollywood where your PR lady patches you in one at a time to endless radio stations up and down the country. I have been on drive time in New Jersey, breakfast time in Phoenix, coffee time in Atlanta and three hours later I'm still hitting the morning traffic in downtown San Francisco. Ten minutes for each station and it's all the same.

"This is WXBC Chicago and when we come back we'll be speaking with controversial writer Stanley Hay, who claims to have slept with everyone in LA, here on Bob and Ray in the morning, don't miss it—meanwhile, here's Aerosmith."

There are always two of them. You can practically hear

their beards. They are totally jacked on coffee. After a few of these you pick up on their adrenalin so you are more hyped than they are.

"Stanley you there?"

"Yeah I'm here."

"Good, you dog. This is Ray. Big fan. We'll be coming to you live in about two minutes."

"Great."

Then they leave you on hold while you listen to more Aerosmith.

"This is 92.5, the station that rocks, and now we have that interview with the star of *The Writer's Cut*, but first, hemorrhoids. Have you found painful and sore hemorrhoids can really make you miss that vital play in the ball game…?"

"Stanley?"

"Yeah."

"It's me, Bob. Ray's just doing a coupla commercials and then we'll be coming to you live in about a minute or so from now. We just gotta take some local news. Love the book."

He has no idea it isn't even out.

So you sit there while you hear about traffic diversions downtown, a local child-molesting case, a suspected herpes epidemic amongst teens, and then finally you're on. They have two questions they want to know about the book. Will it be a movie? Who will be in it? That's it. Period. Oh, occasionally a few of them get clever and ask me who I have screwed in Hollywood. I don't have to worry—they don't give me time to answer anyway. They shout a few lewd suggestions at each other, shriek with laughter, thank me for livening their morning and it's on to more heavy metal.

"When we come back we have Bozz and Nukey from Slipper and tomorrow Keef and Soapy will be here from Smack City to give away great free tickets for their All Damp All Night concert. That's live on the station that rocks. Meanwhile here's Toad the Wet Sprocket." I say goodbye but they have faded into the ether.

If it's not the two jocks it's the zoo format, one dominant master and three or four acolytes of varying sexes chiming in. These shows love sound effects. Every single lame entendre is underscored by a whoopee cushion, or electronic raspberry. They put quotation marks round all suspected humor, in case you miss it. It's loud, intense and exhausting. They egg each other on to make further outrageous remarks. I'm asked if there are any African Americans in my book? If I practice sexual segregation? What's the most sex I've had in one day? Whether I have been to bed with Gloria Estefan? Have I slept with Ricky Martin? Am I gay? Am I against gays? It's like being grilled by the inmates of a mad house. It's the opposite of therapy. Their questions are aimed to pull me apart. Do you sleep with hamsters? Have you ever had sex standing up? What about phone sex? Did you ever do it on a private plane? I manage to get in a quick one-liner about suffering from private jet lag. They love that. They chortle and bang drums and blow whistles for about a minute. Nice one Stanley, they yell. God knows what the punters feel, stuck out there in their cars.

Two days of this and I'm a zombie. I have dealt with the jerk-off fantasies of every jock in America. They all want to be Howard Stern. Howard Stern apparently wants to be me. According to my publicist he has heard of my book and is jealous. He wants me on his show. I am to go to New York.

It's no secret that Hollywood is a stock exchange, but mere writers are rarely quoted on the S&P 500. Bill Goldman is, of course, and Joe Eszterhaz bullied his way in there for a minute or two, but can you even *name* another screenwriter? Of course not. The only time anyone remembers Best Screenplay is if an actor wrote it.

"You're a named writer," says Morty. "People are quoting you."

It's true. The Hollywood Reporter quotes a witty remark I never said at an opening I didn't attend. "If I had a dime for every star I slept with at this party...."

"I never said that, Morty."

"It doesn't matter as long as it's funny," says Morty.

"I wasn't even at the opening."

"Lucky you. I was and it was god-awful."

I'm variously described as a wag, a wit and a man about town. Hollywood has come calling. Big time. Jeffrey Katzenberg is apparently miffed Morty won't let him call me direct.

"I told him you were too busy."

Too busy? I'm too busy to speak to the head of a studio!

"Coppola wants to fly you up to San Francisco. I said you're going nowhere. If he wants to see you he'll have to send a jet."

I'm passing out.

"Five managers have been on the phone. They all want to represent you. I told them you don't need them. You're hot already. Oh and Billy Crystal wants to do the screenplay. I told him it's not really his field."

You did what, Marty?

"HBO even returned my call. That's how hot you have become. Chris Albrecht called personally. Apparently Hanks has been talking to him."

The book that doesn't exist is soon to become a movie. I couldn't come clean now, even if I wanted to. I can't turn my back on all this. I'm famous

Gina Gershon calls me up.

She wants to know whether she is in the book.

I have never met her.

"Gina what are you saying?"

"I just want to know whether I'm in your book or not."

"What makes you think you might be?"

"Well you know..."

"What?"

"I was pretty wild back then."

"And?"

"And I don't remember some evenings too clearly."

Wow.

"Gina," I say. "I will never forget them."

"*Them*?"

"Uh-huh."

"And you're gonna put them in the book? You are, aren't you? I just know you are."

"Maybe."

"Oh come on, Stanley, give me a break here. I'm always the one that gets blamed."

I agree to meet her for dinner to discuss it.

Can you believe that? I have a date with Gina Gershon to discuss whether or not I am going to reveal something that never happened. I am being asked to hush up a sexual adventure I haven't even dreamed of with a woman I haven't even met.

Wow. This book is powerful stuff.

Gina is glorious. She's only about twenty minutes late and looks stunning in tight black leather. Hardly surprising she doesn't recognize me. I'm not miffed. We never met. When I introduce myself she stares at me.

"Do I know you?" she says.

I catch her staring at me like that throughout dinner. I think she is on to me. But it's all worthwhile as she looks glorious. Her jet black hair, and those sexy cat's eyes and those killer cheek bones. I have always been a big fan, but of course I don't say so.

We are at Il Sole. On Sunset. I used her name to get a table. Paulo, the owner, is very pleasant. He comes over and sits with us. He looks owlish behind his thin wire glasses. I love his Italian voice. His Italian gestures. His Italian food.

"You know you are a very lucky boy," he says looking at me. "She is a special woman, you know that. Many pretty women come in here, many actresses, but she…" He taps his forehead. "She is different. She has brains."

Gina doesn't bat an eyelid at the compliment. She has been staring at me, occasionally narrowing her big black intelligent eyes. She waits until he leaves. Then she says "I didn't have sex with you."

I say nothing. I can think of nothing to say. Luckily silence is my best defense, because she suddenly softens. And folds.

"Oh God. I'm so sorry. I just don't remember."

I like Gina. She is bright as hell. I think I bore her, but she tolerates me as I witter on. She tells me one tit-bit which I definitely intend to put in my book.

"Whenever I visit a new town," she says, "I always check out two things. The strip clubs and the junk shops. The strip club to see what their sex lives are like, and the junk shops to see what they're throwing away."

I told you she was bright.

I love her. When I wave her goodbye at Valet Parking I promise her a part in my new book.

Because you see *The Writer's Cut* is going to be a major motion picture.

✦ ✦ ✦

Morty calls me with the news as I'm packing for New York. I was aware there had been a major bidding war raging, as frequent ecstatic calls from Morty had updated me with live news from the battlefield. He loves this. He lives for it. Live poker, he calls it. He acquaints me with the players, but I'm soon lost in a list of first names, Steven, and Barry and Michael and Mike and Jeffery and Sherry. He is in Agent heaven. He has something they actually want.

"It's like having sex without begging," he says.

All the controversy and the yards of publicity have simply strengthened his hand. William Morris has been sending out "coverage" on my novel for weeks now. Someone—who, who the fuck?—has carefully synopsized my non-existent book, and assessed its potential as a movie, based upon a brief précis which they had somehow spun out of the three pages from *Stroke* magazine I had sent to Richard Hume at Pangloss. Since the only scene they had was the celebrity blowjob in the Chateau Marmont, this was now a major theme in the movie, though it has become transmuted, by the alchemy of some anonymous professional reader, into a heart-rending story of a major actress, trapped in a loveless marriage, falling for a gifted but tragically unknown writer. This was no less than the old joke about the dumb actress in Hollywood who fucked the writer, but I must say it had been very cleverly embellished into a compelling and funny one page synopsis. The reader warmly recommended the book, suggested it had major hit potential, and was likely to appeal to both sexes but particularly young males of 16, the prime target of all Hollywood movies.

Bingo. The phones were ringing. Actresses all over town were fighting to play this role. They were inundating the agencies with requests for the synopsis. So far Meg and Darryl and Courtney and Sandra were speaking daily to their agents about it. Even Gina asked me to put in a good word for her. I said I would. She had heard that Angelina was going after it aggressively, and that Billy-Bob wanted to direct.

"There are so few good parts for women," she said. "So few men understand us. You, Stanley, are an exception."

I know she was blowing smoke up my ass, because I heard later from a mutual friend that she thought I was a dork, and that dinner was a disaster, but I can't blame her, it's a tough world out there for actresses.

7

"You should be proud of yourself," says Morty, "it looks like you've got yourself a hit movie."

I swear it's the coverage and not me.

A must-see movie: a bright, intelligent, sexy comedy; a date movie, a feel good movie, a tent-pole movie that with the right casting can do really well in the summer with a wide release.

Even I was convinced when I read it. Some anonymous reader had done quite a job on this.

Morty is triumphant on the phone.

"Are you sitting down, kiddo?"

"Tell me. Tell me right now. How much?"

I have become very mercenary now I'm a novelist. I wasn't like this when I wrote for money. I think success has changed me.

"Three million dollars!"

Even I am surprised. Shocked, in fact.

"Three million dollars?"

"That's the offer."

Oh. My. God.

"But there's one little snag."

Oh no. No, no please.

"They want to change the title?" he says.

"That's all?"

"I said no way."

"You said *what*?"

"I told them the title was the very essence of this deal."

My heart is beating erratically. I'm having a heart attack, I'm sure of it.

"You turned it down?"
"I knew you'd see it my way."
"What do they want to call it?"
"*Kiss and Sell,*" he says.
"That's not a bad…"
"Can you believe it?"
"I've heard far worse…"
"I told them to take their shit title and shove it up their ass."
"What did they say?"
"They'll get back to me."

I have to crawl into bed. We have just been offered a three million dollar advance for the film rights of a book no one has written, let alone read, and my agent has turned it down. I have just lost three million dollars. This is a first for me.

✢ ✢ ✢

Oprah won't touch me.

That's what they keep telling me. They want to fly me to Chicago after New York but Oprah won't touch me. It's a big deal.

"Oprah won't touch you," they say with a shrug. The idea of outing actresses is just too tacky for her. She's into positive female imaging. My book of celebrity blowjobs is hardly her idea of reading chic. So no Oprah for me. The publishers are disappointed. Her Book Club sells thousands. She's bigger than the Booker, bigger than a Pulitzer, bigger even than a Nobel. But she hates me. Won't even consider it. Oh well. So I don't go to Chicago. My New York schedule, however, is plenty busy. Howard Stern live in the morning, Letterman later that day if they can squeeze me on, otherwise Conan tomorrow. Regis in the morning. Print interviews with *The Book Publisher, The New York Times, The Village Voice* etc etc. Several live radio spots and some more TV. Perhaps *The View*.

I am still reeling from the loss of the film deal. I have angst on the First Class seat all the way to New York. I call Morty the minute I check in to the Plaza to see if anything's changed. "Not yet, kiddo. But I can hear them sweating."

They're sweating? I'm in total meltdown.

Morty isn't fazed one bit. He loves this game. This is why he's an agent. To him the three mill is not lost, it's just sitting on the table. The pot can only get bigger is the way he sees it. By saying no he has reassured the other players at the table that this thing is truly worth the amount of money he says it is. He has reinforced the bid. Now he awaits their response. He doesn't even blink. Personally I think *Kiss and Sell* is a great title. Matter of fact I'm thinking of using it instead of *The Writer's Cut.* Morty brushes aside my pusillanimity.

"Listen," says Morty. "It's all bullshit. We can say there is to be no title change, we can demand casting rights, we can get approval over the color of the panties the leading actress wears but it doesn't mean jack shit. Ultimately, the studio does what they want. Know why? It's their money. First lesson in Hollywood. Second lesson, you can complain, you can moan or you can sue, doesn't matter jack shit. They have more lawyers than you. They have more money than you. And they have more time than you. So they are just playing around here. Feeling if we're hard."

He always resorts to sexual imagery. I wish he wouldn't.

Howard Stern wants to know if it is going to be a movie. I'm suitably vague.

"I've been in movies ya know?"

Duh, Howard, did you think we missed it? He asks me about Hollywood, which fascinates and offends him equally in that New York way. He implies he's screwed more actresses than me, and then announces for all America to hear that I probably have a tiny dick.

Stupidly I protest.

"Well if it's not true show Robin your dick."

Only in America. How can I be feeling defensive about refusing to show a laughing African American woman my penis on the radio?

The best moment comes later when he relents, stops picking on me and persuades a blonde broad to flash her chest on the air. I'm sitting next to her and this is the most interesting thing that's happened for a long time. She is flustered and bold at the same time. But she does it anyway with bravado, to applause and whistles. The breasts are clearly new. They might as well have *Made in Hollywood* stamped on them, but she has sly bedroom eyes in that dark sexy Ellen Barkin way, and long thin legs with exquisitely turned ankles.

"Look at Stanley," says Howard. "I think his tiny dick is definitely interested. You should talk to him honey, he's casting a movie."

Robin winks at me. Howard laughs and it's all over.

"Just kidding, man. Having fun."

Hey, I've been on Howard Stern.

And I got the blonde's number in my pants.

8

As I step into the waiting limo there's a call for me on my publicist's cell. It's Morty.

"Congratulations," he says. "Paramount have bought it."

I could kiss all New York I am so elated. I cannot speak, so Morty does.

"We have agreed to leave the title issue to one side. They have bought it under whatever title and in the deal we agree *The Writer's Cut* is pre-approved. They're gonna wait and see how big the book sells. No point in them insisting they hate our title if it's on every damn newsstand. I knew they'd see reason. Congratulations, kiddo. Aren't you glad I insisted you write this thing?"

Is he serious?

Sure he is. The art form of Hollywood is claiming credit for other people's success.

"Morty?" I say.

"Nah, don't thank me. It would be nothing without you."

Actually it's nothing with me.

My joy at the movie sale is clouded by the revelation that I won't get to write the screenplay.

"Nobody does the first draft, kiddo. When did they ever shoot a first draft?"

"But I'm a screenwriter, who better than me to adapt my own work?"

What work? I am just dreading someone finding out there is no there there.

"Let them do the initial drafts, then you come along and we take a lot more money off them to rewrite it."

"Well..."

"If you want I can tell them you insist on doing it, but they have already started someone on the screenplay."

Excuse me?

"Paramount has already started the writer."

They haven't seen the book, but they have started "adapting" it. I am outraged for the minute it takes me to realize that there is no fucking work for them to adapt.

"Who?"

"Who what?"

"Who is the screenwriter they've hired?"

"Marvin Lutwig."

"Marvin Lutwig!" I'm having a heart attack again.

"Says he's a friend of yours and will stay very faithful to the book."

"Marvin Lutwig...."

"Told Paramount you'd already spoken about the book last week. He loves you apparently."

I'm gonna die.

"He told them it's the best book he's ever read."

"He said he read it?"

"And loved it. Congratulations, kiddo."

Ahhh. Marvin Lutwig is adapting my non-existent book.

My chest is exploding.

My best enemy has conned Paramount into paying him to adapt my unwritten book.

Oh thou Goddess of Irony, help me.

+++

Now that *The Writer's Cut* is a hot movie property I wonder if I even have to write the novel at all?

Richard Hume certainly thinks so. He is panicking at lunch. We are dining at Michael's on 54th Michael himself hovers around the table smiling at me.

"Heard you on Howard Stern," he says. "I never miss him. How were the breasts?"

It's like he's asking "How's the chicken?"

"Very tasty," I say.

Michael squeezes my shoulder and leaves us with the menus. Richard Hume is too flustered to concern himself with food. He hasn't been bull-shitting all morning. I am weary with lying. *The New York Times* was exhausting. I had to combine the right amount of modesty with just the right degree of boasting. They, being intellectuals, hate the screenwriter thing, but they love the fucking. It seems everyone in New York is interested in the shtupping in Hollywood. I had to be particularly inventive. I think I sold them on the idea of my sexploits as some kind of symbolic revenge on the treatment of writers in the movies. The penis as the wrath of God kind of thing. I hope I didn't sound too much like Philip Roth. I made a silly gag about the Roth of God, which I think they liked.

Now Richard Hume is trying to bully me.

"We *must* have the text," says Richard Hume. "The booksellers are crying out for copies. Here we have a runaway bestseller on our hands and no text."

"Well, when have I had a second? I've been busy promoting."

"We know that, and you've been brilliant. We don't usually do it this way round. Normally we have the book and then we do the promotion, but things kinda got out of hand here. But look, we think if we can have the text right now we can turn it around in three or four weeks and still make our April deadline for finished books."

"You can have finished copies in four weeks?"

"We have the printer standing by and if we get the text today, we can make our deadline, but any later and we are just not going to make it."

"What are you saying?"

"Unless we can get the text to the printer tomorrow we're gonna have to announce the book is delayed and that's gonna impact on our sales. We may even miss the Beach Blanket market."

Now it's my turn to panic. All that lovely money running out of the window.

"So then you'd wait for Christmas?"

"Can't do that I'm afraid. We have a really busy schedule in the Fall. The whole point of the campaign has been to position you in airports, hotels and resorts. We'd just have to put it on hold."

"That can't happen, Richard."

"Can't you at least let us have the first half to set?"

"Richard," I say, "I'm on Letterman in an hour. Can we talk about this afterwards?"

+ + +

Dave is nice to me. I'm shovelled into the last segment of the show for the final five minutes. The studio is ice cold. The way Dave likes it, I'm told. It keeps the audience awake. Shivering technicians huddle around cameras. All the assistants wear wool. Dave looks at me quizzically. He looks just like Dave. They say he's a lot nicer after his heart problem.

He is perfectly nice to me. He tries to corner me on whether I have been to bed with Julia Roberts, but I am an old hand by now at ducking this kind of direct question. I could be a politician I lie so deftly.

"How many writers does it take to screw in an actress?" says Dave, to laughter, then he buries his head in mock pain at the dreadfulness of the line. Then Paul Schaffer says something funny and it's over.

"Good luck with the book," says Dave.

The publicist is ecstatic. "There was a close up of your jacket."

Now all I have to do is duck a very worried looking Richard Hume. He is having a hard time getting down from the audience seats through security. I feel bad, but I ditch him, escaping from the crush at the stage door into a waiting limo. One or two people even take my photograph. Hey, you never know, I might be someone.

Alone in New York City with just myself and my limo I realize I have only two choices. Either I come clean and face the whole shebang, the scandal, the obloquy, the shame, the humiliation, the handing back the money (oh dear God), or I come up with a different scenario. After all I am a screenwriter. That's what I'm supposed to do. I head for the hotel. And there in my suite at the Plaza, high above the Park, I write myself a reprieve.

9

"There's a problem," I tell Richard Hume next day. "It's the lawyers. They won't let me deliver the text."

"What?"

"We are being sued. Injunctions are flying."

Brilliant, eh? I'm not bad at scenarios. It's books I can't seem to write.

I shamelessly use Regis to fly this spin. He is holding up a mock-up of my book with the scissors on the jacket.

"Now I understand," says Regis, dapper on his stool, "that you are not allowed to discuss this book." His eyebrows fly up in mock reaction as he gives the audience his trademark long-suffering look. He lets the book drop.

"So, nice to have you on the show! Stanley Hay, ladies and gentlemen," he says and pretends to shepherd me off.

The audience howls.

"No no," says Regis. "I'm just kidding. It's good of you to come. But what exactly are we not allowed to talk about here?"

I explain that some very famous people whom I am not at liberty to name, have taken an injunction against my book, even though they haven't read it yet. I am being muzzled by celebrities who fear exposure. I manage to look very upset.

"So this is a freedom of speech issue?"

God bless you, Regis. This quote will carry the day. It's no longer just a dirty book, a shabby exposé of the sex lives of the famous, a cheap attempt to cash in on our love for hot celebrity gossip. No, now it's a crusade. It's a freedom of speech issue.

Don't you love it? I have ignited a public controversy over whether I am to be allowed to publish the words I haven't yet written.

Irony is my bitch.

Next day Pangloss announce a delay in the publication of *The Writer's Cut* due to legal action.

"We shall fight this all the way," says Richard Hume in *The New York Times.*

Regis Philbean is quoted as saying "this is a freedom of speech issue that affects us all."

+ + +

When I get back to Hollywood there are 27 messages on my machine. All from my lawyers. I avoid their calls. Morty is ecstatic. Thanks to the injunctions, which he has read about in *Variety,* the movie has become even hotter. There is now a veritable cat-fight over who will star in it. Uma is the rumor. She is looking for a big summer movie and this is a tent pole movie, wide release, two thousand screens. Some people think it has Academy Award potential, but without wheelchairs, Nazis or an idiot savant it's going to be a difficult sell to Academy voters.

"There was a great interview by your pal in the trades."

"My pal?"

"Marvin Lutwig. Check it out it's in *The Hollywood Reporter.*"

Marvin Lutwig gave a press conference, while I was in the air. He apologizes for my absence, and implies he too has been disappointed by my failure to show up. He assures the press that his screenplay is going to be absolutely faithful to the book.

"It's a great book. It's going to be an even greater picture."

He's absolutely convinced of it.

I am summoned to a meeting at the Writers' Guild. There is a committee of six. How many writers does it take to screw up a Union, I think, as I look at their blank faces. These are my people? But I am surprised. They are on my side. The Writers' Guild is going to pledge their support for me in my struggle against the famous actors suing me.

"Normally, we like to stay clear of litigation, especially with members of the Screen Actors Guild, but this is a freedom of speech issue and that for us is the most important thing."

I nod gratefully.

"We have decided to overlook the scab screenplay."

I had no idea they knew all about my illicit strike-busting rewrite. Some bastard must have squealed. Jealous lot, writers. I'm impressed they know so much about me. But hey, they are realists.

"No sense in going back into that now."

There's a nodding of heads. They all agree.

"They can't muzzle writers. Even crap ones. It's shameful. We are going to tackle this head on."

"Thank you."

"Oh, this is not about you. Frankly we don't give a fuck about you, Mr. Hay. Matter of fact, we think you are a self-serving piece of shit. It's the rights of Marvin Lutwig we're defending. Marvin is on our Freedom Committee."

He fucking would be. Freedom from talent. They're backing me in order to defend the rights of Marvin Lutwig. Oh dear Christ, the irony is ass-aching.

"So despite how we feel about you we're going to give you a Humanitarian Award. The Writers Freedom Award will be presented to you at a special luncheon. You'll make a speech. Thank us then."

I'm not sure whether I'm being spanked or rewarded. They look at me like I'm Milosovic.

"This is your chance to do something for your Union. An opportunity to speak out for hundreds of other writers who don't have your good fortune."

"You'd better make it good."

"Maybe Marvin can write it for you."

+ + +

My ploy to gain time works better than I could possibly have imagined. Pangloss totally bought the legal delay excuse, and for the moment I have them off my back. So now do I take the time to write? Do I, chastened by experience, wisely knuckle down and work really hard on my novel? Well yes. And no. I meant to, obviously I meant to, but I was interrupted. My Person from Porlock was Shauna, a supermodel from Oklahoma. Her corn pone is as high as an elephants eye. So are her legs. Her face has graced a thousand covers. She's drop dead stunning, soft as a rattlesnake, and lives with a very famous British rock and roll singer called Norm. I met her once when she needed a gag writer to make a speech for some Awards ceremony. I wrote a few jokes and she absolutely killed with them. Now she wants to meet me for lunch.

"Ahm thinking of writin' a book, Stanley," she says. "And I want you to write it."

Ah post ironic stress.

"Ah've bin readin about you everywhere, Stanley, and I think you'll be perfect."

Shauna is one of the top three most gorgeous women on the planet, and here's the clincher: she's sitting right now with two of the other contenders at Le Dome, and will I join them for lunch?

I hear a champagne cork in the background.

My resolve crumbles. Lunch at Le Dome. What possible harm could it do? It's where I sold my book. I know I should work, but visions of Eddie's steamed Belgian mussels dance before my eyes. Or maybe the Pasta with vodka and caviar. Or even Le Dome's Mediterranean fish soup. And of course it makes perfect sense. It's Research. The girls are all famous models, girlfriends, wives, whatevers, and I hadn't even thought about mining the rock world for good stories. I convince myself that *Rock All* would make a very good chapter of my tell-all book. I even take a little tape recorder. If I can get these girls to spill the beans all might not yet be lost. I can resist everything except temptation. So it's in a spirit of optimism, on a glorious sunny day, that I stroll down Sunset Plaza Drive, downhill all the way to Le Dome.

I cross Sunset by the mini colonial building that is Lloyds Bank and turn right, strolling leisurely past the sidewalk cafés, and step confidently through the glass doors and across the terraced patio area that leads into the inner sanctum of Le Dome. One or two heads turn. I haven't lunched here since I was famous. Le Dome is one of the measures of success. Where you are seated tells you all you need to know about your standing in the Hollywood Food Chain. Elton John founded this restaurant in 1977, since when it has seen more lurid scenes than *Star Wars*. The bathrooms have had legendary encounters. The combination of coke, celebrity and champagne seems to loosen inhibitions. I may get a whole chapter from this.

I'm a little nervous as I enter but I needn't be as Eddie comes forward, beaming, and shakes my hand and, amazingly, says "Hello Stanley, welcome. The girls are already here. Nice piece in *Variety*."

The twinkle in his eyes say he could say a little more, but he hasn't become the most successful restaurateur to the stars by shooting his mouth off. He leads me through the packed tables to a trio of strikingly beautiful femmes fatales. Les Girls, known in Dominick's as The Three Disgraces—though Dominick's is really a little down-market for them. These girls are more Beverly Hills via New York, Cannes and Paris. They are dressed casually to the hilt and give off a glow of money, sex, and champagne, for they are already slightly buzzed on a bottle of Dom Pom someone has sent over. Every head in Le Dome turns to watch me, wondering why I have such attractive company.

"Stanley!" says Shauna happily, rising to offer me her glorious cheek bones for an air kiss. She pats my butt affectionately as she introduces me to Tippy, a dark-haired exotic underwear model, who, it is rumored, sleeps with everyone.

"Stanley's gonna write mah book," says Shauna.

"What's it called, *Nobbing Norman?*" shrieks Tippy.

Shauna giggles.

"Nah, you keep your hands off this sweet boy, girl, I want him leavin' here a virgin."

"I don't do miracles," Tippy says.

Maybe Tipsy would be a better name as she already has quite a buzz on. She winks at me and leans forward to give me a kiss and a fantastic look down her dress. Victoria's Secret is out. Thank God I said yes to lunch. She taps the seat next to her invitingly. And now it's Tara's turn to overwhelm my senses. For Tara with her bouffant blonde hair, done up in a retro Farrah Fawcett, completes this trilogy of temptation. She winks at me and squeezes my thigh in a friendly fashion, while the waiter brings me a glass of champagne. Tara suffers from terminal truancy by her gifted actor friend, Jason, who is a heart-throb and a slut. She is known occasionally to revenge herself. I had intended not to drink, but surely one won't do any harm, and I have these three delicious angels to myself. It's like an epic wet dream, except it's real.

I'm a lucky man.

Shauna raises her glass.

"Here's to Stanley and his great new book."

She nuzzles close.

"Mine?"

"No silly, mine. We can have such a fine time writing it," she says. "Norm's on the road a lot and we can just have champagne and I'll tell you want happened and you can put it into words."

Her eyes are wide with promise.

I think of her punk paramour and decide I prefer life in the slow lane.

"It'll be a while, Shauna," I say. "My own book is being published very shortly."

"Ah know all about that. My agent told me. Ahm so proud of you, Stanley."

"What kind of a book is it?" asks Tippy.

"It's a *Roman a clef*," I say, pronouncing it *a clay* in the French way.

"It's about Clay Aitken?"

"Well, not exactly."

"Oh I love him. I could easily do him, couldn't you, Shauna?"

"Oh sure, honey. Ah could do anybody given enough champagne. Cheers."

And she looks me in the eye challengingly and clinks glasses.

Eddie has found us a spectacular table, where we have a great view of Mickey Rourke in leathers and a knit cap. He is reading a script at the Bar. Don Rickles comes in and stops by our table. He scrutinizes the girls then looks closely at me.

Oh-oh.

"Son, I sincerely hope you're gay or you're not getting out of here alive."

Ah, the sweet smell of success. I just got one-linered by Don Rickles for fucksake.

"I'd join you in a three way but my wife's here."

He moves off to join the Kirk Douglases at a secluded table at the back.

"He's so funny, that Don," says Shauna.

I'm wedged between her and the lubricious Tippy, staring across the table at Tara. I feel like Paris with a spare apple. I mean honestly, *which one would you choose?* Actually, all of them.

Now as the Dom Perignon slips down their lovely throats, uninhibited and unencumbered by their men, they tell me their tales.

I blush constantly. These women get straight to the nitty gritty. Shauna opens with a long story about her boyfriend Norm in bed with an English girl.

"Here's what Norm tells me she sounds like in bed," she says, swallowing her champagne. She slips into a plumy British accent. "I think I'm coming, I think I'm coming, oh my god yes, I think I'm coming. No, I'm not."

They find this hilarious. Half the restaurant heard it and there is some applause. Even Mickey Rourke lets slip a grin. Shauna says Norm is terrified of this English girl, who beats him up each time she becomes jealous, and who then demands a hairbrush inserted in her. I'm trying to order and even the waiter doesn't know where to look, but the girls blithely order another bottle. Shauna and Tara say how amazed they are at the number of women who demand some form of physical abuse. Tippy is not. She tells tales of spanking Australian millionaires. "One was impossible. He insisted I wore my makeup in bed. Then he insisted on doing it at six o'clock in the morning. I can't handle that at all." The final straw was when he told her he didn't like the peach fuzz above her lips. He said she had a moustache.

"I painted his balls blue while he slept and I left."

Shauna tells us about Mona, a fashion model and would-be Norm groupie. Shauna's hatred for Mona is intense. She describes how they met on a shoot in New York, where Mona wanted to know all about Norm's dick. Shauna foolishly pandered to this, egging her on with remarks like "Ah love to lick Norm's dick" and then telling Mona how huge it is. This whets Mona's appetite and Mona decides to have a go and find out for herself. When she succeeds, what pisses Shauna off is that she goes around trumpeting the affair to all and sundry. Shauna is mad *only* at Mona. Not at Norm. Norm is treated as a total innocent in all this. It is taken as a given that it is quite beyond his ability to say no to any girl. So Shauna buys a gun, a tiny pearl-handled revolver, and calls up Mona and says "Ahm gonna shoot you daid." Well, Mona shits seventeen bricks because Shauna is from Oklahoma and one could easily believe her. Fortunately Norm gets hold of the gun, and Shauna makes him call Mona while she is on the other line listening in, and she makes Norm tell Mona that not only is she never to see him again, but that she was a terrible lay. The poor girl is crying on the other end of the line, saying "Oh Norm how could you say such nasty things?" and Shauna is laughing away at her revenge. Tara says she has made Jason do this too. It is clearly a classy form of female revenge. Listening in on the humiliation of the other woman…

Hours later I nervously eye the check that has suddenly appeared in front of me.

"Don't be silly," says Shauna, slapping me on the wrist. "Don't even think of picking that up. You're mah writer. Some other guy's gonna pay for that." And she looks around for a victim. "Ahm not havin' you pay for my lunch, Stanley. I wanna be in your book."

Jeeze.

"Me too," says Tara.

"Though you'd better change my name," says Shauna, "or Norm will kill me."

You can say that again. He already likes to show his knives in public. I have no intention of being the writer cut.

"You can use *my* name," says Tippy. "Maybe that might make my man jealous and he'd fuck me for a change."

Whoa, too much information.

As I'm staggering out I'm surprised to see Tish tucked away at a table on the terrace with Sam and David Giler. I wave but I don't think they see me. She ignores me anyway. Damn. I really would love for her to see me with these goddesses, but when she does finally look my way all the girls have gone off to hug other men at distant tables, air kissing producers and embracing moguls. I smile but she looks away. Damn, the champagne has really gone to my balls.

+++

When I get home I'm so horny and stoked by the ego-stroking eye candy that I actually sit down and write something. It's a doozy of a story. About the world of sitcom. Something that happened to me last Halloween at a party in a huge house up at the top of Beachwood Canyon. It's crowded. People are young and attractive and in costume, drinking, smoking joints, getting loose. Jazz is playing. The hostess, a tall striking red head, who makes the world laugh every week on an enormously popular sitcom, is dressed as Cruella De Vil, her signature auburn hair hidden under a black and white wig. The party is buzzing and there are lots of people I know. The girls are gorgeous and available. After about an hour and a couple of martinis, Cruella walks up to me and looks me frankly in the eye.

"Hello, Stanley," she says. "I have a little present for you."

I'm confused for a second but she seems very determined.

"It's outside," she says provocatively. "Come with me, Sailor."

I'm dressed in some kind of naval costume. She smiles and puts her tongue in her cheek in an unmistakable signal. I feel my balls tighten and the breath leave my body as her hand brushes my pants.

"Don't keep a girl waiting," she says. "I want you to come with me."

I'm beyond considering where her boyfriend is as she leads me outside. I'm overcome with lust and push her roughly against a wall and kiss her.

"Not here," she says, and leads me by my cock into a small clearing in the centre of her spacious yard. I can hear the party sounds from far away as she carefully kneels in front of me, unzips me and lowers her mouth on to me.

Oh my God.

She is fantastic. If there were Academy Awards for fellatio, and perhaps there ought to be, she would be a shoo-in.

I lean back and stretch out my arms to the Milky Way wheeling above. She works on me professionally, looking up at me and occasionally stopping to smile encouragingly.

"Oh yes," she says. "Come in my mouth. I love it."

I felt that I would never stop.

"Thank you, Stanley," she says, wiping her lips with her tongue. "I enjoyed that."

I can't speak. I return dazed to the party.

Later, I discovered she had a window overlooking the garden, filled with selected friends, watching her. She had been playing to a crowd. All the time she was busy on me she was performing, enjoying the eyes of the unseen watchers, as she knelt and handled and mouthed me into orgasm.

I found this knowledge exciting. Who were these watchers? Did they take it in turns to take someone into the garden? Did it excite them to see me, arms stretched wide to the stars as I climaxed in her mouth. Later, I would use this erotic memory to trigger orgasm.

What do you think?

Was it I used or did I use?

She certainly inhaled. And it was her party. Ought I to give more clues to her name? It does seem a bit churlish. I had a good time after all. But I have promised Richard Hume I will kiss and sell. I decide that this is clearly a moral problem. It should be left to the lawyers.

I can do this, I thought. I'll have this book finished in no time. But then I ignore my own advice. I answer the phone.

It's Richard Hume.

"Am I interrupting?" he asks.

"Actually yes, Mr. Porlock."

"Sorry, I thought you should know. There's been a huge sales surge on Amazon and you just passed Deepak Chop-rah," he said excitedly.

This is apparently very significant. Martha Stewart is now in my sights. Pangloss are delirious. They have increased the initial print run to one million. The Bookstores have gone mad for me. *The Writer's Cut* is a big hit. They are hanging huge scissors all over the stores. They are planning to stack me on tables. They are making their own Point of Sale displays and inviting people to order signed copies in advance. I have a monster Book Tour planned.

"And then there's the rest of the world," says Richard Hume hungrily. "Maybe we should *never* get the text for books," jokes Richard Hume. "They seem to sell a lot better."

Very funny, Richard. He was so happy for once he forgot to badger me for delivery.

+++

Now that I am the spokesman for free speech I no longer have the time to exercise it. I'm too busy to write. My intentions are good, but I'm a hot new celebrity. The local news is all over me. They won't leave me alone. I'm spooned up by the media. I am on 10, 9, 7, 4, MSNBC, Fox, E, and even VH-1, standing up for freedom. It's kinda fun. People stop me and go "Hey it's YOU. Oh. My. God." Usually they think I'm someone else. In one week I've been mistaken for Matt

Lauer, Scott Hamilton and Kevin Nealon. It's a bit worrying. What's going on? Does this happen to all celebrities? Is American TV-land just a mishmash of semi-recognizable faces jumbled up between the ads? Am I going to wish I could go back to being anonymous? Somebody insisted I was married to Jennifer Anniston, and when I said "Do I look like Brad Pitt?" they said "No need to be rude, Conan."

My freedom of speech issue has sparked intense local debate. The right to speak out freely exercises everyone in Hollywood. There is a banner, a poster, and flyers with an unforgettable image of my face being cut in half by a pair of scissors. *Don't let them cut what you can say* is the slogan. Neat, eh?

I am Mister Freedom. The poster boy for writers' lib.

My band-wagon is suddenly crowded with people clambering aboard. Every liberal cause junkie wants in. I'm inundated with offers from rock stars to donate a song for my appeal. Elizabeth Taylor calls. Michael Jackson's people want in. Sting sympathizes. Paul McCartney sends a shirt. The list is endless.

We are to have a Gala Fundraiser. It's going to be at The Writers' Guild. After I look at the guest list, I suggest we call it "Actors in need of Publicity" but no one finds this funny. The A list, the B list and the wanna-be list are all going to be lured to this event by the promise of a free lunch and the chance to talk to the cameras. Janey, my foul mouthed publicist, assures me they will come for this. She explains it to me like I'm a kid. Actually I am in these matters.

"You're the hottest thing since vagina," is how she puts it.

Did you know several Award Shows will give you an Award if you simply show up? I never knew that. I thought you had to earn something to win an award. I'm learning all the time. Already I look different. And it's not just the fancy haircut Luke of Lucaro has given me. It's like I had an inner makeover. I'm simply brimming with confidence. I begin to take it for granted that wherever I go someone's gonna recognize me, even if it is as someone else. It's cool. Like being popular in High School. Which I wasn't.

I'm limoed from one interview to the next, from one meeting to another, all across the Inland Empire and up into San Francisco. I address a rally at Berkley, where I receive an honorary degree, and a BJ from an economics major in a car park overlooking the Bay. She thanks me so much, after she vigorously pleasures me in the rental car, that I worry for her. Will her life be just an anti-climax after mine?

Even Andy Rooney gets in on my act. He does a think piece on 60 Minutes.

"It concerns me," he says, "that a writer should be forced to alter his work because of an actor. Our job as authors is to tell the truth. If every two bit thespian in Hollywood can sue to prevent the truth coming out, where are we in our society?"

The Actors' Guild is outraged. They are furious with him. What he said denigrates actors. George Lucas stirs up the heat by stating publicly that actors are animals. NBC aren't at all happy. There is a hint that the Actors Guild may boycott Leno. After a few days of stirring by the media Andy is forced to apologize.

"I did not intend to denigrate actors, whom I respect," he says sincerely, "and amongst whom I am proud to number myself."

George Lucas stands by his statement. No animals sue.

But for me the damage is done. Borders orders another 40,000 books.

+++

My Writers' Guild Award makes it on the news. The Lunchtime Achievement Awards, held at the Beverly Hilton, is packed with writers in search of a free lunch. Salman Rushdie appears on video explaining the importance of freedom of speech, and honoring me. Too bad he didn't send his dishy girlfriend. The Award is a naked glass woman throwing her arms backwards, either in ecstasy, or in basketball. The citation is in Latin. A wag translates it as "First Do Some Harm." I get laughs in my acceptance speech by thanking God, who can't be with us today as he is working on a new book, and translating the Latin as "Biting the hand that feeds you." The committee is not amused. But the audience loves me and I look very cute in my new Armani tux. Several huge names hug me for the photographers backstage. Janey smiles at me and puts her tongue into her cheek.

I think I am becoming a God.

So famous am I now that an LAPD traffic cop actually rips up a ticket when he sees it's me who did the U-turn on Ventura. He asks for an autograph and gives me a high five. What's happening to me? Playboy names me Man of the Month and shoots me holding my cover, sitting on the bare backside of Miss October. The Board of Jews honor me with their Honorable Goy Award. Victoria's Secret even want me to do an ad. I'm to be seen on a beach with some swimsuit models. Something about inner freedom. Richard Hume is ecstatic. This is the ultimate exposure for a Beach Book. I am bouncing between Greta van Susteren on CNN and

Arianna Huffington, and Warren Olnay and *Which Way LA*. I am a public figure. I am recognized and applauded wherever I go. I get tables at Morton's, young actresses want to touch me. All America, it seems, agrees that such blatantly powerful and manipulative censorship is shameful, downright anti-American and ought to be defeated in Court.

Ah yes, in Court.

10

I'm in Book Soup and I'm naked and I'm running through the shelves pursued by Joan Collins who is throwing books at me, and I'm screaming "Don't kill me, don't kill me Joanie." There are books all over the floor and I keep tripping over them, and hands are reaching out from between the shelves trying to grab me, and Joan is closing in on me and I run round a corner and come face to face with Jackie Collins, who screams "You're not a real writer!" And I turn to face a giant wall of books, like a waterfall threatening to fall on me, and there is no way out. I'm completely trapped and I'm filled with terror and there is a tremendous banging, a pounding sound and I wake up, sweating, realizing someone is yelling outside my door.

"It's the Law," someone is shouting. "Open up!" And I think *Oh my god I'm being busted.* Still only half awake I stumble to the door and open it to find three men in suits.

"Who the fuck are you?" I say.

It's ten in the morning and I'm still shaking from my recurring Book Soup nightmare.

One of them reaches into a briefcase and I think *Oh my god they are going to shoot me.* I say, redundantly, and in great panic "You're not cops!" and try and slam the door, but he has his foot inside and my heart is pounding so fast it takes my ears a minute to catch up to what he's saying.

"We are your lawyers," he says.

"What?"

"We are your lawyers, schmuck," says the pale one to the right of him. "And you'd better talk to us right now if you want to keep your skinny white ass out of jail."

Wow, that's a lawyer talking.

"I'm Jed Olsen. We're from Holstein, Olsen, Garment and Mann and if you don't wish to spend the rest of the decade being butt fucked in San Pedro you'd better listen up."

Nice talk.

We go into my room. Olsen shakes his head and says "Jesus, this is where you live?"

He pulls out a thick file of clippings.

"First of all, let's get one thing clear: there *are* no injunctions, are there?"

I swallow hard. Even I can tell lying to lawyers is redundant.

"No."

"It's all bullshit isn't it?"

I nod.

"You made up this whole thing, right?"

"Yes."

They all take a good look at me.

"So what's the problem?" I say.

"What's the problem? Tell him, Jed."

"What the problem is," says Jed, "is that you have violated about eight state laws and perhaps seventeen federal laws."

"Do you realize you are looking at jail time?" says Olsen.

Now they really have my attention.

"It was just a joke," I say lamely, but my heart goes bam in my chest and I'm instantly terrified. It's the word *jail*.

"You think it's a joke? You think we'd come down here to haul your sorry ass out of bed so we can enjoy the sight of you with your dick sticking out of your pajamas instead of sitting in our smart offices earning five per cent of your income? This is fraud, buster."

I think he must get his dialogue from cheap detective novels, but I don't say so. I am too busy working out what five per cent of my income amounts to.

"There is only one law," says Holstein. "And that is *Don't fuck with the law*. Otherwise you are in deep shit. Todd, read him what he has done."

"He has defrauded and mislead, variously and severally, by contract both implicit and explicit with intent to fraudulently deceive, blah blah blah, contrary to section A, yatter yatter yatter…" I'm lost. But it sounds bad. Worse, it sounds expensive.

"If you want my professional opinion, you are in deep doo-doo," says Holstein.

"Is that a legal term?" I ask.

He ignores me.

"Pangloss can sue you, their parent company can sue you, Paramount can sue you, your agents can sue you and perhaps even we can sue you."

They love that.

My lawyers suing me.

They think my whole case is hilarious.

Olsen outlines my legal options. They are not good, but by far and away the scariest is that I can to go to jail. I'm a writer and a paranoid, and I'm frankly scared to death.

"Why the fuck did you make up this crap?"

"I needed time."

"You may get more time than you bargained for," says Jed.

They think that's a hoot.

"Where is this piece of shit anyway?" says Holstein, looking round my tiny room.

He's talking about my novel.

"It's on my computer."

"Is it finished?"

"Yes."

I lie from habit. Why? I don't know. What's wrong with me?

"So you *can* deliver?"

"No problem."

Question me. Doubt me. Please. You're my lawyers. Don't take my word for it. Say "Isn't it a well-known fact that you are a total bullshitter and you haven't written jack shit?"

But no. They believe me.

"So, gentlemen, what do we do to save our client from the clutches of our penal system, and make ourselves a lot of money?" says Holstein.

"Can we counter sue?"

"Can we counter sue people who haven't even sued us? I don't think so."

Holstein laughs. He finds this thought very amusing.

"The trouble is, this jerk—excuse me, our client—has been on national TV screaming his head off about everyone infringing his freedom of speech. It's only by a miracle that our media is so damn lazy no one's yet bothered to check up where these complaints have been filed. But it's only a matter of time. Do you think Court TV won't notice there is no Court?"

I say nothing. I'm a screenwriter. I don't deal with reality.

"Supreme Court?"

"Risky. They don't like free speech issues."

"We can't appeal a case to the Supreme Court when there isn't a case in the first place," says Jed.

"How about we file an injunction?"

"Against who?"
"What if we capitulate?"
"That's good."
"We settle out of court. Amicable settlement, announce an agreement has been reached. We agree to whatever, in return they agree to drop the case."
"That works for me."
It's surreal. They discuss me as if I was not in the room.
"Sounds good. Providing no one checks the records."
"Why should they?"
"Why indeed? And if they do they sure as hell won't find anything."
They think this is a pretty Solomonic solution.
"Well guys," says Olsen. "We did it again. Cigar time."
"Lunch?"
"Who's paying?"
"Oh, no question. He is."
They laugh at me affectionately.
We're settling a non-existent lawsuit over the right to publish a non-existent book.
And I'm paying.

11

Variety reports the settlement next day under the heading Settlement. There is a brief paragraph, a short statement from Holstein, Olsen, Garment and Mann, announcing that the "various actors" involved in the lawsuit have agreed to drop all claims against the author, Stanley Hay, a Los Angeles based writer, for certain unnamed allegations mentioned in his book *The Writer's Cut*, and have been reassured, that in exchange for certain undertakings to which the author has voluntarily agreed, including a reassurance that he will not expose their private lives in any way, and in return for a large gift to an unnamed charity on Mr. Hay's part, an amicable agreement, satisfactory to both sides, has been reached, and the lawsuits dropped.

"No harm, no foul," says Ebert Holstein, the leading attorney.

The gift to charity is Olsen's idea. I worry that it makes me look guilty. It implies I have done something wrong. But in the end, I decide it is a good thing. I appear charitable. And since the charity is unnamed and therefore unpaid I sit back, contented, basking in the warm glow of my generosity. I have donated nothing to no one, and yet here I am outed in the trades as a philanthropist. Will no good deed go unpunished?

I'm feeling smugly confident, and wonderfully relieved. I think it's all been rather brilliantly taken care of. Things are going well for a change. Life is on the up and up.

Bullshit.

The roof falls in.

Events get totally out of control.

God, that French farceur up there, with a malicious sense of humor, steps in.

Marvin Lutwig rejects the settlement.

Even now just writing that sentence makes me wild. The sheer gall, the fucking nerve of the guy. The balls of this egomaniacal sociopath to thrust himself into the middle of a totally fictitious lawsuit and fuck up an imaginary settlement.

I don't know how he does it. He is a genius of the unexpected. I am going to have to buy a weapon, there is no other course for it. I have fantasies of strangling him, of hitting him over the head with a bottle of Dom Perignon, of electrocuting him in his bath, of shoving him over a cliff at PCH, or just shooting him dead in front of the entire Freedom Committee of The Writers' Guild.

Marvin Lutwig rejects the settlement.

I stare at the story in the *LA Times* in sheer disbelief. I watch him in person on Fox News Local Edition publicly standing up for me. He thinks I have been leaned on by powerful figures in the Industry. He wants to save me from myself. He is adamantly opposed to any solution to my lawsuit which involves a compromise or a sell-out. He is backed by a small crowd of people with placards. Some are holding scissors.

"No sell out!" they say, shuffling past the cameras.

"Don't cut free speech!" they say, waving scissors.

Fucking writers. They'll do anything rather than write.

On second glance I'm not convinced these are writers at all. They are far too diversified. Indeed, mostly Hispanic. I believe Marvin has rented these protestors from downtown. Some of them look like they don't speak English too well.

Frankly, they look puzzled, standing behind this florid-faced man and staring at the camera. *No cell out* says one poster. Some writers.

"We are going to fight this," says Marvin, who has chosen a midnight blue crushed velvet jacket by Shanghai Tang for his mid-day news appearance. His hair has been fluffed and newly coiffed and he is wearing full make-up: rather too much eye make-up for my liking, and certainly too much pancake for a concerned screenwriter, which is how he describes himself.

"We are going to stand against these people, we shall stand up for the rights of free speech, no matter what it takes, even..." and he says this very sincerely, "*even if it means Stanley goes to jail.*"

Wow. Can you believe it? Marvin Lutwig has just volunteered my ass for jail.

Thank you, Marvin. Thank you for your heroic self-sacrifice, for going on public television and volunteering my butt for San Pedro. Good for you Marv, standing up for freedom of speech. I see now what *no cell out* means. My cell, no out.

+ + +

My PR people are furious about the settlement.

"You settled your lawsuit?" says Janey. "What were you thinking?"

"I wasn't thinking."

"We have a major Gala against Censorship tomorrow night at the Writers' Guild, with full media attendance and a celebrity yes list of over a hundred faces coming to stand up for your right to be published, and you *settle out of court*?"

"I had no choice."

"We are presenting you as a the leader of the High Moral Ground in the fight for freedom of speech and you drop the fucking case?"

"*They* dropped the case."

"Same difference."

"Marvin Lutwig is an interfering turd...."

"Forget Marvin. You have a Gala Event, a blue ribbon protest, all based on your noble stand and *you sit down*? Do you realize who's coming? We have the Mayor, we have Pierce Brosnan, we have both Democrats and Republicans coming, Tom and Roseanne Arnold, we even have Schwarzenegger and he never turns out for liberal causes. Now what are we to tell them? *Don't worry, he changed his mind and gave up*."

"It was the lawyers."

"You know you can't rely on lawyers in legal matters. You should have consulted us first. That's what PR is for. The important issue is what the public thinks, and the public thinks what the media says and the media says you sold out. They had you pegged as a martyr, now you're a turncoat. They were prepared to stand up and fight for your right to be published, now they despise you."

"But now I *am* going to be published."

"That's not the point."

I've lost the point. In fact, I've lost the plot.

"Are you suggesting I should have rejected a settlement which allows me to be published in order to protect my right to be published?"

"Yes."

Go figure. I've gone from Tom to Benedict Arnold.

In fact the only person who likes the settlement is Richard Hume.

He is ecstatic.

"Now we can make the Beach Blanket market."

Suddenly I'm Annette Funicello.

On the phone from NY, Richard Hume sounds half nuts. Morty says he's been away all week at a big meeting in Frankfurt. Something is stirring at Pangloss. Rumors of a sale to a German giant.

"It must be a big relief to you," says Richard. He seems unworried. Perhaps it's Prozac.

"Oh it is," I lie, as convincingly as I can.

"Being a victim of censorship is a violation," he says. "A form of intellectual rape."

Wow. Now I'm a rape victim.

"So now we can have the text right away?"

Oops. The text. I forgot that detail.

I promise I'll Fed Ex it to him overnight, but he's wise to that.

"Don't bother with Fed Ex," he says. "We'll send a messenger from the de Becker Security people, they'll courier it by hand."

"To New York?"

"They do it all the time."

"Hardly worth all that trouble, is it?" I say, hoping against hope.

"It's far more secure than Fed Ex," he says.

And I was having fantasies of faking a Fed Ex hijacking.

"We can't take any more chances. You have no idea how much we have at stake here. The printer is about to sue us for work lost while we have had him on hold. This is like the arrival of the cavalry."

Calvary more like. They'll crucify me.

Shit.

Twenty minutes later the de Becker people call and say a courier will be over in half an hour, is that enough time?

Enough time? To write a 200 page book.

I don't think so.

What am I to do?

I panic and pull out the six pages I have just written about lunch with Les Girls. It doesn't look like a novel.

I spot an old movie script on my shelf, a piece of shit Sam and I wrote on spec for a Belgian who claimed he could get German tax dollars to shoot an American film in Canada. Of course he couldn't, but we made the mistake of writing it. *Snip, Snip* was about a Hairdresser with a pair of magic scissors. A cross between Sampson and Mozart. I rip off the William Morris cover and stick all 120 pages behind my six new pages. It still doesn't feel long enough, so I add a couple of editions of *Penthouse*. That feels better. When I seal it up, it looks and feels absolutely like a novel. Quite a good novel, in fact.

I hold the package in my hand and weigh it carefully. I fantasize that I have just finished an important piece of work and I'm sending it off to New York. This is exactly how it would feel. It feels good. I feel the glow of authorship, the pride of creation. I hand the package to the Special Delivery courier, trying to look suitably modest.

"Looking good," he says.

I'm not quite sure whether he means me, the day, or the package.

12

The PR people call back. They have decided to go ahead with the Gala but they have switched the venue. The Writers' Guild won't allow it on their premises. Too controversial, they say. There have been protests from their members. They are now no longer backing me. They are supporting Marvin Lutwig and his freedom committee in their attempt to have the settlement thrown out. But the Gala is to go ahead. There is still tremendous interest. Pangloss have sent two hundred pairs of scissors and printed a thousand covers. I'm going to be signing these in lieu of books. The original artwork for this cover, complete with my fake signature, is being auctioned on eBay, and has currently reached $ 500. Why bother with a book, I wonder? Why don't I just sign covers and be done with it?

The bad news is that the new venue is Book Soup. I still haven't recovered from my nightmares. I'm worried I may be suffering from Bibliophobia.

Bibliophobia: a pronounced fear of books.

All day I can feel the panic rising.

+++

Next day is total hell. Nobody should have such a day. I'm wakened by an extremely agitated Richard Hume. Pangloss have received my delivery.

"What's this?" he says.

"What's what?"

"The package."

"Has it arrived safely?" I try and sound innocent.
I listen to him carefully outlining the contents.
"Oh no," I say. "I must have picked up the wrong script."
"And the Penthouse magazines?"
"Must have been underneath."
Even I don't believe me.
Richard Hume is very serious.
"Stanley, please answer this very carefully. Is there a novel at all?"
I try laughing out loud. It's something I once saw an English actress do in a bad
production of Noel Coward.
"Ha ha ha ha ha." Down the scales. They must practice it at RADA.
It doesn't work for me either.
"I'm sorry to say this, Stanley," says Richard Hume, "but I have to go into a meeting with our lawyers now. I suggest you contact yours."
Oh shit.
My day continues. I'm headline news in the trades. Both carry a report about the mounting scandal over tonight's Freedom of Speech gala. *Variety* reports that the Writers' Guild have pulled the plug on the event following complaints from their members. Marvin Lutwig the screenwriter, that's how he is billed, is quoted as saying he wants my unique voice to be heard.
"Stanley Hay has earned the right to tell it like it is. Unafraid, unbiased and utterly uncensored."
That is why he is suing me.
Yes you heard it right.
Marvin Lutwig is suing me to protect my rights of freedom of speech.

The Lawyers confirm it.

"What is this shit, Stanley?"

"Who is this character?"

They are going apeshit. They have just received an injunction from Marvin Lutwig, restraining them from making a settlement with "actors unknown".

They are on speaker phone, I can hear all three of them, their voices shrill with alarm.

"Who is this clown? He says he's a friend of yours."

"He's not. He's a self-promoting piece of shit."

"Can't you call him off?"

I try and explain but I don't think I can.

"The settlement was your idea," I say weakly.

"None of us could have imagined this," Holstein says. He sounds scared.

"Why are you so worried? There isn't a settlement so how can he injunct it?"

"Have you ever heard of the word *conspiracy*?"

Well at least I won't be in jail alone. I can watch Holstein's skinny ass being butt fucked in the stalls of San Pedro.

I picture a CNN breaking news story. *Anal Rape. Cruel and Unusual Punishment or a Freedom of Speech issue? Footage at eleven.*

Well at least things can't get worse.

Wrong.

Things immediately get worse.

Morty calls. The Pangloss board has been on to the directors of William Morris. There are serious allegations of fraud.

"What's going on, buddy? Where's the text? Tell Uncle Morty. I can protect you."

Tell Uncle Morty. That there is no book? Hell no, I'm not

going to quit lying now. I swear to him on his life that there is a novel and I just sent the wrong package to New York. I lie superbly. Morty is utterly convinced.

"Fuck those bastards for not believing you," he says.

I ought to have stayed in acting.

I'm really buzzed about my abilities until I realize that Morty was my last chance to come clean. That's when I start looking for my Passport. Cabo San Lucas is sounding like a very good idea. A couple of margaritas, a change of identity, perhaps even plastic surgery.

What am I thinking? I'm broke and I'm busted. In my state I wouldn't even make it to the airport. I'm a millionaire with no money. There is no way out. And the limo is here. What can I do?

I'm Cinderella. I must go to the Ball.

+++

I am wearing my dark glasses so I look like Marcello Mastroianni as I slide into the long white limo. Janey, my PR Madonna, is already inside. She is unusually quiet, which for her is a real bad sign. We head off down Sunset Plaza Drive. Her silence is beginning to get to me.

"I suppose a blow job is out of the question?" I say.

Wrong move. Janey is tense. Even hostile.

"I gather there is some kind of problem with Pangloss," she says.

I attempt to brush it off.

"It's just some kind of silly misunderstanding."

"I do hope so, Stanley," she says, "because they owe me a lot of money. Your PR has cost a fortune."

"It's been fantastic, Janey."

"We shall of course be holding you ultimately responsible for that fee."

"I see."

Et tu, Janey?

"It's nothing personal, Stanley. I think you're adorable, if a little self-involved, but I have to tell you where you stand."

What does she mean I'm self-involved? Self-involved. Moi?

I worry about it all the way there. We're turning onto Sunset when I hear the protestors. There's about a dozen of them and they're making a lot of noise. They're between us and Book Soup.

"No sell out. No settlement. Silence is worth freedom of speech."

Whatever that means.

"Stop the car," says Janey. "I'll see if I can head them off."

She's small but she's very determined.

"Don't worry, Stanley," she says as she climbs out, abandoning me.

What, me? Worry? What have I got to worry about? I'm only the author of a non-existent bestseller, outed as a Judas by the Writer's Guild, attending a Freedom of Speech gala held in my name, at a bookshop for which I now possess a unique terror.

What's to worry?

+++

It's a total zoo. It's far worse than I could ever imagine. People are all over Sunset. Kleig lights are on. There are barricades and cop cars and a valet parking line and tables for picking up passes and even a red carpet. It's the full Hollywood press corps. Walls of photographers are waiting. First the still cameras and then, beyond, squads of video crews with waiting interviewers holding hairy microphones all looking expectantly in my direction.

Flash flash. "Over here, Stanley" go the photographers. "One over here. To your right. Up here. Straight into the lens." Even behind my dark glasses I'm blinking.

A slinky girl in a beautiful gown takes my arm. "Hi honey," she says and the cameras flash.

"I'll blow you if you get me in," she whispers in my ear.

Janey magically appears and pulls her off me.

"Did you hear that?" I say. I'm shocked.

Janey shrugs. "She's a lesbian anyway."

"How do you know?"

She just gives me a look.

"Welcome to Hollywood," she says.

"What?"

"*Welcome to Hollywood.*"

She's looking at me like I'm dumb.

"What?"

"It's from your book."

"Oh. Yes."

"Stanley," she says, "you did *read* your book?"

"What do you mean?"

"Please tell me you wrote it. It wasn't a ghost job?"

"What, now I'm a writer who hired a writer to write my book?"

She laughs.

"Come on," she says. "We have books to sell."

The book that Hollywood fears.

This is on a ten foot banner slung over the entrance to

Book Soup. The press line is endless. Janey brightens considerably.

"Lots of lovely coverage for you, Stanley."

I can see genuine celebrities disgorging from limos. There is a stand of bleachers across the street at Tower records, held back by LA's finest. There are cheers for each new arrival.

Bruce Willis climbs out of his car and waves to the crowd, who go nuts.

Bruce Willis for godsake is here for *me.*

Two powerful young men in identical Armani suits slot in on either side of me. They have earpieces.

"Security," says Janey. "There have been one or two threats on your life."

I find that really reassuring. In fact, I'm so nervous of entering Book Soup that I look forward to being shot. I'm shaking like a leaf blower.

The red carpet and its barrage of cameras looms ahead. I can see more celebrities in their expensive tuxes and gorgeous dresses. I think I spot Brad Pitt and Jennifer. Did I put her in the book?

What am I thinking?

I haven't written the book.

I'm beginning to believe my own PR. Still, I have to be convincing if I am to face the questions that lie ahead. It takes all of my acting skill and is even enjoyable in a Zen way. It's not hard to imagine I am a potential award-winning author being muzzled by society. My twin guardians shepherd me from camera to camera. I keep moving; a little stop here, a little stop there, a schmooze, a smile, a shrug and it's on to the next. The rude questions I fend off easily. I talk about freedom. I deny I'm compromised, I deny I've sold out, I utterly refute the suggestion that I have been silenced by money. On the contrary, I say, I'm thrilled by all the attention the book is getting. I can honestly put my hand on my heart and swear that I have done nothing to censor myself. (Post Irony.) *The Writer's Cut* pulls no punches, I assure them. No, I will not name the names of any actresses here. No, I'm not going to say if Jennifer is in the book or not. No, I'm not going to say who is. You'll just have to buy the book, I parrot.

I'm doing pretty well until half way down the line I notice the protestors. They have clustered near the major networks. They seem more concerned about showing the cameras their messages.

No sell out.

Don't take the money and run.

Stand up Stan-ley.

"I thought you were getting rid of them?" I hiss to Janey.

"It's a freedom of speech thing," she hisses back. "Remember?"

A short-assed fellow in an old-fashioned pork pie hat is yelling something about Jesus.

"Don't worry," I say. "At least He's not in the book."

His red face gets redder. His eyes pop. He looks like he's ready to shoot me.

"Pray for your soul, sinner."

Thanks, ducky.

"Liberals were God's only mistake."

"You give abortion a bad name," I say loudly.

It's amazing how brave you can be with two de Becker guards beside you.

I'm shocked to see Marvin Lutwig just ahead of me on the red carpet. That jerk? How did he get himself here? This is *my* Freedom of Speech gala. He's suing me. He is wearing a green velvet smoking jacket and is giving an interview, gabbing away to an ABC camera. He is in his element, talking slowly, pontificating, gesturing, waving his arms about and laughing loudly. He's like a fucking TV evangelist. The nerve of the guy, using my press event for his own publicity. I want him thrown out but Janey has disappeared into a clusterfuck of celebrities. When he finally spots me he gestures theatrically, like Charlton Heston holding the Ten Commandments, and walks towards me with a big smile. How he has the balls I have no idea, but he treats me like we are bosom buddies. Like I will be thrilled to see him. The guy is insane.

"Hello, Stanley," he says affectionately and tries to give me a hug.

"You cunt," I whisper, pushing him off.

He laughs out loud like I said something witty.

"Good to see you, Stanley, my old friend," he says loudly for the cameras. He is beaming broadly. I notice he is sweating heavily in his velvet jacket. Also he stinks. Terrible BO. He is wary of me. He has every reason to be. I am hissing hatred.

"Excuse me got to go," he says. "Lots to do. Love the book."

And he's gone. Left me in the dust, like an extra at my own party. I glimpse him up in the crowd ahead, schmoozing with the Governor, laughing like they're old pals and putting a hand on his shoulder.

I'm shaken out of my reverie by a warm hand on my flies. I turn to find a camera in my face, its bright lights beaming harshly into my eyes, and a stick mike in my mouth. It's Dharma. She has a camera crew with her. I feel her hand brushing against me, reaching for me.

"Hello Stanley," she says rather too brightly; God knows what she's on. "I'm working for Z now, and it's all thanks to you."

Wow. It does seems fitting that the reporter who seduced me and started all this should be here.

"You give great interview, honey," says Dharma, and she tickles my balls affectionately. We're pressed so closely together in the crush no one can see what's happening. I can only smile like an idiot. Dharma is a real pro. She puts the mike in my face and pats me one or two soft questions. I am trying to get her hand off my dick, but I do my best to look charming and unconcerned. She sure knows how to handle an interview. This girl will go far in Hollywood.

"See you inside," she says with relish, and I believe she means more than just the event.

Entering Book Soup for the first time since my nightmares is not as bad as I feared. I can hardly see the books, the place is so packed. The crush is so great I am carried in by the two suits. They lift me up by my elbows and insert me into the crowd, which parts magically to admit me.

There's a pile of eight by ten glossies on a white tablecloth. My ten-years-younger self stares back at me. Highlights and too much make up. I manage to look both butch and pretty at the same time. There's a stack of book jackets ready for me to sign and a podium. Apparently I am going to say a few words.

The crowd is younger and more attractive than I had thought.

"Mmm, I smell pussy," says Janey, drifting over, beaming. She really is outrageous. The things I have heard coming out of that pale little delicate mouth.

"Look at them. They can hardly wait to get into your pants."

It's true. The audience is filled with eager young women. Prime amongst them is Dharma who has somehow managed to grab a front seat. She is wearing a tiny mini skirt She gives me a quick flash as I pass. Opens her legs and Sharon Stones me.

Janey, who notices everything, gives me a wicked smile. The Armani boys behave like nothing happened, like a TV reporter flashes beaver at them every day of the week. I wonder if they're trained for this. *Today we have snatch flashing and how not to be distracted by a sneak pussy attack while defending a client.*

They shepherd me to a little holding area behind a bookshelf. An elegant lady in a formal red coat dress and a flower in her lapel is waiting for me. She tells me how thrilled they all are at Book Soup to be hosting this event. They have never had such a response to a book. The advance orders are huge. Clearly she has heard nothing from Richard Hume or Pangloss. I begin to wonder if I might get out of this alive.

She briefs me on the order of events but I can hardly concentrate on what she is saying. I'm standing next to a bookshelf.

"Are you alright?"

I have closed my eyes momentarily and am holding on to the bookcase. She is looking anxiously at me.

"It's okay," I say. "Just a minor panic attack."

"I know you authors do get so nervous," she says. "I remember Mr. Rushdie..."

But I don't hear what she's saying as my heart is pounding like a bass line at a rave. I'm sweating. My mouth is dry. There are spots before my eyes. The elderly lady hands me a little plastic cup.

"Showtime," she says brightly. "The guest speaker is here."

I swallow my water and then I realize. She doesn't mean me.

"No," I say. "Oh no no."

Oh yes. It's Marvin Lutwig.

"We were so lucky to get him," she says mistaking my horror. "We really wanted him as you are such good friends."

Arghhhhh.

"I must say it took quite a large fee to entice him."

A fee!

"Hello Stanley," says the monster. "Isn't this jolly?"

I'm grimacing like a demented Samurai.

"Look at him," says Marvin. "He's so funny. Always clowning around."

His ability to reject rejection is awesome.

"Well, shall we do it?" he says brightly, and bounds out from behind the book case to the microphone.

There is a chorus of shushing and the bright lights come on.

Somewhere a voice is screaming "No no no!"

It's me.

Janey casts me a severe warning look. It's a surreal atmosphere with all these people crammed between the shelves, and there's hardly any air to breathe. Marvin is revelling in the attention. In his green velvet smoking jacket and cravat he looks like an absurd parody of Mike Meyers. This seems to be his intention as his first words are "Hello, baby!"

There isn't much response. The audience is puzzled but respectful.

"Ladies and gentlemen, you won't know who I am. I'm not a famous person. I'm just the salad before the main course."

Unbelievably he waits for a laugh.

Only one person laughs. Me. A very bitter laugh.

"Comedy isn't my strong point," he blusters. "Though Stanley always laughs at me. But tonight I'm here to be sincere."

"Get off, you creep."

"Thank you, Stanley," he smiles back. "You'll get your chance."

"You're a freeloading bastard."

People are looking around in surprise trying to identify the heckler. They're not sure what's going on. Is this planned? Is this some kind of attempt at humor?

"You're a fucking asshole."

Marvin is smiling like this is part of an act we rehearsed together.

"Ladies and gentlemen, Stanley Hay," he says, pointing in my direction and triggering a round of applause.

"What can I say about this remarkable man?"

"Don't say anything, you bastard. For fucksake shut him up."

"This is a freedom of speech gala, Stanley," says Marvin. "Even I am entitled to talk."

They like that. They laugh. They begin to applaud and that's the final straw for me. I have made Marvin Lutwig appear witty.

"Pull your fucking self together," says Janey. "What's wrong with you? Don't you know the fucking cameras are on? Here, take this." She hands me a whiskey and a couple of pills.

"What are they?"

"Swallow them."

I don't resist.

Marvin drones on, his self-important voice fills the bookstore.

"I am here today to defend Stanley Hay from some serious allegations that have been levelled at him. People have said that he has shown weakness and a lack of character, that he should have resisted the attempts to silence him. That he should have had more faith in people like me who are willing to come out and stand up for him publicly. That to submit to pressure on such a vital matter is a weak and a cowardly thing to do."

Oh thank you, Marvin. This is speaking up for me? This is my defence?

"People have said that his behaviour has been shameful. That he is spineless, and has shown craven pusillanimity under fire. Still others have told me he is just a hack who got lucky, a Hollywood whore who kissed and told, a man who got a book deal he didn't deserve while other more talented writers couldn't even get a publisher. That he exploited his friends. That he exposed his lovers. That he bared the secrets of many innocent actresses who had no idea that their intimate moments would be blazed across the pages of a cheap memoir for all to read."

I think this must be the first time the words *innocent* and *actress* have been used together in the same sentence. I hate him. He's not through yet. He carries on defending me.

"Some people say that Stanley is a hypocrite. That he doesn't give a fig for freedom of speech. That he is the Benedict Arnold of the bedroom. The Judas of the boudoir. The betrayer of Victoria's Secret."

He's revelling in this. He must have been up all night writing this crap.

"They say he is a gutless toady, a parasite, a mess on the stain of humanity. And maybe he is. But *I* wouldn't say it. Not because he's my friend, but because I think it is utterly wrong to condemn a man before we have heard what he has to say. And that's why we are here tonight ladies and gentlemen. This is his chance to defend himself from the many severe charges we have heard. So, will the real Stanley Hay please stand up. Ladies and gentlemen, Stanley Hay."

Wow. He has just thrown me to the wolves. The audience looks at me like a pack of hungry lions who have just been chucked a Christian. Marvin leads the applause. The smug bastard has a big beam on his face. What can I say? How can I possibly defend myself? I can't. I must kill him. Now. I'm out there heading for his throat. I actually do get my hands round his neck and begin choking him but Marvin pretends it's a joke.

"Always so affectionate," says Marvin squeakily.

I can feel his panic.

Wham. I'm elbowed aside by a powerful force as the Armani twins bound forward. I think they're about to kill me, but no, they're about to save me. From Marvin. He's lifted off his feet and removed bodily. It's like he's weightless. He is gently but powerfully hoisted up by his elbows and propelled to the exit. He doesn't lose his smile for a minute. He winks at the crowd as he is carried out. There is applause like we just pulled off a well-rehearsed comedy scene.

Only then do I see the gun. It's pointed right at me, and the little guy in the pork pie hat has a gleam in his eye as he squeezes the trigger.

"So long, sucker," he says. And I'm so close I can feel the powder burn. Pandemonium.

He disappears under a pile of bodies. But it's too late. I'm down. Oh fuck. I've been shot.

All great American novels end with a death.

\+ + +

I didn't die. Of course. In fact I'm strangely calm as I lie on the floor awaiting the ambulance. And soon I'm in Cedars and they are checking me for vital signs. It's ok. My credit cards are intact.

Cedars. The legendary hospital. They all come here to die, or have their babies, or have their stomachs pumped from OD's. Frank Sinatra died here. There is a Steven Spielberg wing. You can guarantee a decent mention in *Variety* if you get in here. The doctors must major in journalism. I am in the emergency room and an admitting doctor has just examined my wallet. I am to be accepted, thanks to the Writers' Guild. They are preparing my suite. I love that. They try to persuade you that you are at a major hotel, so that you won't have a heart attack when you get the check.

"It's just a *minor* bullet wound," says the doctor. Like I disappointed him. I hate him already.

"Do you know the major cause of death in this country?" I ask innocently.

"What?" he says.

"Doctors," I say.

I am wheeled up to a high floor. I spend the rest of the day being examined, prodded, probed, starved, and X-rayed. Then I'm shunted into a room with an IV and a TV. I'm hooked up to both.

I'm feeling very sorry for myself when Sam's head appears round the door.

"Did you die?"

"Not yet," I say. "Though I have an appointment for tomorrow."

"Oh that's good, because I brought this," he says, waving a bottle of bubbly. Vintage Cristal Louis too.

"Just pour it in the IV, will you," I say.

"It's not for you," says Sam.

"It's for us," says Tish, coming through the door.

How do I instantly know that the "us" is Tish and Sam? How do I intuit in the second it takes to see she is looking great that she is here with Sam. That they are an item. That this is what they have come to tell me. There is an uncomfortable silence while I look at them.

"So," says Sam eventually. "Apart from being shot, and me taking your girlfriend, I think that all went very well."

I love Sam, he really makes me laugh.

"Do you hate us?" asks Tish.

"No," I say. And I mean it.

"I must warn you if you are thinking of killing me I shall have to switch off your IV," says Sam.

"Very fair."

"Tish wrote a great synopsis of your book."

So it was her. I should have guessed.

"I tried to stop her but she said you deserved it."

"I can't wait to read it, Stanley" she says.

"And rumor hath it that you made a ton on the film rights," says Sam.

"Oh yes I did. Thanks."

"So no hard feelings?"

"I have no feelings left at all, Sam," I say. "I'm on powerful painkillers."

"Oh good. Because we were hoping you'd be our best man."

"I don't think they'll let me out for that."

"They're going to let you out in two days," says Tish. "It's only a minor bullet wound."

I wish people wouldn't keep saying that. It's a fucking oxymoron.

"I don't mean out of the hospital. I mean jail."

"They can't jail you for writing a bad book" says Sam.

"There is no book," I say.

He doesn't understand. So I explain. Maybe it's the shock of the proximity of death, or maybe I feel I have nothing much left to lose, but I break the habit of a lifetime and I tell the truth.

"I never wrote a book. It doesn't exist."

Sam begins to laugh. He laughs and laughs and laughs. He laughs for five minutes. I think he's going to die. Eventually a nurse comes in and gives him water. Even then he practically chokes on the water, he starts laughing again so hard. Each time he looks like he might stop he starts again.

"It's not that funny," I say.

But that only sets him off.

"It's magnificent, Stanley. It's hysterical."

He has another fit of hysteria.

"I wondered how you had the time to write a novel when you couldn't manage to write a scene with me."

"Oh my god," says Tish. "That's why you never showed it to me."

"So you see I cannot attend your wedding as I shall be in San Pedro."

"Bullshit," says Sam.

"Sadly yes. I'm afraid I'm in deep doo doo this time."

"I don't think so" says Sam, turning on the TV.

Huge explosions in an eerily lit up city. It looks like the

Valley. Screaming headlines announce Shock and Awe. Bush is bombing Bagdad.

I'm not in the headlines any more. The caravan has moved on.

Blitzing Bagdad two days before the Academy Awards. Bit tacky that timing. But mercifully they don't cancel the Show. Steve Martin hosts and he is very good. I watch it on TV from my room in Cedars Sinai. They left me the Cristal.

+++

By the time I came out I was colder than Kato Kaolin.

They arrested the shooter at the scene. He seems quite mad. They didn't ask who paid him. They just assumed he was a religious nut. But I suspect that husband.

It's Marvin who puts me out of my misery. Because it was undoubtedly miserable at the end, waiting for the roof to fall in. In *The Book That Never Was,* first a blog in the Huffington Post and afterwards a much longer New Yorker piece, Marvin finally reveals that there was no book at all. He should know. He was supposed to be writing the screenplay. I guess in the end he didn't have the balls to continue the fraud, or perhaps the skills to make one up. So he blew the whistle. Once on the internet the jig was up.

The movie deal conflated like a star that doesn't quite become a black hole. The much hyped *event movie* ran out of energy and collapsed in on itself, like a white dwarf, all that tremendous heat dissipating into the empty space of Hollywood. Barry Levinson had looked interested for a while, before saying "Ya know, this just ain't funny. Who gives a monkeys about a writer schtupping an actress?"

Pangloss sued. Richard Hume was removed. Given temporary leave of absence due to sickness, which euphemism hid a full-blown nervous breakdown. He still believed there was a book. He probably believes Truman Capote has a final book somewhere too.

I didn't go to jail. The judge was kind. I had after all been shot. I could either pay back the costs to Pangloss (quite considerable) or, and here I heaved a sigh of relief, I could turn in the book I owed them. He gave me six months. Reminding me of what else I could be doing. So no Bubba time for me in San Pedro. I pled no contest to a series of misdemeanors and was allowed home.

Most of the advance money was gone. When you're hot you have a tendency to spend like you'll always be in heat, and as for fame, well, in Hollywood that is notoriously evanescent. It melts faster than the snow on the Santa Monica mountains. Fifteen minutes were all we were promised. Once I was no longer famous I had plenty of time to write. To write this, actually. My confessions. I am hoping for final absolution. Part of the conditions the judge laid on me, when he let me off with a warning.

Of course no one would employ me anymore.

And of course no one wanted the book. Not even Pangloss, now part of a vast German conglomerate. Too embarrassing, they said, when Morty, bless him, tried.

Oprah wouldn't even let me on to confess.

That's harsh.

That's her role.

They said I wasn't well enough known.

Sam got his own series on HBO playing a bullshit TV writer people say is modelled on me. He lives with Tish in the Valley. I hear she's pregnant. It wouldn't have worked out with us. We both know far too much about me.

There were of course people who said they'd known all along I was lying. And oddly a few (bless you ladies) who absolutely denied that nothing had taken place between us and insisted that it had, when of course it hadn't. That made me sought after for a while by a certain kind of single woman. But my heart wasn't in it. I suppose you could say that in a way I had grown up. As you age there are other things to concern you and other things to console you. I think we're an interesting species and redemption is our gospel.

Redemption through suffering.

Redemption through sin.

Redemption through sex?

Why not?

DNA makes a mockery of us all. We either desire our masters or master our desires. We become old and better or old and bitter. Which one will you choose? All we can hope for is a disgraceful youth and a grateful decline into age. So I'm not trapped in some poetic justice of a jungle in South America reading Dickens to a Chieftain. I don't watch for the green light over the water at East Egg. I live day by day.

And this is my book.

There is still talk that it is going to be a movie…

Moritz Netenjakob. Milchschaumschläger. Ein Café-Roman.
Klappenbroschur. Verfügbar auch als E-Book

Daniel hat die Nase voll von seinem Job. Mutig wirft er alles hin und erfüllt sich gemeinsam mit seiner Frau Aylin einen alten Traum: das eigene Café! Jetzt hat er nur noch ein einziges Problem – die Realität.

»Zum Glück war Moritz Netenjakob als Barista so erfolglos, wir wären sonst nicht in den Genuss dieses saukomischen Romans gekommen.« *Christoph Maria Herbst*